AF200930

Ava

- Vom Marquess verraten -

Lynn Dermod

Ladys mit Vergangenheit

Bibliografische Information der deutschen Nationalbibliothek

Die Deutsche Nationalbibliothek verzeichnet diese Publikation

in der deutschen Nationalbibliografie, detaillierte bibliografische

Daten sind im Internet über http://dnb.dnb.de abrufbar.

© 2020 Lynn Dermod

Herstellung und Verlag
BoD - Books on Demand, Norderstedt

ISBN: 9783751929776

London, Büro des Konstablers

„Kommen Sie herein, Lord Stanford."
Als Nicholas Dunham, Marquess of Stanford, die Tür
hinter sich schloss und die vertraute Gestalt des
Konstablers hinter dem wuchtigen Schreibtisch sitzen
sah, fühlte er sich sofort um Jahre zurückversetzt.
Damals war er durch diese Tür getreten, ohne genau zu
wissen, worauf er sich einließ. Jugendliche Neugier und
Rebellion gegen seinen Vater, zusammen mit dem
Gefühl einer inneren Rastlosigkeit hatten ihn dazu
bewogen, sich hier zu melden, um seinem Vaterland zu
dienen. Da sein Vater sich schlichtweg geweigert hatte,
ihm die gut 6000 Pfund für ein Offizierspatent zum
Eintritt in den Militärdienst zu bezahlen und Nicholas
zu dieser Zeit über keine derartig hohe Summe
verfügte, war er gezwungen gewesen, einen anderen
Weg zu finden, wenn er seinem Vaterland dienen
wollte. Mr. Burns hatte ihm damals angeboten, in
geheimer Mission auf den Kontinent zu gehen. Als
Spion im Dienste seiner Majestät versprach der
Aufenthalt in Frankreich ein Abenteuer zu werden. Er
hatte damals dringend etwas gebraucht, das sein
Selbstwertgefühl aufbaute, denn sein Vater hatte keinen
Hehl daraus gemacht, dass er als Zweitgeborener nur
als Ersatz für Edward, seinen älteren Bruder gedacht
war. Aber eine unglückliche Fügung des Schicksals

hatte dafür gesorgt, dass sein Bruder verstorben und er nun der rechtmäßige Erbe des Titels war, was sein Vater ihm bei jeder sich bietenden Gelegenheit vorhielt.

Mr. Burns bedeutete Nicholas Platz zu nehmen und musterte ihn eine Weile, ohne etwas zu sagen. Dann räusperte er sich.

„Lord Stanford, ich freue mich, dass Sie meiner Bitte so schnell nachgekommen sind und mich in meinem Büro aufsuchen." Er stand auf, nahm zwei Gläser von einer Anrichte und goss sie randvoll mit Brandy. Eines davon stellte er vor Nicholas ab, während er selbst bereits im Stehen einen kleinen Schluck nahm, bevor er sich wieder hinsetzte. Nicholas runzelte die Stirn. Mr. Burns hatte in der ganzen Zeit, die sie sich nun bereits kannten, nur sehr maßvoll getrunken. Und niemals am Vormittag, so wie jetzt. Er war immer darauf bedacht gewesen, sein Urteilsvermögen nicht durch den ausschweifenden Genuss von Alkohol zu trüben, was in seinem Beruf nicht nur unerlässlich sondern vielmehr oft überlebenswichtig war. Aber Nicholas sagte nichts, wartete stattdessen auf eine Erklärung, warum Mr. Burns ihn nach dieser langen Zeit, die er schon nicht mehr im Dienste der Krone arbeitete, kontaktiert hatte.

„Ich sehe, Sie wundern sich darüber, dass ich zu dieser Uhrzeit Brandy trinke?" Er stellte das Glas auf dem Tisch ab und fuhr sich mit den Fingern durch die ergrauten Haare.

„Aber wenn Sie hören, warum ich Sie hierher gebeten habe, werden Sie ebenfalls einen Schluck brauchen, das versichere ich Ihnen." Er holte einen Stapel Papiere aus einer Schublade und legte sie vor sich hin.

„Lord Stanford, ich weiß, dass Sie aufgrund Ihrer

veränderten gesellschaftlichen Stellung damals den Dienst quittieren mussten, was ich sehr bedauere. Aber es ist genau diese Stellung, weswegen ich Sie heute kontaktiert habe." Nicholas verstand nicht, was Mr. Burns ihm damit andeuten wollte, aber er schwieg. Er wusste, dass der Konstabler im Allgemeinen kein Mann der ausschweifenden Rede war und die folgenden Worte bestätigten das.

„Ich brauche jemanden, der sich ungehindert auf den Bällen und Soireen des Adels bewegen kann. Jemanden, der Erfahrung mit verdeckter Ermittlung hat. Ich brauche...Sie!"

Mr. Burns nahm einen weiteren Schluck und fuhr fort: „Mein Auftraggeber hat Hinweise darauf, dass etwas vor sich geht in Ihren Kreisen, das ihm Sorge bereitet. Wie Sie wissen, ist die Lage im Land gerade sehr angespannt. König George verfällt zusehends dem Wahn und der Prinzregent kümmert sich weniger um die Geschicke des Landes als vielmehr um seine Mätresse, diese Isabella Seymour. Die Sitten verfallen zusehends, ausschweifende Partys und andere Lustbarkeiten nehmen zu und in diesem Umfeld hat sich eine illustere Gesellschaft zusammengefunden, die sich heimlich zum Konsum von Opium trifft. Mein Auftraggeber entstammt den höchsten politischen Kreisen und aufgrund der instabilen Lage im Land fürchtet er, dass hochrangige Mitglieder des Kronrates zu den Gästen gehören. Ich muss Ihnen nicht erklären, was der ständige Opiumkonsum mit einem Menschen macht. Das sehen wir an den Auswirkungen in China, das in eine tiefe Krise schlittert, weil sich die Menschen dort über das Verbot ihres Kaisers hinwegsetzen und fleißig Rauschgift konsumieren, so dass die Wirtschaft dieses Landes am Boden liegt. Mein Auftraggeber möchte nun verhindern, dass ähnliche Zustände hier in London den Kronrat handlungsunfähig machen. Daher ist ihm daran gelegen, schnellstmöglich diesen Sumpf auszuheben. Und da kommen Sie ins Spiel, Mylord." Äußerlich unbeteiligt schob Mr. Burns den Stapel Papiere zu Nicholas und deutete darauf. Der Konstabler hatte Nicholas vor seiner Abreise nach Frankreich für seine gefährliche Mission ausgebildet, nicht nur an der Waffe. Er hatte ihn gelehrt, in Sekundenbruchteilen Emotionen zu erfassen, die der menschliche Körper unbewusst aussandte oder die sich in den Augen widerspiegelten. Einem weniger geschulten Betrachter wäre nicht aufgefallen, was Nicholas in den Augen seines Gegenübers für einen kurzen Moment aufblitzen sah, bevor der wieder ganz der kühle Ermittler war. Sehr selten nur hatte Mr. Burns überhaupt so etwas wie Gefühle gezeigt, wenn es um seine Arbeit ging. Umso mehr verdeutlichte sein Verhalten, dass er dieses Mal emotional mitgenommen war. Und das machte Nicholas neugierig. Er nahm die Papiere und begann zu lesen. Im Wesentlichen enthielten sie die Aussage eines Mannes, der den Bow Street Runnern, die für Burns arbeiteten, ins Netz gegangen war, weil er aus einem Lagerhaus am Londoner Hafen Opium gestohlen hatte. Opium, das aus dem Vorderen Orient kam und für den Weiterverkauf in China gedacht war, wo es eine horrend Gewinnspanne versprach. Daher sah es die Regierung nicht gerne, wenn auch nur kleine Teile davon für den heimischen Markt abgezweigt wurden. Der Kerl hatte bei seiner Festnahme fluchend und zeternd darauf hingewiesen, dass er in höchstem

Auftrag handele, und dass die hohen Herren, für die diese Lieferung bestimmt war, dafür verantwortlich waren. Er müsse immer größere Mengen heranschaffen und ganz sicher wäre es nicht im Sinne dieser Herren, wenn man ihn jetzt dafür belangen würde. Das hatte das Interesse des Konstablers geweckt und er hatte eine Chance gesehen, endlich den Drahtziehern dieses Opiumschmuggels im eigenen Land auf die Schliche zu kommen. Aber während der Mann ihm in dieser Hinsicht nicht weiterhelfen konnte, weil er das Opium nur an einem vereinbarten Platz deponierte, wo auch der Beutel mit dem Gold lag, hatte er andere interessante Dinge preisgegeben. Er kam aus der Grafschaft Buckinghamshire, etwa 35 Meilen nordwestlich von London gelegen, und hatte beobachtet, dass zu gewissen Zeiten Mietkutschen die engen Wege des ländlichen Wycombe verstopften, mit zugezogenen Vorhängen, damit man die Insassen nicht erkennen konnte. Und im Dorf munkelte man, dass auf dem abgelegenen Landgut des Earls of Mansfield ausschweifende Feiern stattfinden würden.

Nicholas legte die Papiere beiseite.

„Der Earl of Mansfield? Entschuldigen Sie, Konstabler, aber der Mann ist, obwohl erst in den Fünfzigern, soweit ich informiert bin, gesundheitlich sehr angeschlagen. Ich glaube kaum...“

„Sehr richtig, Lord Stanford. Der Earl ist unabhängig von seinem Alter ein gebrechlicher Mann, von schwächlicher Statur, der bei der letzten Parlamentssitzung sogar einen Schwächeanfall erlitten und sich daraufhin auf sein Landgut zur Rekonvaleszenz zurückgezogen hat. Aber die Tatsache, dass *ihm* West Wycombe Park gehört, schließt bedauerlicherweise nicht unbedingt aus, dass jemand das alte Gemäuer für seine Zwecke nutzt. Jemand, der ungehindert Zutritt zu dem Haus hat." Konstabler Burns sah Nicholas durchdringend an und nach einem kurzen Augenblick nickte dieser.

„Sie meinen, jemand der ebenfalls dort wohnt oder wenigstens des Öfteren dort weilt, oder..."

„Richtig, Mylord. Jemand der... mit dem Earl verwandt ist zum Beispiel!"

Beide wussten, worauf der Konstabler abzielte. Der Earl hatte einen Sohn und Erben, der zwar schlecht beleumundet war, sich aber einige Freiheiten herausnehmen konnte, weil er zum engeren Freundeskreis des Prinzregenten zählte. Darum mussten sie erst stichhaltige Beweise für sein Tun haben, bevor sie damit an die Öffentlichkeit gehen konnten.

„Sie sehen also, dass ich einen Mann brauche, der Zutritt zu diesen Kreisen hat und dort ermittelt."

West Wycomb Park, Buckinghamshire

„Habt Ihr ein Mädchen?" Der *Abt* hatte die Kapuze seines Umhangs tief ins Gesicht gezogen, so wie die anderen Anwesenden auch. Daher konnte man sein Gesicht nicht erkennen, aber jeder hier wusste, wer er war. Nur offen darüber zu sprechen hätte fatale Folgen. Ihre Gemeinschaft lebte von Geheimhaltung, von der Anonymität, die sie sich gegenseitig zugestanden.

Niemand außerhalb ihres *Clubs* wusste von ihnen, und wenn jemals durchsickern würde, dass es diesen Club gab, dann würde das Bekanntwerden ihrer Namen vielleicht tödliche, ganz bestimmt aber existenzvernichtende Folgen haben.

„Ja, es ist alles so, wie Ihr es wünscht, *Abt*." Erleichtert nahm der Mann wahr, dass die Laune des Meisters ausgesprochen gut war. Und dazu hatte er auch allen Grund. Das Mädchen, das sie gefunden hatten, entsprach genau den Vorstellungen ihres Anführers.

„Wo ist sie?"

„Im Keller, *Abt*. Bruder Beau bereitet sie gerade für die Zeremonie vor."

„Gut. Dann lasst uns vorher noch ein bisschen feiern. Die Nonnen, die ich heute eingeladen habe, sind bereits im Salon, ein Fass besten Brandys ist angestochen und ich denke, bis Mitternacht bleibt uns genügend Zeit, das ein oder andere Weib zu besteigen." Gut gelaunt wandte der große Mann sich ab und ging mit geschmeidigen Schritten voran durch den Flur, der in den Salon führte. Bruder Sebastian fühlte, wie sich sein Glied in freudiger Erwartung bereits aufrichtete. Als er auf Empfehlung und nach einiger Wartezeit mit diversen Prüfungen in diesen elitären Club aufgenommen worden war, hatte er zunächst wirklich geglaubt, bei den Frauen, die an den Partys teilnahmen, würde es sich um schamlose Nonnen handeln. Aber bereits das erste Weib, das er sich genommen hatte, hatte ihm kichernd erklärt, dass es in diesem Club Sitte wäre, die anwesenden Frauen als „Nonnen" zu bezeichnen. Immerhin würden die Herren ja auch als „Brüder" angesprochen, obwohl ihr Treiben alles andere als gottgefällig war. Und so war er dahinter gekommen, dass es sich bei den jedes Mal anwesenden Frauen entweder um Prostituierte der Extraklasse handelte oder auch - er hatte es erst nicht glauben wollen - um frustrierte Ehefrauen, die ein sexuelles Abenteuer ohne Verpflichtungen suchten. Und vor allem, ohne dass ihre Ehemänner etwas davon erfuhren. Natürlich gaben sich diese immer besonders Mühe, nicht erkannt zu werden, aber in ihrer Lüsternheit standen sie den Huren in nichts nach. Und seitdem dachte er bei jedem Ball und jeder Soiree darüber nach, ob diese oder jene nicht bereits einmal für ihn die Beine breit gemacht oder ihn hemmungslos geritten hatte. Sich das bei der einen oder anderen vorzustellen war ein durchaus vergnüglicher Zeitvertreib bei diesen langweiligen Veranstaltungen des *Tons*.

Als der *Abt* vor ihm den Salon betrat, schlug die große italienische Standuhr gerade die achte Stunde und Bruder Sebastian rieb sich erwartungsvoll die Hände. Es blieben ihnen fast vier Stunden, die der Zeremonie vorausgehende Orgie zu genießen. Denn dass das hier kein harmloses, langweiliges Treffen übersättigter Adeliger werden würde, ließ schon die Ausstattung des Raumes erkennen. Von zahllosen Kerzen erhellt erkannte er in der Mitte des Salons einen Tisch mit jeweils zwei Lederfesseln am oberen und unteren Ende. Ein Mitbruder war gerade dabei, eine kichernde, bis auf die Gesichtsmaske nackte Brünette darauf festzuschnallen. Vielleicht würde er später darauf zurückkommen, sich ebenfalls dieses Weibes zu bemächtigen, aber erst einmal würde er sich etwas in Stimmung trinken und sich dann mit einer willigen Nonne in eines der Separees zurückziehen, in denen ganz bestimmte Instrumente bereitlagen, die den Genuss des Aktes für ihn noch steigerten. Als er sich in der Menge umsah, fiel sein Blick auf eine schüchtern dastehende junge Frau mit festen kleinen Brüsten, goldfarbenem Haar und der Figur einer Venus. Sie war heute das erste Mal hier, da war er sich sicher. Sofort bahnte er sich einen Weg durch die grölende Menge, die nun um den Tisch herumstand und dem Schauspiel zusah, das die gefesselte Frau und einer der Brüder den Umstehenden boten. Er hatte keinen Blick dafür. Wie magisch angezogen ging er zu dem jungen Mädchen mit der Federmaske. Der Blick aus ihren blauen Augen war fast ängstlich, als er sie ansprach und sie ihn ansah. „Bist du das erste Mal hier, Schwester?" Bei ihrem Anblick leckte er sich über die Lippen. Sie nickte schüchtern und versuchte ein kleines Lächeln.

„Ja, Bruder. Bruder Beau hat mich... eingeladen."

„Schön, dann trinken wir beide jetzt erst einmal etwas und dann machen wir es uns gemütlich." Mit gesenktem Kopf folgte sie ihm durch die Menge und wurde bezaubernd rot, als ihr Blick auf das sündige Treiben auf dem Tisch fiel, wo bereits ein anderer Mann den Platz zwischen den Schenkeln der Brünetten eingenommen hatte.

Bruder Sebastian erschauderte unter der Vorstellung, dass dieses bezaubernde Wesen vielleicht nicht so abgebrüht war, wie die anderen Frauen. Die Frage, wie sie hierher geraten war, stellte er sich nicht. Der *Abt* legte größten Wert darauf, dass alle Frauen, die sich hier den Männer hingaben, dies freiwillig taten. Vielleicht war die Kleine einfach nur neugierig? Egal, er würde ihr alles zeigen, was sie wissen musste. Und noch viel mehr.

Stadthaus der Aylesburys

Die letzten Töne der *Mondscheinsonate* von Ludwig van Beethoven verklangen in Raum. Avas Finger ruhten entspannt auf der Tastatur des Klaviers während ihr Herzschlag gefühlt das schnelle *allegro vivace* des letzten Satzes hämmerte. Sie hätte nie gedacht, dass ihr das Klavierspiel so sehr fehlen könnte. In ihrem früheren Leben hatte sie Klavierunterricht bekommen und schon damals war sie ein anderer Mensch gewesen, wenn sie auf dem Hocker Platz nahm und ihre Finger dem Instrument wie von selbst die wunderbarsten Töne entlockten. Das Klavierspielen war eines der wenigen Dinge, die sie in ihrem neuen Leben vermisst hatte, und bis die Countess sie gebeten hatte, ihr etwas auf dem Klavier vorzuspielen, war ihr das gar nicht aufgefallen. Nachdem sich Avas Herzschlag etwas beruhigt hatte, bemerkte sie die Stille, die nach dem lebhaften Ende der Sonate den Raum erfüllte. Ängstlich sah sie zu der alten Dame hinüber, die, mit einer warmen Decke über ihren Beinen, in einem Rollstuhl neben dem Kamin saß. Das Schweigen der Countess verunsicherte sie und sie deutete es als Missfallen. Unsicher räusperte Ava sich. „Entschuldigen Sie, Mylady, aber ich... habe lange nicht mehr gespielt. Ich bin wohl... etwas aus der Übung." Wie immer, wenn sie Klavier spielte, erinnerte sie sich nicht mehr genau an einzelne Passagen. Sie vergaß Zeit und Raum, wenn sie sich ganz der Musik hingab und hatte daher ganz vergessen, dass noch jemand im Raum war, der ihr zugehört hatte.

„Miss Prescot, das war... außergewöhnlich! Ich liebe

die Musik von Beethoven und danke Ihnen für diese wunderbare Darbietung." Jetzt glaubte Ava, Tränen in den blassblauen Augen der alten Frau zu erkennen. „Ich habe Musik lange nicht mehr so... *gefühlt.* Wo haben Sie so Klavierspielen gelernt?"

Verlegen stand Ava auf und klappte vorsichtig den Tastaturdeckel herunter. „Ich hatte einige Zeit Unterricht, Mylady."

„Wer hat Sie so spielen gelehrt, Miss Prescot? Es muss ein Meister gewesen sein."

Ava dachte an den Mann, der es verstanden hatte, in ihr die Liebe zur Musik und zum Klavierspielen zu erwecken. Sie hatte stundenlang mit ihm darüber diskutiert, wie man die verschiedenen Sonaten interpretieren konnte, warum der Komponist hier ein *Largo* verlangte und dort ein *Allegro*. Er hatte vor Katharina der Großen und dem französischen Königspaar gespielt und schließlich, nach der französischen Revolution, den Weg nach England gefunden, wo er als gefeierter Pianist die Konzertsäle Londons füllte. Er brannte für die Musik und das hatte sich auf Ava übertragen.

„Johann Ladislaus Dussek!", platzte Ava mit brennenden Wangen und glänzenden Augen heraus, erfüllt von dem Stolz, dass ein derart begnadeter Musiker ihr Lehrer gewesen war. Dann aber biss sie sich auf die Lippe und verfluchte ihr vorschnelles Mundwerk. Inständig hoffte Ava, dass die Countess nicht genug Ahnung hatte, um zu erkennen, dass ihr Lehrer einer der gefragtesten Pianisten seiner Zeit war. Nur der Adel oder vielleicht noch neureiche Bürger konnten es sich leisten, ihre Töchter von ihm unterrichten zu lassen.

Ava war ihren Eltern sehr dankbar gewesen, dass sie es ihr ermöglicht hatten, Klavierunterricht bei diesem außergewöhnlichen Lehrer zu nehmen, obwohl es sie ein Vermögen gekostet hatte. Dass ihre Eltern diese Stunden als Investition in eine lukrative Heirat gesehen hatten und nicht etwa, um ihr eine Freude zu machen, hatte sie an dem Tag erfahren müssen, als ihr Vater sie ob der Schande, die sie über die Familie gebracht hatte, des Hauses verwiesen hatte. Ohne einen Penny, mit nichts als der Kleidung, die sie angehabt hatte, aber mit seiner Aufrechnung aller Kosten, die in ihre Ausbildung geflossen waren, im Kopf, hatte er sie einfach vor die Tür gesetzt. Sie und...

„Sie hatten Unterricht bei... *Dussek*?!" Begeistert klatschte die alte Frau in die Hände. Offensichtlich gehörte sie doch zu den Menschen, deren Interesse über das bloße Zuhören hinausging. Ava seufzte innerlich. Ungewollt hatte sie mehr über sich preisgegeben als ihr lieb war.

„Nur... kurz, Mylady." Ava senkte bescheiden den Blick.

„*Dussek*... Ich bin beeindruckt." Neugierig musterte die alte Frau Ava, sagte aber nichts.

„Ich danke Ihnen aufrichtig, Miss Prescot. Schon lange habe ich kein so emotionales Spiel mehr genießen dürfen." Dann strich sie eine imaginäre Falte aus der Decke über ihren Beinen, und lächelte ihre Gesellschafterin an.

„Lassen Sie es für heute gut sein, Miss Prescot. Sie haben heute schon genug Zeit hier mit mir alter Schachtel verbracht. Gleich kommt mein Enkel, da habe ich Gesellschaft. Nehmen Sie sich also heute

einen freien Nachmittag und machen Sie etwas
Schönes. Das Wetter ist so herrlich! Gehen Sie in den
Hyde Park oder essen Sie so ein neumodisches Sorbet
bei *Gunter's.*" Die alte Dame selber verließ nur selten
das Haus, weil sie an den Rollstuhl gefesselt war, aber
dennoch nahm sie rege am Leben teil. Sie wollte über
alles und jeden informiert sein, interessierte sich für
den neuesten Klatsch und Tratsch und Avas Aufgabe
war es, ihr Gesellschaft zu leisten, ihr aus der Zeitung
vorzulesen oder sich mit ihr zu unterhalten. Und wenn
es Lady Aylesbury gut genug ging, begleitete Ava sie
in den Garten des Stadthauses in der Curzon Street, der
so gestaltet war, dass man auf den gepflasterten Wegen
einen Rollstuhl ohne Hilfe schieben konnte. Das waren
die Stunden, die Ava am meisten genoss. Draußen an
der frischen Luft lebte sie auf. Sie war auf dem Land
aufgewachsen. Das Haus ihrer Eltern lag idyllisch
gelegen an einem kleinen Fluss, dessen Ufer von
Trauerweiden und Sumpfdotterblumen gesäumt waren
und für Ava hatte es keinen schöneren Ort gegeben, als
diesen. Dort zu sitzen, zu lesen oder einfach nur den
vorbeiziehenden Wolken nachzusehen, darüber hatte sie
die Zeit vergessen können. Jedenfalls bis zu diesem Tag
kurz vor ihrer Einführung in die feine Londoner
Gesellschaft, die ohnehin schon einmal hatte
verschoben werden müssen, weil sie sich eine
Lungenkrankheit zugezogen hatte. Und so hatte sie
ungeduldig der Saison in London entgegengefiebert,
die ihre erste hätte sein sollen. Die Bälle und vielleicht
die Aussicht, bereits in ihrer ersten Saison im Londoner
Ton ihren Traumprinzen zu finden, hatten ihr schlaflose
Nächte voller romantischer Träume bereitet. Bis zu
dem Tag der Gartenparty, die ihre Eltern ihr zu Ehren

und zum Abschied vom Landleben gegeben hatten. Dieser Tag, der zum Schrecklichsten in ihrem Leben geworden war und von einem Augenblick zum anderen alles geändert hatte, lag nun schon drei Jahre zurück. Drei Jahre, in denen sich ihr Leben vollkommen verändert und sie aus ihrer kindlich-naiven Vorstellung von einer sorglosen Zukunft gerissen hatte. Sie war jetzt einundzwanzig Jahre alt und dankbar für die Möglichkeit, die Lady Aylesbury ihr geboten hatte. Avas Tante Maude hatte immer zu ihr gehalten und ihr geholfen, in London eine Arbeit zu finden. Sie war es, die den Kontakt zur alten Dowager Countess hergestellt hatte, nachdem Ava sich entschieden hatte, in London zu bleiben. Nicht für immer, dazu hasste sie den stinkenden, lauten Moloch London viel zu sehr. Aber nur hier gab es Arbeit für eine wie sie und sie war gezwungen, zu arbeiten. Und eine Anstellung in einem Haushalt, in dem ihre Arbeitgeberin so gut wie nie das Haus zu gesellschaftlichen Verpflichtungen verließ und auch kaum Besuch empfing, war für Ava in ihrer jetzigen Situation geradezu perfekt. Wenn sie als Gesellschafterin der Dowager Countess diese nicht zu Bällen und Soireen begleiten musste, dann war ihr das nur mehr als recht. Denn dort würde sie unweigerlich auch auf ihre Eltern und Schwestern treffen. Und das wollte sie so gut es ging vermeiden, weil es für beide Seiten nur beschämend gewesen wäre. In den Augen ihrer Familie gab es sie schlicht nicht mehr. Und auch, wenn sie sich so manches Mal nach dem unbeschwerten Familienleben von früher zurücksehnte, so war ihr in den letzten Jahren doch klar geworden, dass alles nur Fassade gewesen war.

Und so sparte Ava eisern jedes Pfund, denn ihr großes Ziel war es, eine Schule für alle Kinder, nicht nur die Privilegierten, auf dem Land zu eröffnen. Weit weg von London und ihrer Familie. Bei ihrem Gehalt würde das zwar noch viele Jahre dauern, aber mit einundzwanzig Jahren war sie ohnehin noch nicht alt genug, um als Schulleiterin ernst genommen zu werden.

„Nun gehen Sie schon, Kindchen! Die Sonne scheint und ich sehe Ihnen doch an, dass Sie nichts lieber täten, als aus diesem nach alten und kranken Menschen riechenden Zimmer heraus zu kommen!", unterbrach Lady Aylesbury Avas Gedanken und zwinkerte ihr zu.

„Nicht doch, Lady Aylsbury, ich..."

„Keine Widerrede! Ab mit Ihnen. Gleich wird Robert hier sein und mich in den Garten begleiten. Sie sehen also, ich habe ebenfalls nicht vor, hier in diesem Zimmer zu versauern!" Mit einem ebenso energischen wie amüsierten Handwedeln scheuchte die alte Dame Ava aus dem Zimmer.

Tatsächlich ließ die Aussicht, dieses Haus für ein paar Stunden zu verlassen, Avas Herz höher schlagen. Aber es war nicht das herrliche Wetter oder die Aussicht auf ein Sorbet bei *Gunter's,* das sie so beschwingt die Treppe zu ihrem Zimmer hinaufeilen ließ. Sie freute sich darauf, ein paar Stunden in diesem Waisenhaus in East End zu verbringen, das sie, so oft es ihre Zeit zuließ, besuchte.

In ihren Zimmer angekommen zog sie sich schnell um. Das graue Musselinkleid war, obwohl einfach geschnitten, viel zu vornehm für einen Besuch in dem armen Stadtviertel. Es würde dort zu viel Aufmerksamkeit heraufbeschwören und wenn Ava eines nicht gebrauchen konnte, dann, dass irgendjemand von ihren Besuchen dort erfuhr. Das Kleid war ein Geschenk der alten Dowager Countess gewesen nachdem sie herausgefunden hatte, dass Ava nur zwei Kleider aus grobem Wollstoff besaß. Zwar hatte Ava versucht, diese Kleider immer wieder zu verändern, indem sie Bordüren oder farblich passende Bänder annähte, aber natürlich war der alten Frau aufgefallen, dass es sich doch immer um die selben beiden Modelle handelte. Es war Ava zwar peinlich gewesen, aber dem Argument, dass sie als Gesellschafterin einer verwitweten Countess auch passend angezogen sein müsse, hatte sie sich nicht entziehen können.

Nun aber würde eines ihrer alten Wollkleider ausreichen. Sie strich sich über die glänzenden dunklen Locken und band sie zu einem strengen Knoten. Während die meisten Frauen stolz auf eine derartige Haarpracht gewesen wären, wollte Ava nur eines. Unsichtbar sein. Und leider zogen ihre glänzenden, fast schwarzen Haare in Kombination mit ihren grauen Augen nur allzu oft alle Blicke auf sich, wenn sie nicht etwas dagegen tat. Das Einfachste war, die Lockenpracht zu bändigen und unter einer Haube zu verstecken. Sorgfältig band sie die einfache, weiße Haube fest unter ihrem Kinn zusammen um nicht zu riskieren, dass sich eine vorwitzige Strähne hervorkringeln konnte und griff dann noch schnell zu der Brille mit dem Fensterglas, hinter der sie ihre Augen etwas verstecken konnte. Leise öffnete sie die Tür, um auf den Gang hinaus zu spähen. Wenn sie eines nämlich nicht wollte, dann war das, dem jungen Robert Radcliff zu begegnen. Viscount Turnbridge war nicht nur der Enkel der alten Countess sondern auch der Erbe des Titels eines Earls, wenn sein Vater irgendwann versterben würde. Er sah blendend aus, machte ihr Komplimente und ließ keinen Zweifel daran aufkommen, dass er nicht abgeneigt wäre, eine Affaire mit ihr zu beginnen. Und das bedeutete, dass sie ihm aufgefallen war, und das konnte sie nicht gebrauchen. Es war für Ava wichtig, dass sie quasi unsichtbar für die feine Gesellschaft war. Niemand durfte von ihren heimlichen Besuchen im Waisenhaus erfahren. Ansonsten könnte ihre Anstellung und damit auch ihre Zukunft in Gefahr sein.

Als weiterhin alles ruhig blieb, schlüpfte sie schnell aus ihrem Zimmer und erreichte ungesehen die Haustür. Erleichtert trat sie hinaus in das grelle Sonnenlicht, setzte die Brille auf und ging schnellen Schrittes in Richtung East End davon. Es war ein gutes Stück des Weges dorthin und die Zeit, die ihr zur Verfügung stand, war knapp bemessen.

West Wycombe Park, Buckinghamshire

Alles war vorbereitet. Das Gewölbe im Keller des Anwesens wurde durch unzählige Kerzen erhellt. Die Flammen warfen verzerrte Schatten an die Wände und die in dunkle Kutten gehüllten Anwesenden warteten gespannt auf ihren Anführer, ihren *Abt,* der ihnen versprochen hatte, bald würden sie über die Mächte der Finsternis gebieten können. Bruder Sebastian argwöhnte, dass keiner der anwesenden Männer darauf aus war, die dunkle Seite der Macht zu betreten. Es war ein Hirngespinst des *Abtes,* eine kranke Besessenheit, die an Wahn grenzte, und doch war niemand aus ihrem elitären Kreis bereit, ihn in seine Schranken zu weisen. Zu exklusiv und ausschweifend waren die Feiern, die diesem Spektakel vorausgingen und das wollte sich keiner der Männer entgehen lassen. Das, was hier unten im Gewölbe geschah, war für viele nur nebensächlich. Etwas, das sie hinnahmen, um weiter zu den Festen eingeladen zu werden. Oder vielleicht waren auch einige von ihnen Sadisten, die hier unten ein willkommenes Ventil für ihre abscheuliche Neigung fanden.

Ein Luftzug ließ die Anwesenden aufmerken. Es begann.

Bruder Beau trug ein zartes, dunkelhaariges Mädchen auf dem Arm. Opium und Alkohol, so vermutete Bruder Sebastian, hatten sie nicht nur willenlos gemacht, sondern auch dafür gesorgt, dass sie so gut wie nichts von der Zeremonie mitbekommen würde, in deren Mittelpunkt sie stand. Ein hauchzartes Gewand umhüllte ihre Figur und ließ mehr erkennen als es verhüllte. Unter der Brust wurde es durch ein schmales goldenes Band zusammengehalten und an den Füßen trug das Mädchen zierliche Sandalen aus goldfarbenem Leder. In ihre Haare waren goldene Bänder geflochten, ihre Lippen in dem ansonsten blassen Gesicht verführerisch rot geschminkt.

Bruder Beau trat unter dem sonoren Gemurmel der Anwesenden an den großen Opfertisch aus schwarzem Obsidian heran und legte das Mädchen vorsichtig auf dem Altar ab. Er strich ihr das Haar aus der Stirn und verbeugte sich dann in Richtung des *Abtes*.

Augenblicklich trat Stille ein und ihr Meister begann, aus dem *Grand Grimoire* zu lesen, jenem Zauberbuch, das sowohl die Vorbereitungen beschrieb, die der Anrufung vorauszugehen hatten als auch die für die erfolgreiche Anrufung des Teufels unerlässlichen Formeln beinhaltete. Als er verstummte löste Bruder Beau das goldene Band, das das Gewand des Mädchens zusammenhielt und schob den Stoff soweit über ihre Schultern, dass ihre kleinen, festen Brüste zu sehen waren. Dann zog er ihr behutsam die Sandalen aus und faltete ihre Hände über ihrem Bauch. Er entzündete Weihrauch und Styrax in den vorbereiteten Schalen und wartete, bis sich der würzige Rauch in dem Gewölbe verteilt hatte. Ein aufgeregtes Raunen ging durch die Männer, die den Altar umstanden, als Bruder Beau ein Eisen über einer der Feuerschalen erhitzte, die überall verteilt waren. Als das Metall rot glühte beugte er sich über die regungslos daliegende junge Frau. Mit einem entschlossenen Lächeln auf seinen Lippen presste er das heiße Eisen auf das zarte Fleisch oberhalb ihrer linken Brust. Vor Schmerzen schlug die Kleine die Augen auf, schrie und wand sich, bevor sie die Augen verdrehte und mit einem Stöhnen wieder in die gnädige Bewusstlosigkeit versank. Sie war nun gekennzeichnet als Eigentum des Königs Salomo, zu dessen Ehren sie das ganze Theater hier veranstalteten. Nachdem Bruder Beau sich erneut zurückgezogen hatte, trat der Abt mit einem zufriedenen Nicken an das Mädchen heran und bat in einem monotonem Singsang König Salomo, das Opfer anzunehmen und sie alle zu belohnen, indem er ihnen die Macht über die Dämonen der Dunkelheit übertrug. Der Geruch verbrannter Haut vermischte sich mit dem des Räucherwerks und Bruder Sebastian überkam eine leichte Übelkeit. Ob das an dem reichlich genossenen Alkohol, dem Opium oder den zu erwartenden Geschehnissen lag, konnte er nicht mit Bestimmtheit sagen. Würde Salomo dieses Mal ihr Oper annehmen? Es hieß, ihm sei dereinst eine Jungfrau entflohen und er hätte auf ihre Ergreifung eine Belohnung ausgesetzt. Bruder Sebastian hatte keine Ahnung, ob das stimmte, aber immerhin schien ihr *Abt* an die Geschichte zu glauben. Dieses Ritual, das sie nun schon zum wiederholten Mal ausführten, war dazu gedacht, dem König die Jungfrau und ihrem *Abt* im Gegenzug die Macht über die Dämonen der Finsternis zu verschaffen. Nur hatte Salomo bisher all ihre Jungfrauen verschmäht.

Der *Abt* beendete die Anrufung und bedeutete ihnen, den Raum zu verlassen. Salomo sollte die ihm dargebotene Jungfrau ganz in Ruhe in Besitz nehmen können.

Mit gefalteten Händen und tief in die Stirn gezogenen Kapuzen verließen die Männer die Katakombe und begaben sich geschlossen wieder in die oberen Räumlichkeiten. Der *Abt* verschloss die schwere Eichentür mit einem Riegel und folgte ihnen. Erst am frühen Morgen würden sie zurückkommen und nachsehen, ob Salomo dieses Mal geneigt war, ihr Opfer anzunehmen.

Mehr oder weniger erwartungsvoll hatten sich die Mitglieder des Clubs vor der schweren Eichentür versammelt, die ihr *Abt* vor Stunden verriegelt hatte. Bruder Sebastian starrte auf die Inschrift, die über der Holztür eingebrannt war: *Fay ce que vouldas! Tu, was du willst.* Der Leitspruch ihrer verschworenen Gemeinschaft. Sie taten alle, was sie wollten, in jedem Bereich ihres Lebens, unabhängig davon, was die Gesellschaft davon hielt. Aber das hier, die Opferung von jungen, unschuldigen Frauen, bereitete ihm zunehmend Gewissensbisse. Natürlich liebte er die ausschweifenden Partys. Alkohol, Frauen und Opium im Überfluss. Diese betörende Kombination hatte ihn stets mit einem berauschenden Hochgefühl erfüllt, seine Sinne benebelt und ihn unempfindlich für das nachfolgende Ritual gemacht, das bisher schon drei junge Frauen das Leben gekostet hatte. Ihm selbst war es nie um die versprochene Macht gegangen, die der *Abt* ihnen für das Gelingen seines Vorhabens versprochen hatte. Die zügellosen Partys waren seine Motivation gewesen, diesem Club beizutreten. Das elitäre Bewusstsein, das sie alle einte, die Tatsache, dass hier nicht wie bei *White's* nur getrunken, gewettet und über Politik gesprochen, sondern zügellos und ohne Tabus gefeiert wurde, machte den entscheidenden Unterschied zu anderen Clubs aus. Die Besessenheit ihres *Abtes*, sich die dunklen Mächte durch die Opferung junger Frauen zu eigen zu machen, stieß nicht nur bei Bruder Sebastian zunehmend auf Ablehnung. Immer mehr Mitglieder äußerten hinter vorgehaltener Hand, dass der *Abt* in seinem Wahn zu weit ging. Bruder Sebastian selbst war sogar der Meinung, dass die Besessenheit dieses Mannes krankhafte Züge angenommen hatte. Aber natürlich würde niemand von ihnen das offen zugeben, denn sie fürchteten die Macht, die der *Abt* über sie hatte. Über jeden einzelnen von ihnen. Sie alle hatten sich freiwillig in die Hand dieses Mannes begeben, um Mitglied werden zu können. Jeder von ihnen wäre nicht nur finanziell ruiniert, wenn der *Abt* es darauf anlegen würde. Das wäre noch nicht einmal das Schlimmste. Ungeachtet ihrer gesellschaftlichen Stellung drohte ihnen allen die Todesstrafe, wenn jemals ans Licht käme, was hier in der Katakombe des Landhauses geschah, vor deren Tür sie nun standen. Und dieses Wissen schweißte zwangsläufig zusammen, hielt die Zweifler an den Ritualen davon ab, sich dagegen aufzulehnen.

Der *Abt* hatte inzwischen den schweren Riegel zurückgeschoben und drückte mit einem verklärten Ausdruck in den Augen die Eichentür auf. Das Gemurmel der Anwesenden erstarb und während der *Abt* allen voran den Raum betrat, musste Bruder Sebastian würgen. Der Geruch nach verbranntem Fleisch, Schweiß und kaltem Weihrauch nahm ihm den Atem. Er hatte sich absichtlich in der hinteren Reihe postiert, weil er nicht erpicht darauf war, zu nah an den Altar zu treten. Der zornige Ausruf ihres *Abtes* hallte bis zu ihm durch, gefolgt von einem unmenschlichen Knurren und dem fassungslosen Gemurmel der Mitglieder, die weiter vorne standen und freien Blick auf die Szene hatten, die sich ihnen bot. Bruder

Sebastian wusste, auch ohne dass er es sah, dass es nur wieder eine junge Frau gab, die sinnloserweise ihr Leben für den Wahn eines kranken Mannes hatte lassen müssen. Denn dass ihr *Abt* ein kranker, skrupelloser Mann war, der einer Wahnvorstellung folgte, war inzwischen nicht nur Bruder Sebastian klar. Nur etwas dagegen unternehmen konnte keiner von ihnen.

Mit vor Wut und Unglauben verzogenen Gesichtszügen rannte der *Abt* an ihm vorbei, knurrend und obszöne Flüche ausstoßend, gefolgt von seinen treuesten Anhängern, während eine handvoll Mitglieder schweigend zurückblieb und sich um die tote junge Frau kümmerte, indem sie sie in ein schwarzes Tuch hüllten. Bruder Sebastian hatte noch erkennen können, dass sich die Brandwunde über ihrer Brust verkrustet hatte. Ein Schwarm Fliegen war surrend von der schwärenden Stelle aufgeflogen und hatte den Blick auf die hässliche Wunde freigegeben. Er hielt sich die Hand vor den Mund, als Bruder Letus den Körper an ihm vorbei trug. Der Mann war einer der treuesten Anhänger des *Abtes* und seine Aufgabe war es, sich um die Beseitigung der Mädchen zu kümmern, die dem Ritual zum Opfer fielen. Bruder Letus warf ihm einen verächtlichen Blick zu und in seinen Augen las Bruder Sebastian eine stumme Warnung. Er würde vorsichtiger mit seinem mulmigen Gefühl und seinen Zweifeln am Geisteszustand des *Abtes* umgehen müssen. Wenn auch nur einer der engsten Vertrauten des *Abtes* vermuten würde, dass er nicht mehr hinter dem Club stand, wäre das sein Todesurteil.

Stadthaus des Dukes of Ashford

„Ich glaube, du verstehst nicht, in was für einer Situation wir uns befinden, Nicholas!" Der grauhaarige Mann hinter dem Schreibtisch des vornehmen Stadthauses lehnte sich in seinem Stuhl zurück und fixierte Nicholas. „Ich habe mich...verspekuliert." Er legte die Fingerspitzen aneinander und beobachtete seinen Sohn.

Nicholas saß ihm gegenüber in einem Chippendalestuhl, die Beine lässig übereinandergeschlagen und ahnte, auf was sein Vater hinauswollte. Gerade hatte er ihm eröffnet, ihr gesamtes Vermögen bis auf die unveräußerlichen Vermögensgegenstände, die mit dem Titel des Dukes of Ashford verbunden waren, verloren zu haben. Im Grunde genommen wusste er, was sein Vater nun von ihm fordern würde. Er wäre nicht der Erste, der ein verlorenes Vermögen mit einer reichen Heirat wieder ausgleichen sollte. Und er wusste auch ziemlich genau, wer die Lady war, die ihm diesen Reichtum bescheren sollte.

„Und nun soll ich dieses Geld durch eine vorteilhafte Verbindung wiederbeschaffen." Das war eine Feststellung, keine Frage. Und der Duke bestätigte das durch ein kurzen Nicken.

„Es ist ja nicht so, dass du irgendjemanden heiraten sollst, Junge! Lady Victoria Newton ist die perfekte Lösung! Ihr kennt euch schon ein Leben lang, sie ist schön, reich, gebildet und wird einmal eine perfekte Duchess abgeben." Er beugte sich etwas zu Nicholas

28

hinüber. „Und es ist ohnehin schon lange beschlossene Sache zwischen mir und ihrem Vater, dass ihr heiraten werdet!"

„Ihr Vater ist tot", bemerkte Nicholas überflüssigerweise.

„Das spielt in diesem Fall keine Rolle, Junge. Die Verträge sind bereits aufgesetzt und von ihm und mir unterzeichnet, du musst nur noch ebenfalls unterschreiben!" Er schob Nicholas auffordernd einen Stapel Papiere hin. Als dieser nicht darauf reagierte, stand er auf und stemmte die Hände auf den Tisch.

„Das ist keine Bitte, Nicholas! Du wirst Victoria heiraten, oder...", zischte er.

„Oder was, Vater?" Nicholas war ebenfalls aufgesprungen und funkelte seinen Vater an. Insgeheim fragte er sich, ob es wirklich so schlimm wäre, Victoria zu heiraten. Denn alles, was sein Vater über sie gesagt hatte, stimmte. Sie war schön, reich und jeder andere Mann würde sie mit Kusshand zur Frau nehmen. Aber sie war auch selbstsüchtig, oberflächlich und für ihren Vorteil ging sie über Leichen und... er empfand nichts für sie. Er wusste nicht einmal, ob es Freundschaft war, was sie verband. Es stimmte, er kannte sie schon ein Leben lang und gerade deshalb konnte er sich nicht vorstellen, diese Frau zu heiraten. Er kannte sie *zu gut*, um genau zu sein. Er machte sich keine Illusionen über Liebe oder romantische Gefühle. Die waren in seinen Kreisen nur höchst selten die Grundlage für eine Heirat. Und spielten, ehrlich gesagt, auch für ihn keine Rolle. Aber ein Leben lang an eine Frau wie Victoria gebunden zu sein, widerstrebte ihm. Und daran änderte auch ihre mehr als stattliche Mitgift nichts.

„Nicholas, du verkennst den Ernst der Lage!",

versuchte es sein Vater nun deutlich ruhiger. Er kannte seinen Sohn gut genug um zu wissen, dass Zwang bei ihm nur das Gegenteil bewirkte.

„Ich habe dein Junggesellenappartement bereits gekündigt, du wirst wieder hier einziehen müssen. Darüber hinaus bin ich nicht in der Lage, dir weiter eine Apanage zur Verfügung zu stellen. Wir haben noch die Rennpferde, aber auch die werde ich schnellstens verkaufen müssen, um die laufenden Kosten zu decken. Danach..." Er ließ seine Worte auf Nicholas wirken. Der spannte die Schultern an und richtete sich auf. Er überragte seinen Vater um einen Kopf und bot durch seinen muskulösen Körper eine imposante Erscheinung. Kurz schien der Duke beeindruckt, dann aber straffte auch er sich.

„Was ist nun? Weigerst du dich immer noch, Victoria zu heiraten?"

„Eine Heirat mit Victoria ist keine Option. Ich verlange, in den nächsten Tagen Einsicht in deine Geschäftsunterlagen zu nehmen. Vielleicht können wir noch etwas retten." Kühl nahm er seinen Zylinder und wandte sich zum Gehen.

„Du *verlangst* Einsicht?!", rief sein Vater aufgebracht hinter ihm her. „Du *verlangst?*! Noch bin ich der Duke und du nur..."

„Nur dein Sohn, Vater. Und auch nur der Zweitgeborene. Das wolltest du doch sagen?!" Nicholas öffnete die Tür und konnte doch nicht verhindern, dass ihn die Worte seines Vaters trafen. Für den Duke war er immer nur der Ersatz gewesen. Für den Fall, der dann ja auch eingetreten war: nämlich dass sein Bruder versterben könnte, bevor er sein Erbe angetreten hatte. Es schmerzte, nur zweite Wahl zu sein, nicht das Vertrauen entgegengebracht zu bekommen, in die Geschäfte des Dukes eingearbeitet zu werden, wie es einem Nachfolger zustand. Für seinen Vater hatte es immer nur Edward gegeben, den Erstgeborenen. Nicht nach außen hin, sein Bruder und er hatten die gleiche Ausbildung genossen, den gleichen Lebensstandard... Beide hatten sie eine *Grand Tour* durch die halbe Welt machen dürfen, und doch war da eine Kluft zwischen ihnen gewesen für die ihr Vater verantwortlich war. Nicholas hatte sich ungeliebt gefühlt, ignoriert und das hatte ihn schließlich sogar nach Frankreich getrieben, im Auftrag der Krone, weit weg von Bruder und Vater. Seine Arbeit hatte ihm etwas bedeutet, hatte ihm das Gefühl gegeben, etwas Sinnvolles zu tun. Seit er jedoch wieder in England war, hatte er keine Aufgabe, außer, sich hin und wieder auf gesellschaftlichen Anlässen sehen zu lassen, sich in seinem Herrenclub *White's* zu betrinken oder seine wechselnden Mätressen zu besuchen. Erst nach dem Gespräch mit Mr. Burns vor wenigen Tagen war ihm bewusst geworden, dass ihn dieses Leben nicht ausfüllte, sondern dass er eine Aufgabe brauchte, die ihn herausforderte. So wie der Fall, auf den Mr. Burns ihn angesetzt hatte.

„Nicholas, ich bitte dich..." Die letzten Worte des Dukes erstarben hinter der Tür, die Nicholas ins Schloss geworfen hatte. Er wollte nichts mehr von den Drohungen hören, die sein Vater aussprechen würde, wie er es schon immer getan hatte, wenn jemand gegen ihn aufbegehrte. Nur das ungute Gefühl, das ihn beschlich, konnte er nicht hinter der Tür zurücklassen. Er kannte seinen Vater und wusste, dass er es nicht bei

Drohungen belassen würde. Aber das spielte im Augenblick keine Rolle. Er würde Victoria nicht heiraten, für kein Vermögen der Welt! Nicholas seufzte. Insgeheim stellte er sich die Frage, ob er sich überhaupt für den Preis einer Ehe retten lassen wollte. Wenn er ehrlich zu sich war, schreckte ihn im Moment der Gedanke an eine Ehe mehr als der Gedanke an ein finanziell eingeschränktes Leben. Im Gegensatz zu seinem Vater und weiten Teilen des Adels hielt er es nämlich nicht für unter seiner Würde, für seinen Unterhalt zu arbeiten.

West Wycombe Park, Buckinghamshire

Die schwere Eichentür fiel fast geräuschlos ins Schloss. Er wunderte sich immer wieder, dass etwas so Altes in einem ebenso alten Gebäude so tadellos funktionieren konnte. Aber der *Abt* überließ nichts dem Zufall. Er war perfekt vorbereitet, dachte vorausschauend, machte niemals Fehler. Und das machte ihn so gefährlich.
„Ihr habt gerufen, *Abt.*" Mit einer tiefen Verbeugung in den Raum machte er auf sich aufmerksam. Wie immer sah man die Gestalt, der sie alle dienten, nicht. Man *wusste* einfach, dass *ER* da war.
„Habt Ihr alles beisammen, was wir zur Anrufung brauchen, Bruder?" Die Stimme war kraftvoll, hallte von den alten Wänden des Gewölbes wider und verursachte eine Gänsehaut bei dem Angesprochenen.
„Ja... nein... also..." Seine Stimme zitterte, als er

hinzufügte, „sie...", er wischte sich den kalten Schweiß von der Stirn. Sich den Unmut des *Abtes* zuzuziehen, war im günstigsten Fall schmerzhaft, im ungünstigsten tödlich. „Sie... also das Mädchen... ist tot." Er hoffte, dass seine Stimme nicht verriet, dass er log. Gott sei Dank erhellten nur ein paar Kerzen das dunkle Gewölbe, so dass der *Abt* nicht bereits in seinen Augen oder an seinem Gesichtsausdruck erkennen konnte, dass er nicht die ganze Wahrheit sagte. Das Mädchen war nicht tot, noch nicht, aber ganz sicher würde sie in Bedlam nicht lange überleben. Es war also nur eine Frage der Zeit, bis aus der Lüge Wahrheit werden würde. Wer einmal hinter den Mauern der berüchtigten Anstalt für Geisteskranke weggesperrt war, war so gut wie tot. Vergessen von der Welt da draußen und der Willkür der Aufseher ausgeliefert, würde das junge Mädchen dort nicht lange überleben. Aber für sie alle war es besser, wenn der *Abt* glaubte, sie wäre bereits tot.

„Bei Salomo! Wie konnte das passieren?" Seine drohende Stimme hallte dumpf von den feuchten Wänden des Gewölbes wider. Es dauerte einen kurzen Augenblick, bis er sich wieder in der Gewalt hatte. „Wie ist das passiert? Wer ist dafür verantwortlich?", fragte er, deutlich gefasster.

„*Abt*, Auserwählter," unruhig trat der Angesprochene von einem Bein aufs andere, „... es war...also..."

„Wer?!", donnerte der Bass durch das dunkle Gemäuer.

„Bruder Beau hat sie eine Weile beobachtet und dann, als er sicher war, dass sie in Frage käme, hat er sie in seine Gewalt gebracht. Leider ist sie zu früh wach geworden und hat sich gegen ihn gewehrt. Er hat versucht, sie zur Raison zu bringen, ihr klar zu machen, dass ihr Schicksal so oder so beschlossene Sache sei und es für sie ohnehin zu spät wäre, sich gegen ihn aufzulehnen, aber sie... Er hat sie geschlagen und sie ist dann wohl unglücklich mit dem Kopf aufgeschlagen. Es war ein Unfall, *Abt*." Das war nur ein Teil der Wahrheit. Leider hatte Bruder Beau die Kleine unterschätzt. Zunächst hatte er sich gar nicht für den jungen Mann interessiert, der da durch die Gassen von Whitechapel lief. Dann aber war dessen Hut nach einem Rempler verrutscht – und die Fülle goldblonden Haares, die für einen kurzen Augenblick sichtbar wurde, hatte sein Interesse erregt. Bei näherem Hinsehen hatte er eine kleine Schönheit unter der Maskerade erkannt. Und jemand, der offensichtlich etwas zu verbergen hatte, war bestens für ihre Pläne geeignet, also hatte er sie in einer dunklen Gasse überwältigt. Aber es war ihr gelungen, ihm zu entkommen, was ihr allerdings nicht viel genutzt hatte. Passanten, die sie um Hilfe gebeten hatte, hatten dafür gesorgt, dass man sie nach Bedlam gebracht hatte, bevor Bruder Beau hatte eingreifen können. Ihr wirres Gerede, sie sei die Schwester des Earls of Banbury und solle in einem Ritual geopfert werden, hatte die Leute misstrauisch gemacht. Die Tatsache, dass sie Männerhosen und ein zerschlissenes Hemd trug, in Kombination mit der blutenden Kopfwunde und den ihr wirr ins Gesicht hängenden Haaren hatte dafür gesorgt, dass man ihr natürlich nicht geglaubt und sie für verrückt erklärt hatte. Bedlam war ein Ort, den kaum einer lebend verließ. Und wenn doch, war er durch die Zeit mit den anderen Insassen und die Behandlung durch die Aufseher spätestens dann wirklich verrückt.

Lange Zeit war nichts anderes zu hören als das Knurren und Atmen des Mannes, dem sie alle dienten. Man konnte den inneren Kampf, den er ausfocht, förmlich hören. Plötzlich richtete er das Wort wieder an seinen Bruder.

„Ich brauche dir nicht zu sagen, dass das der letzte Fehler war, dass *sie d*er letzte Fehler war, den ich euch durchgehen lasse. Meine Geduld ist am Ende! Das nächste Mädchen erfüllt alle Kriterien oder es rollen Köpfe. Und das meine ich genau so, wie ich es gesagt habe!" Man hörte noch ein kurzes Knurren, dann: „Habt ihr sie entsorgt?" Die Stimme hatte sich wieder beruhigt und klang beherrscht, teilnahmslos geradezu, als ob hier von einer toten Katze die Rede wäre.

„Ja, *Abt,* Bruder Beau hat sich darum gekümmert. Wir haben alles arrangiert. Man wird sie nicht finden." *Hoffentlich*, fügte er in Gedanken hinzu. Ihm lief erneut ein Schauer über den Rücken. Als er diesem Club beigetreten war, hatte er an ausschweifende Partys ohne Tabus gedacht, willige Frauen, die keine Wünsche offen ließen, Alkohol und Opium zur Steigerung der Lust... Und nun war er in etwas hineingeraten, das so weit jenseits aller Vorstellung war...

All diese Mädchen... Und nachdem nun auch sie ein Fehlgriff gewesen war, würde alles wieder von vorne anfangen.

„Du weißt, was ich von euch allen erwarte, Bruder. Die Zeit wird knapp. Ich erwarte, dass ihr alles daran setzt, euren Fehler wieder gut zu machen. Es ist alles vorbereitet, nur *sie* fehlt noch."

„*Abt*, es wird immer schwieriger, geeignete Mädchen aufzutreiben. O'Sullivan tut, was er kann, aber...", versuchte er, den *Abt* vielleicht doch noch von seinem

Vorhaben abzubringen.

„O'Sullivan ist ein schmieriger Hurenwirt, Bruder. Wenn er überhaupt noch eine Jungfrau in seinem Bezirk findet, dann holte er sie sich in sein eigenes Etablissement. Jungfrauen sind eine exzellente Einnahmequelle für Bastarde wie ihn. Kaum ein Mädchen erlebt in Whitechapel ihren vierzehnten Geburtstag als Jungfrau, das ist mir schon klar, Bruder." Die Stimme des *Abtes* war leise geworden, hatte aber gerade deswegen an Schärfe gewonnen.

„Erhöht seine Prämie, Bruder Sebastian."

Ein Windzug streifte den Angesprochenen, kalt wie ein Todesatem.

„Beim nächsten Vollmond erwarte ich meine Brüder. Hier. Und mit einer Jungfrau." Es raschelte leise, ein Schatten huschte an ihm vorbei. Ohne etwas erkennen zu können, wusste er, dass er alleine war. Der *Abt*, der Auserwählte, war verschwunden. Zurück blieb diese undurchdringliche Dunkelheit. Eine Schwärze, die längst sein Herz erreicht hatte und ihn doch nicht vollkommen immun machte, gegen jedes menschliche Gefühl. Er fühlte Mitleid mit den Mädchen, die sie geopfert hatten, und war doch nicht in der Lage, ihnen zu helfen.

Bruder Sebastian drehte sich um und verschwand genauso leise wie sein Meister. Sie mussten Ersatz für die Kleine finden. Und zwar schnell. Nur glaubte Bruder Sebastian schon lange nicht mehr, dass es dieses eine Mädchen geben würde. Dieser ominöse Salomo würde nicht kommen, schlichtweg, weil er ein Hirngespinst des *Abtes* war.

Stadthaus des Earls of Banbury

„Bitte, Nicholas, du musst uns helfen. Ich kann hier nicht weg! Margret kann jederzeit niederkommen und da schon ihre Schwangerschaft nicht komplikationslos verlaufen ist... bitte, ich kann sie unmöglich alleine lassen!"

Nicholas hatte sich kaum gesetzt, als sein ältester Freund William auch schon zu sprechen begann.

„Jetzt beruhige dich erst einmal, Will. Was ist denn so dringend, dass du mich mitten in der Nacht von deinem Diener aus dem Bett werfen lässt?" Nicholas war immer noch belustigt.William hatte schon immer einen Hang zu unangebrachter Dramatik besessen. Will und er hatten nach dem erfolgreichen Schulabschluss die *Grand Tour,* die nach Ansicht ihrer Väter für Angehörige des Adels unverzichtbar war, zusammen unternommen. Zu Bildungszwecken hatten sie den europäischen Kontinent bereist. Italien,Spanien und Frankreich hatten sie gesehen, sogar bis nach Ägypten hatte es sie verschlagen. Und genau dort hatte Will ihn eines Nachts vollkommen aufgelöst und sich verzweifelt die Haare raufend geweckt und den Eindruck erweckt, es sei mindestens die Sphinx zum Leben erwacht und wolle ihn mit in die Anderswelt nehmen. Und die Aufregung nur, weil - wie sich einen Mokka später herausstellte - er vergessen hatte, einen Brief an seine Verlobte Margret zum Postamt in Kairo zu bringen. Die Tatsache, dass er das am nächsten Morgen würde nachholen können und es bei der umständlichen Postbeförderung von Ägypten nach

England nun wahrlich nicht auf einen Tag ankam, konnte ihn ebenso wenig beruhigen wie Nicholas' Einwand, dass sie am Ende ihrer Reise waren und sehr wahrscheinlich sogar noch vor dem Eintreffen des Briefes zuhause in London sein würden. Aber so war William eben und Nicholas fand ihn gerade wegen dieser etwas hilflos und zerstreut wirkenden Art sympathisch.

„Nicholas, es ist etwas Schreckliches passiert." William sah so verstört aus, dass Nicholas grinsen musste. Wahrscheinlich hatte sein Freund vergessen, einen Ring oder ein anderes Schmuckstück für Margret zu besorgen, das er ihr zur Geburt ihres ersten Kindes schenken konnte. Oder er hatte einfach nur vergessen, seinen neuen Mantel vom Schneider abzuholen.

Endlich gab William sein unruhiges Auf- und Ablaufen in dem gemütlich eingerichteten Salon auf und setzte sich Nicholas gegenüber in einen Sessel.

„Violet ist nicht da." Seine Stimme klang beunruhigt.

Nicholas seufzte. Das Mädchen war achtzehn und es war helllichter Tag. Vielleicht war sie bei *Gunter's* ein Eis mit ihrer Freundin essen. Oder sie war mit ihrer Zofe bei Madame Angelique, um sich ein neues Kleid schneidern zu lassen.

„Ich bitte dich, William. Violet ist kein kleines Kind mehr! Sie wird..."

„Sie war letzte Nacht nicht zuhause." William sah ihn jetzt ernst an.

„Sie ist schon seit gestern verschwunden?" Als William nickte und sich verzweifelt durch die Haare fuhr, dämmerte ihm, dass Wills Aufregung sich dieses Mal nicht um vergessene Briefe oder verlegte

Kleidungsstücke drehte.

„Sie wollte gestern morgen ihre Freundin Bea besuchen, das sagt zumindest ihre Zofe! Und seitdem ist sie nicht wieder hier gewesen!" Will strich sich mit einer verzweifelten Geste das dunkelblonde Haar aus der Stirn, das inzwischen durch das ständige Hindurchfahren in alle Richtungen abstand.

„Violet ist seit gestern Vormittag verschwunden? Und du sagst nichts?" Nicholas sah seinen Freund fassungslos an. „Warum..."

„Weil das kleine Biest uns nur ärgern will!"

Nicholas und William sahen zur Tür, durch die unbemerkt Victoria, Williams zweite Schwester, eingetreten war. Sie sah aufgebracht von einem zum anderen und ihre Wangen hatten vor Aufregung einen Rotton angenommen. Victoria war eine Schönheit, wie Nicholas wieder einmal feststellen musste. Ihre blonden Locken hatte sie kunstvoll aufgesteckt und ihre blauen Augen hatten fast die Farbe von Veilchen und kamen in ihrem aparten Gesicht besonders zur Geltung.

Jedenfalls dann, wenn sie nicht wütend war, so wie jetzt. Dann verzogen sich ihre Gesichtszüge unschön und sie sah hart und unnahbar aus.

Victoria trat ungeachtet der verständnislosen Blicke auf Nicholas zu und neigte leicht den Kopf. „Schön dich zu sehen, Nic. Ich habe mich schon gefragt, warum du in den letzten Wochen so wenig Zeit für mich hattest."

Nicholas deutete ebenfalls eine Verbeugung an, ließ Victoria aber nicht weiter zu Wort kommen, sondern wandte sich wieder William zu.

„Verdammt, Will, warum hast du nichts unternommen? Violet könnte..." Noch bevor er den Satz und damit die schlimmsten Befürchtungen aussprechen konnte, fiel ihm Victoria ins Wort.

„Komm schon, Nic, du kennst Violet. Sie hat immer schon ihren eigenen Kopf gehabt und gemacht, was sie wollte. Wahrscheinlich hat sie die Nacht bei dieser...", ihre Stimme bekam einen abfälligen Klang, „... *Bürgerlichen* verbracht. Du musst ihr unbedingt den Umgang mir diesen Emporkömmlingen verbieten, Will. Bevor man noch zu tuscheln beginnt, wir gäben uns mit diesem... Pack ab!" Victoria hatte sich in Rage geredet und sah nicht, wie sowohl William als auch Nicholas sie verständnislos anstarrten.

„Dieses Mädchen macht uns vor dem gesamten *Ton* lächerlich!" Sie klimperte mit den Augen und sah nun Nicholas auffordernd an. Nach einem sprachlosen Augenblick hatten sich die beiden Männer von ihrer Überraschung erholt. Nicholas machte einen Schritt auf Victoria zu und sah sie ärgerlich an.

„Wie kannst du derart abfällig über Leute reden, die du noch nicht einmal kennst?", fuhr er sie an. Seine braunen Augen glitzerten vor Wut fast schwarz und ohne es zu wollen, zuckte Victoria wegen seines scharfen Tons zusammen.

„Aber...", Victorias hilfloser Versuch, sich zu verteidigen wurde nun von ihrem Bruder erstickt.

„Victoria, deine Schwester Violet ist verschwunden, und ich mache mir ernsthaft Sorgen! Vielleicht wurde sie entführt, oder... oder..." Seine Stimme erstarb und Nicholas lief es angesichts dieser nun ausgesprochenen Möglichkeit kalt den Rücken herunter. Er kannte Violet schon seit ihrer Geburt, ebenso wie Victoria, denn ihrer beider Familien waren seit langem befreundet. Er war zwölf Jahre alt gewesen, als Violet das Familienglück des Earls of Banbury und seiner Frau Catherine komplettierte und bis zum Tod des Earls vor vier Jahren war Violet sein Augenstern gewesen. Jetzt war Violet achtzehn... und verschwunden.

„William, beruhige dich und dann erzähl mir alles, was du weißt." Dann wandte er sich an Victoria. „Und du, liebste Victoria, gehst besser und siehst nach, wie es deiner Schwägerin geht." Sein Tonfall ließ keinen Zweifel aufkommen, dass er im Hause seines Freundes für kurze Zeit das Regiment übernommen hatte.

„Aber", versuchte sie noch einmal mit Blick auf ihren Bruder aufzubegehren, aber Nicholas deutete nur wortlos zur Tür.

„Wie ihr wollt! Aber ich lasse mich nicht von meiner kleinen Schwester vor dem gesamten *Ton* zum Gespött der Leute machen, nur weil sie ihre gesellschaftliche Stellung vergisst und sich diesen *Proletariern* anbiedert!" Mit hoch erhobenem Kopf rauschte sie aus der Tür und schlug diese geräuschvoll hinter sich zu.

„Was ist nur mit Vicky los? Warum ist sie...so?", fragte William mehr sich selbst. Nicholas hätte eine Antwort parat gehabt, nämlich: *„Weil sie immer schon so war! Du willst es nur nicht sehen!"* Aber zum einen würde William das vehement abstreiten und zum anderen brachte sie das in Bezug auf Violets Verschwinden jetzt nicht weiter.

Nicholas ging zu dem Mahagonitischchen, auf dem zahlreiche Kristallkaraffen mit verschiedenen Spirituosen standen und goss edlen französischen Brandy in zwei Gläser. Eines reichte er William, aus dem anderen nahm er gleich einen großen Schluck um seine Nerven zu beruhigen. Nicht nur Violets Verschwinden hatte ihn um seine Fassung gebracht, auch Victorias unangemessenes Verhalten ärgert ihn sehr. Er wollte keine Frau an seiner Seite, deren einzige Sorge es war, dass das Verschwinden der eigenen Schwester einen Skandal in der Gesellschaft auslösen könnte. Aber das war nun erst einmal unwichtig, wenn es ihm auch zusetzte. Er hatte nicht vor, in nächster Zeit zu heiraten, auch wenn sein Vater ihm immer wieder sein Alter vorhielt und von der Verpflichtung, den Familiennamen zu erhalten, sprach. Und davon, dass es seine verdammte Pflicht wäre, durch eine Heirat Geld in die leere Familienkasse zu spülen. Er war jetzt dreißig Jahre alt, genauso alt wie Will, aber im Gegensatz zu diesem war er noch nicht bereit, seine Freiheit aufzugeben. Noch genoss Nicholas zu sehr die Privilegien, die einem Junggesellen seines Standes zuteil wurden. Was sich vor allem auf hübsche und willige Geliebte bezog. Die Frauen rissen sich förmlich darum, mit einem zukünftigen Duke das Bett zu teilen und nicht wenige von ihnen taten das in der Hoffnung, eines Tages den begehrten Titel einer Duchess an der Seite dieses äußerst attraktiven Mannes zu bekommen. Und da spielte es auch für die meisten keine Rolle, dass er quasi mittellos war. Allein der Titel, den er erben würde, machte ihn begehrenswert. Victoria war eine von diesen Frauen, nur mit dem Unterschied, dass Nicholas ihre Avancen bezüglich einer intimen Beziehung bisher energisch von sich gewiesen hatte. Und das stachelte ihren Ehrgeiz, die Duchess an seiner Seite zu werden, ganz enorm an. Aber jetzt war nicht der richtige Zeitpunkt, sich über seine Zukunft Gedanken zu machen. Hier ging es um Violet.

„Also erzähl mir genau, was passiert ist, Will. Wenn

wir Violet helfen wollen", *und lass es bitte dazu nicht zu spät sein!*, „dann müssen wir auf jedes Detail achten!"

Nachdem auch William einen großen Schluck getrunken hatte, stellte er das Glas auf einem kleinen Beistelltischchen ab und fuhr sich erneut durch die zerzausten Haare.

„Also, gestern bat Violet mich, sie mit ihrer Freundin Bea zu Madame Angelique gehen zu lassen, um sich ein neues Kleid für den Ball bei den Hartfords in zwei Wochen anfertigen zu lassen. Du weißt ja, ich kann ihr keinen Wunsch abschlagen, also erlaubte ich es ihr."

„Du kannst ihr unmöglich erlaubt haben, alleine..."

„Das habe ich auch nicht. Zwar war Bridget, ihre Zofe, erkrankt und konnte sie nicht begleiten, aber Violet hat mir versichert, Bea hätte eine Anstandsdame dabei und für die kurze Fahrt zu den Stanleys würde schon unser Kutscher auf sie aufpassen."

„William! Du hast ihr nicht wirklich erlaubt, nur mit dem Kutscher..." Fassungslos starrte Nicholas seinen Freund an, aber der machte ein so unglückliches Gesicht, dass er es dabei bewenden ließ.

„Sie ist also mit der Kutsche zu den Stanleys gefahren", stellte Nicholas sachlich fest. Er kannte Beas Familie flüchtig, und wenn sie auch nicht zum Adel gehörten, so genossen sie doch einen guten Ruf, weil Mr. Stanley der Besitzer der größten Bank in London war.

„Ja. Also, ich glaube." Williams Stimme klang mit einem Mal unsicher.

„Du *glaubst*?!" Nicholas war am Ende mit seiner Geduld.

„Na ja, Margret ging es am dem Tag nicht so gut und ich... war bei ihr als Violet das Haus verließ. Ich habe vom oberen Fenster gesehen, wie sie in eine Kutsche einstieg..." Wills Stimme war immer leiser geworden. Die letzten Worte hatte er nur geflüstert.

Nicholas atmete tief durch. Ganz offensichtlich lag hier etwas im Argen und William wollte nicht so richtig mit der Sprache heraus. Aus Erfahrung wusste er, dass es nichts brachte, William anzufahren, also nahm er noch einen Schluck Brandy und wartete ab, was sein Freund weiter berichten würde.

„Es war... also die Kutsche... ich habe gestern nicht so genau darauf geachtet, weil ich doch in Sorge um Margret war, aber... im Nachhinein... es war gar nicht unsere Kutsche, in die sie eingestiegen ist. Es war... eine Mietdroschke!"

Nicholas konnte kaum glauben, was William ihm da offenbarte. Welchen Grund könnte ein junges, hübsches Mädchen haben, nicht die eigene Kutsche zu nehmen sondern sich stattdessen eine Droschke zu mieten?!

„Nicholas, ich mache mir solche Vorwürfe! Ich hätte es sofort bemerken müssen! Was meinst du, warum Violet sich eine Mietdroschke hat kommen lassen?", fragte er unvermittelt und als Nicholas den Kopf schüttelte, setzte er das Glas erneut an seine Lippen und trank es in einem Zug aus.

„Immer, wenn Violet Miss Beatrice besucht, nimmt sie unsere eigene Kutsche! Dafür ist sie doch da... ich meine, die Kutsche!" Verzweifelt raufte er sich erneut die Haare.

„Warum hast du Violet nicht daran gehindert, dort einzusteigen? Oder bist ihr wenigstens sofort hinterher gefahren?"

„Ich habe dir doch gesagt, dass ich an dem Tag mit den

Gedanken woanders war und ich erst über all das nachgedacht habe, als Violet am Abend nicht wieder zuhause war! Bitte, Nicholas, ich mache mir schon selbst genug Vorwürfe! Ich bin schuld, wenn Violet etwas zugestoßen ist!" Aufgewühlt sprang William vom Sessel auf und zerrte an seinem blütenweißen Halstuch, um sich Luft zu verschaffen.

„Beruhige dich, Will. Noch wissen wir nicht genau, was passiert ist." Nicholas versuchte, die ganze Sache analytisch anzugehen. Er hatte während seiner Zeit als Spion für die Britische Krone gelernt, dass es nichts brachte, sich mit Eventualitäten zu beschäftigen.

„Ich weiß genau, was passiert ist, Nicholas!", riss William ihn aus seinen Gedanken. „Violet ist... man hat sie bestimmt..." Er drehte sich um und Nicholas konnte am Beben von Wills Schultern erkennen, dass er mit den Tränen kämpfte. „Natürlich habe ich heute morgen ein ganzes Heer von Bow Street Runnern angeheuert, um herauszufinden, was passiert ist, aber außer ein paar nichtssagenden Hinweisen habe ich bisher nichts bekommen."

Nicholas wusste nur allzu gut, dass nicht alle dieser privat engagierten, detektivisch tätigen Beamten auch wirklich zu gebrauchen waren. Nicht wenige von ihnen waren vor allem an der Bezahlung und nicht so sehr an der Aufklärung diverser Straftaten interessiert. Und offenbar war William hier an einige dieser Exemplare geraten.

„Will, beruhige dich." Nicholas legte Will mitfühlend seine Hand auf die Schulter. Der wischte sich verstohlen über sein Gesicht bevor er sich wieder umwandte.

„Ich soll mich beruhigen? Nicholas, meine Schwester

ist verschwunden und ich bin schuld daran." Als würde William aus einem bösen Traum erwachen, begannen seine Augen sich nun zu klären und er sah Nicholas fast erleichtert an.

„Aber sie ist ja freiwillig in diese Kutsche gestiegen und fortgefahren! Das heißt doch, dass sie nicht entführt wurde!", rief er beinahe euphorisch.

Nicholas wollte William diesen Hoffnungsschimmer nicht nehmen, wenn auch die Tatsache, dass Violet offensichtlich nicht gezwungen worden war, die Kutsche zu besteigen, nicht automatisch hieß, dass ihr nichts passiert war. Also ließ er das zunächst unkommentiert.

„Hast du mit Miss Beatrice gesprochen? Was weiß sie über die ganze Sache?"

„Natürlich war ich bei den Stanleys. Miss Stanley hat bestätigt, dass sie mit Violet an diesem Tag zu Madame Angelique gefahren ist."

„Und?"

„Was und?" Irritiert sah William seinen Freund an.

„Warst du bei Madame Angelique und hast dort nachgefragt, ob die beiden dort waren?" Nicholas wusste die Antwort, bevor William den Mund aufmachte.

„Gott, nein, warum? Miss Bea hat doch bestätigt, dass sie dort waren!"

Langsam verlor Nicholas die Geduld. Ihm war vorher nie wirklich aufgefallen, dass William so... einfältig war. Er hatte immer gedacht, Will sei nur unbeholfen, aber weltfremd? Nun, ganz offensichtlich war er auch noch gutgläubig! Aber wenn Nicholas eines während seiner Zeit als Spitzel gelernt hatte, dann war das, alles zu hinterfragen und nichts einfach so zu glauben. Er würde seine Nachforschungen also bei Madame Angelique beginnen, denn dass er William helfen würde, das Verschwinden von Violet aufzuklären, stand außer Frage. Will war sein bester Freund seit Kindheitstagen und es war selbstverständlich, dass er ihn mit seinen Sorgen nicht alleine lassen würde. Die Bälle und Soireen, zu denen er wegen seines Auftrags von Mr. Burns gehen musste, um herauszufinden, wer hinter diesen ominösen Opiumpartys stecken könnte, fanden erst am späten Nachmittag oder Abend statt, so dass er tagsüber Zeit genug hatte, sich um Violets Verschwinden zu kümmern.

London, Salon Angelique

„Und Sie sind sicher, dass Lady Violet nicht hier war?" Nicholas hatte die Antwort bereits geahnt. Vorher war er bei Miss Bea gewesen, aber die hatte darauf beharrt, dass sie zusammen mit Violet bei Madame Angelique gewesen war. Nun also war klar, dass einer von beiden gelogen hatte und Nicholas war sich sicher, dass das nicht Madame Angelique war. Er würde sich also noch einmal bei den Stanleys einfinden und Miss Bea damit konfrontieren müssen, dass sie log. Und dass er das wusste. Und er würde ihr unbedingt den Ernst der Lage klarmachen müssen, denn für romantische Geheimnisse unter Heranwachsenden war hier kein Platz.

„Danke für die Auskunft, Madame Angelique." Damit wandte er sich zur Tür.

„Aber gerne doch, Mylord. Beehren Sie mich gerne wieder, wenn Sie etwas *Außergewöhnliches* für eine Ihrer Damen brauchen." Nicholas überhörte den süffisanten Unterton in Madame Angeliques Stimme. Ihm war es egal, was andere über ihn dachten. Und solange er nicht verheiratet war, ging sein Liebesleben niemanden etwas an. Schon gar nicht diese selbstgerechte Schneiderin. Aber sie konnte es sich leider leisten, ihre Kundschaft so zu behandeln, denn sie war nicht nur die angesagteste Modistin Londons, sondern sie hatte auch - in einem der Hinterzimmer des Salons gut versteckt und nur auf Anfrage für ausgewählte Kunden - eine Kollektion verruchter Unterwäsche aus Paris. Alles Einzelstücke und so erlesen, dass man hier Unsummen für quasi Nichts ausgeben konnte. Und damit hatte Nicholas schon oft bei einer seiner Auserwählten punkten können.

„Madame Angelique, Sie wissen doch, dass ich meine *Frauen* nur zu Ihnen schicke!" Er lächelte sie herablassend an und nahm mit Freude zur Kenntnis, dass sie empört die Luft ausstieß.

Die helle Sonne vor dem Laden blendete ihn für einen kurzen Augenblick und als er mit Schwung auf den Gehsteig trat, stieß er mit jemandem zusammen. Nach kurzem Blinzeln erkannte er, dass er eine junge Frau umgestoßen hatte, die nun verdutzt zu ihm aufsah, weil sie auf ihrem Hinterteil saß.

„Verzeihen Sie, Miss. Ich...war geblendet." Er sah zu ihr herunter und für einen kurzen Augenblick verlor er sich in großen, grauen Augen. Schnell setzte die junge

Frau eine dicke Hornbrille auf und ignorierte die ihr hingestreckte Hand. Als sie wieder stand, klopfte sie sich den Staub von ihrem einfachen Wollkleid und überprüfte den Sitz ihrer schlichten Haube.

„Von der Sonne, meine ich. Also geblendet", stotterte er, ohne zu wissen, warum ihn diese Frau so aus dem Konzept brachte.

„Von was denn sonst?! Jemand, der aus diesem...", sie deutete mit dem Kinn auf die Eingangstür zu dem exklusiven Modeladen, „...Geschäft kommt, ist wohl kaum von mir geblendet!"

Wütend betrachtete sie einen Riss in ihrem Rock.

„Nein, so war das nicht gemeint. Ich meine..."

„Behalten Sie Ihre Meinung für sich, ich bin nicht an einem Gespräch interessiert. Und im Übrigen habe ich es eilig." Energisch schob Ava ihn beiseite und wollte an ihm vorbei gehen, als er sie am Handgelenk festhielt. Von einer Sekunde zur anderen änderte sich Avas Körperhaltung. Sie versteifte sich, während sie gleichzeitig zu zittern begann, was sich eigentlich ausschloss. Aber nicht bei ihr, nicht bei den Erinnerungen.

„Lassen Sie mich sofort los!", zischte sie und Nicholas tat irritiert, was sie wollte. Im Allgemeinen hatten die Frauen nichts dagegen, wenn er sie berührte. Im Gegenteil war das Handgelenk die letzte Stelle, an der sie seine Hände spüren wollten. Er trat einen Schritt zurück und hob beschwichtigend die Hände.

„Entschuldigen Sie, ich wollte Ihnen nicht zu nahe treten. Ich wollte nur... nachsehen, ob Sie sich verletzt haben."

Ava atmete einmal tief durch. Eine derartige Panikattacke hatte sie schon lange nicht mehr gehabt.

Umso ärgerlicher, dass dieser Mann mit seiner Berührung solch eine Wirkung auf ihren Körper hatte. Sie schloss die Augen und atmete noch einmal tief durch um sich zu beruhigen.

„Schon gut. Aber ich bin auf... also auf meinen Hintern gefallen und nicht auf die Hände." Sie hatte etwas gezögert, ihre Kehrseite zu erwähnen, denn wohlerzogene Frauen vermieden es tunlichst, sich über derartige Körperteile zu äußern. Aber sie war keine Frau von Stand mehr und wenn es ihrer Tarnung diente, dann würde sie eben so sprechen, wie man es von ihr erwartete.

Nicholas trat beiseite. „Dann will ich Sie nicht länger aufhalten."

„Was?" Ava brauchte einen kleinen Moment, um mit der Situation umgehen zu können. Dieser Mann war umwerfend attraktiv, und seine Berührung war nicht unangenehm gewesen. Es war nur so, dass... Sie brauchte eine winzige Sekunde, um sich von der verstörenden Empfindung, die von ihr Besitz ergriffen hatte und die sie nicht einordnen konnte, befreien zu können.

„Ach so, ja. Richtig. Sie halten mich auf. Dann wünsche ich Ihnen noch einen schönen Tag." Sie wandte sich um und merkte erst jetzt, dass ihr Knöchel höllisch schmerzte. Verdammt. Nicht auch das noch. Erst die Verspätung durch den Zusammenprall und nun würde sie den Rest des Weges nur noch humpeln können!

„Sie haben sich doch verletzt, Miss." Nicholas sonore Stimme erklang an ihrem Ohr, weil er inzwischen dicht hinter ihr stand. „Lassen Sie mich..."

„Oh, das! Nein, das habe ich schon lange. Das ist... eine Behinderung. Äh, ein Klumpfuß und tut gar nicht weh", unterbrach sie ihn und reckte das Kinn. Sie war in Eile und musste diesen Kerl irgendwie loswerden.

„Ein Klumpfuß, so so." Nun grinste dieser aufdringliche Kerl sie auch noch an!

„Ja, angeboren. Dumme Sache. Aber da Sie ja nicht mit mir tanzen wollen, geht Sie das wohl gar nichts an!" Jetzt fauchte Ava wie ein kleines Kätzchen und ihre grauen Augen schossen schwefelgelbe Blitze in Richtung ihres Gegenüber. Leider war ihr nicht bewusst, wie faszinierend das Farbenspiel ihrer Augen war, wenn sie wütend war. Nicholas bekam einen trockenen Mund als er ihr Gesicht genauer musterte. Sie hatte hohe Wangenknochen, eine makellose Haut, vielleicht etwas zu gebräunt, um dem Geschmack des *Tons* zu entsprechen, aber dafür waren ihre vollen Lippen vollkommen geschwungen. Wie hypnotisiert starrte er sie an, als er sich bewusst wurde, dass trotz dieser furchtbaren Brille eine wunderschöne Frau vor ihm stand. Er hätte gerne gewusst, welche Farbe ihre Haare hatten, aber ihre Haube saß so perfekt fest, dass sie keinen Blick auf ihre Haare zuließ.

„Ähhh..." Nicholas stammelte wie ein unreifer Jüngling. Ihre Art war erfrischend direkt. Keine Dame des *Tons* würde sich trauen, so mit ihm reden. Er war immerhin ein Marquess und, wenn sein Vater starb, würde er Duke sein. Natürlich konnte sie das nicht wissen...

„Darf ich mich wenigstens vorstellen? Mein Name ist Nicholas Dunham, Marquess of..."

„Sehr erfreut, Mylord, aber ehrlich gesagt interessiert mich das gar nicht. Ich denke, unsere Begegnung war von einmaliger Art und wird sich nicht wiederholen. Daher muss ich mir Ihren Namen auch nicht merken. Leben Sie wohl." Damit drehte sie sich um und humpelte mit schmerzverzerrtem Gesicht aber hoch erhobenem Kopf davon. Kopfschüttelnd starrte Nicholas ihr nach. Das war... das... war frech! Immerhin war sie nur eine Bürgerliche, wenn er ihre Kleidung richtig beurteilte. Einfaches Wollkleid, einfache Haube... Vielleicht Gouvernante? Nein, selbst die waren besser gekleidet. Vielleicht Köchin in einem höhergestellten Haushalt? Ja, Köchin, das würde passen. Unterwegs, um eine eilige Besorgung zu machen. Leider würde er sie dann tatsächlich niemals wiedersehen, denn dann wäre ihr Platz in der Küche. Nicholas konnte nicht anders, er fühlte Bedauern, dass diese Frau so schnell verschwunden war, ohne dass er mehr über sie hatte in Erfahrung bringen können. Ganz sicher wäre sie eine willkommene Abwechslung zu den gelangweilten, perfekt geschminkten Frauen, die er sonst um sich hatte.

Kopfschüttelnd blinzelte er in die tief stehende Sonne. Was hatte sie nur an sich gehabt, dass er derart abwegige Gedanken hatte? Er nahm sich vor, heute Abend seine aktuelle Mätresse zu besuchen. Mary war Meisterin darin, seine trüben Gedanken zu verscheuchen. Nun aber war es Zeit, dass er den Stanleys einen Besuch abstattete.

Den kurzen Weg bis zum Haus der Familie verbrachte er damit, sich wieder und wieder das Bild dieser frechen Person ins Gedächtnis zu rufen. Hatte sie wirklich eine Fußfehlstellung? Wenn ja, änderte das interessanterweise nichts daran, dass er sie äußerst attraktiv fand. Wenn nein, dann war sie schlagfertiger, als jede andere Frau, die er kannte. Ihre gesamte Erscheinung war allerdings... ungewöhnlich. Er kam erst jetzt darauf, dass irgendetwas an ihr nicht zu dem Bild passte, das sie von sich preisgab. Sie sprach nicht den typischen Cockneyakzent der Unterschicht. Im Gegenteil waren Ausdruck und Klangfarbe eher die einer gebildeten Frau höheren Standes. Aber ihre Kleidung...

Plötzlich stand er vor dem Haus der Stanleys und musste sich eingestehen, dass er den ganzen Weg über nur an *sie* gedacht hatte. Ärgerlich schüttelte er den letzten Gedanken an dieses freche Weib ab, zog sein Halstuch zurecht und betätigte den Türklopfer. Es dauerte nicht lange und ein livrierter Diener öffnete die schwere Eichentür mit den aufwändigen, goldenen Beschlägen. Nachdem er dem Mann seine Visitenkarte übergeben und darum gebeten hatte, noch einmal Miss. Stanley sprechen zu dürfen, führte dieser ihn in einen mit erlesenem Interieur ausgestatteten Raum, der als Salon diente. Schon bei seinem ersten Besuch heute im Haus der Stanleys war ihm aufgefallen, dass keiner der erlesenen Einrichtungsgegenstände wirklich zum anderen passte. So stand zum Beispiel ein zierliches Chippendalesofa, das von zwei Hepplewhitestühlen flankiert wurde, vor einem Tischchen mit blumigen Intarsien. Der farbenprächtige Aubussonteppich passte nicht zur sündhaft teuren Seidentapete und ...

„Welch eine Ehre, Mylord, Sie heute erneut hier begrüßen zu dürfen!", unterbrach die hohe Stimme der Hausherrin seine Betrachtungen. Die Betonung des Wortes *erneut* ließ Nicholas die Stirn runzeln. Er kannte den Tonfall ehrgeiziger Mütter, die sich eine gute Partie für ihre Töchter erhofften, nur zu gut. Die Tatsache, dass er bereits zum zweiten Mal an diesem Tag hier erschien, würde Mrs. Stanley in ihrer Annahme bestätigen, er wäre wegen ihrer Tochter hier. Damit lag sie natürlich nicht falsch, auch wenn er Bea aus einem anderen Grund sprechen musste, als ihre Mutter es sich wohl erhoffte.

„Mrs. Stanley." Er neigte leicht den Kopf zur Begrüßung, während die Angesprochene in einen vollendeten Knicks versank. Es gab nur wenige adelige Damen, die das ebenso gut beherrschten wie diese Bürgerliche.

Mrs. Stanley hatte sich erhoben und deutete auf das zierliche Sofa. Sie selbst nahm in einem der Hepplewhitestühle Platz und läutete sofort nach einem Diener. Sie orderte Erfrischungen und Nicholas verfluchte innerlich die Etikette, die von ihr verlangte, ihm eine Erfrischung anzubieten und von ihm, sie anzunehmen. Er hätte am liebsten sofort mit Bea gesprochen und sich dann gleich wieder zu William aufgemacht, um ihn auf den neuesten Stand zu bringen. So aber ließ er sich eine Tasse Tee einschenken, verzichtete dankend auf Zucker und nahm einen kleinen Schluck. Dann räusperte er sich.

„Mrs. Stanley, wäre es wohl möglich, mit ihrer Tochter zu sprechen?"

Mit einem innerlichen Seufzer nahm er ihr erfreutes Erröten wahr. Sie *machte* sich also Hoffnungen, er hätte ein Auge auf ihre Tochter geworfen!

„Aber selbstverständlich, Marquess, ich lasse Bea gleich rufen." Sie klingelte erneut und bat darum, das Mädchen zu ihnen zu bringen.

„Marquess, ich möchte ja nicht neugierig sein, aber hat Ihr Besuch..." Bevor sie den Satz beenden konnte, betrat Gott sei Dank Bea den Raum. Auch sie knickste formvollendet bevor sie sich an die Seite ihrer Mutter begab.

„Liebste Bea, Lord Stanford möchte mit dir sprechen." An der Art wie sie daraufhin errötete konnte Nicholas erkennen, dass sie im Gegensatz zu ihrer Mutter genau wusste, warum er heute erneut hier war.

Er stand auf während sie sich auf die Kante des zweiten Stuhles niederließ und begann, den Rock ihres weißen Musselinkleides zu kneten.

„Miss Stanley, ich möchte Sie noch einmal zu gestern befragen, als Sie angeblich mit Lady Violet zu Madame Angelique gefahren sind."

Mrs. Stanley entwich ein erstauntes „Oh." und Bea sank förmlich in sich zusammen.

„Ich hab Ihnen doch schon vorhin alles erzählt, Mylord." Unruhig rutschte sie auf der Kante herum.

„Das haben Sie nicht, Miss Stanley." Nicholas beugte sich ein kleines Stück zu ihr herüber. „Ich komme nämlich gerade von dort und Sie waren nicht bei Madame Angelique. Weder Sie noch Lady Violet."

„Oh." Nun war es Bea, die ihn unsicher ansah.

„Bea, was ist hier los?" Mrs. Stanley wandte sich streng an ihre Tochter. Bei seinem letzten Gespräch mit ihr war ihre Mutter nicht anwesend gewesen, sondern nur eine säuerlich aussehende Gouvernante, die mit Argusaugen verfolgte, was sich zwischen dem Marquess und ihrem Schützling abspielte.

„Mrs. Stanley, Ihre Tochter behauptet, gestern mit Lady Violet zu dieser Modistin gefahren zu sein, um sich neue Kleider auszusuchen. Nur hat aber Madame

Angelique weder sie noch Lady Violet dort gesehen. Und seit gestern ist...", er wandte sich wieder eindringlich an Bea, „... Lady Violet verschwunden!" Ein undefinierbarer Laut entrang sich Mrs. Stanleys Kehle und sie fasste sich an die Brust. Bea hingegen kaute nervös auf ihrer Unterlippe herum, sagte aber nichts.

„Bea?!" Als das Mädchen auch weiterhin schwieg, kniff Mrs. Stanley sich mit Daumen und Zeigefinger in die Nasenwurzel und massierte die Stelle. Dann stoppte sie abrupt und sah Nicholas an.

„Gestern sagen Sie, Mylord?" Als Nicholas nickte, fuhr sie fort. „Bea, warum lügst du? Gestern hattest du Tanzunterricht und am Nachmittag waren wir zusammen im Hyde Park!"

„Dann habe ich mich wohl im Tag geirrt, Mutter", piepste Bea unsicher, aber sie stand auf verlorenem Posten. „Bea, sag sofort, was passiert ist, oder ich verbiete Janet", sie wandte sich an Nicholas und fügte hinzu, „das ist unsere Köchin, dir weiterhin Pudding und Süßigkeiten zuzustecken!"

Köchin... Sofort sah Nicholas große, graue Augen in einem herzförmigen Gesicht vor sich. Herrgott, er musste sich zusammenreißen. Es ging hier um Violet! So auf eine Stufe mit einem kleinen Mädchen, dem man mit dem Entzug von Süßigkeiten als Strafe drohte, gestellt zu werden, ließ Bea vor Scham rot werden. Dann räusperte sie sich. Sichtlich gekränkt und entschlossen, vor Nicholas nicht als kleines Mädchen dazustehen, blitzte sie ihre Mutter an.

„Ich bin kein kleines Kind mehr, Mutter!Und... Violet und ich... wir... tun Gutes!"

Mrs. Stanley war inzwischen alle Farbe aus dem Gesicht gewichen und sie griff sich ans Herz.

„Sie tun *Gutes*?! Was, in Gottes Namen, soll das heißen?", hakte Nicholas nach.

„Ja, Mylord, wir tun Gutes indem wir uns um Arme und Kranke in Whitechapel kümmern."

„Und wie soll ich mir das vorstellen?" Nicholas war zwar froh, endlich mehr aus Bea herauszuholen, aber die Wendung, die das Gespräch nahm, gefiel ihm nicht.

„Wir... also ich zweige immer etwas Essen bei Janet ab. Und ausrangierte Kleidung sammle ich auch." Bedauernd sah sie an ihrer etwas pummeligen Figur hinunter und zuckte die Schultern. „Wenn sie mir zu eng wird", fügte sie sichtlich verlegen hinzu.

„Und was hat das jetzt mit Ihrem angeblichen Besuch bei Madame Angelique zu tun?", hakte er nach.

„Na ja, wir... also Violet bringt die Sachen dann nach Whitechapel und verteilt sie dort." Sie biss sich erneut auf die Unterlippe. Nicholas fing einen entsetzten Blick von Mrs. Stanley auf.

„Bei allen guten Geistern, Kind, soll das heißen, dass Lady Violet nach Whitechapel geht und.. und..." Bei der Vorstellung, dass eine junge Frau aus bestem Haus dort selbst Almosen verteilt, anstatt jemanden vom Personal zu schicken... Ein erstickter Laut entrang sich ihrer Kehle.

Nicholas unterdrückte einen Fluch und versuchte, möglichst unbeteiligt zu bleiben, obwohl auch er wusste, welche Gefahren auf den Gassen von Whitechapel lauerten, insbesondere für so junge, hübsche Mädchen wie Violet.

„Miss Stanley, vielleicht hätten Sie jetzt endlich die Güte, Ihrer Mutter und mir die ganze Geschichte zu erzählen. Lady Violets Bruder ist in großer Sorge und wenn Sie sich nicht noch mehr in Schwierigkeiten bringen wollen, dann wäre es besser, wenn Sie endlich die Wahrheit sagen würden!" Nicholas konnte nicht verhindern, dass sich ein drohender Unterton in seine Worte schlich.

„Schwierigkeiten?" Beas Augen wurden groß und ihre Unterlippe begann zu beben. „Was für Schwierigkeiten?" Sie wandte sich an ihre Mutter.

„Mutter, du hast immer gesagt, dass es eine barmherzige Pflicht der Reichen ist, sich um Arme zu kümmern!"

Mrs. Stanley rang die Hände. „Ja, Kind, aber doch nicht....so! Christliche Nächstenliebe darf nicht so weit gehen, dass ihr euch in Gefahr bringt! Ihr hättet jemanden schicken sollen, der die Sachen dorthin bringt!"

„Das habe ich Violet ja auch immer gesagt. Aber sie hat das strikt abgelehnt. Sie hat gesagt, dass man auch die andere Seite kennenlernen muss und nicht die Augen vor dem Elend verschließen sollte! Ich habe mich nie getraut, dorthin zu gehen, aber sie... Sie hat immer eine Mietdroschke genommen, die sie dorthin gebracht hat. Und sie hat sich alte Hosen angezogen und die Haare unter einer Kappe versteckt."

Nicholas zweifelte keinen Augenblick an Beas Worten. Im Gegensatz zu ihrer Schwester hatte Violet ein weiches Herz und verschloss die Augen nicht - wie die allermeisten Angehörigen des *Tons* - vor dem Elend, das abseits der Grosvenor Street, der Curzon Street oder der mondänen Bond Street herrschte. Und ebenso traute er ihr zu, in Männerkleidung herumzulaufen. Sie hatte sich im Gegensatz zu ihrer Schwester niemals davon beeinflussen lassen, was andere von ihr denken könnten.

„Ich habe sie an dem Tag gar nicht gesehen", gab Bea nun zerknirscht zu. „Sie hat sich eine Droschke nach Hause kommen lassen und... Sie hatte mich doch gebeten, niemandem davon zu erzählen. Schließlich ist sie eine Lady und ihr Ruf wäre doch ruiniert, wenn jemand davon erführe, dass sie..." Der Rest des Satzes erstarb in einem verzweifelten Schluchzen.

„Ich danke Ihnen für diese Informationen, Miss Stanley." Nicholas stand auf, um sich zu verabschieden. Er hatte erfahren, was er wissen wollte und sah keinerlei Veranlassung, länger bei den Stanleys zu verweilen. Zumal Mrs. Stanley aussah, als treffe sie angesichts der Eröffnung ihrer Tochter gleich der Schlag.

„Mrs. Stanley, Miss Bea." Er verneigte sich und ging zur Tür. „Machen Sie sich keine Umstände, ich finde allein hinaus. Ich hoffe, Sie haben Verständnis dafür, dass ich Lady Violets Bruder so schnell wie möglich Bericht erstatten möchte. Er vergeht vor Sorge um seine Schwester." Mrs. Stanley hatte offensichtlich jeden Gedanken an Höflichkeit und Konventionen bei den Worten ihrer Tochter vergessen, denn sie nickte nur geistesabwesend.

Nicholas war zwar einerseits erleichtert, das Stadthaus der Stanleys hinter sich lassen zu können, aber die Aufgabe, Will von der neuesten Wendung zu erzählen, drückte seine Stimmung doch sehr. Aber es half schließlich niemandem, die Wahrheit zu beschönigen, am allerwenigsten Violet.

London, East End, Whitechapel

Seit Avas letztem Besuch im Waisenhaus vor ein paar Tagen war für ihren Geschmack zu viel Zeit vergangen, daher ärgerte sie jede Minute, die sie vertrödelt hatte. Sie hatte viel Zeit verloren und ihr Fuß schmerzte höllisch. Dazu kam noch, dass ihr ständig dieser Fremde im Kopf herumspukte. Und ihr Verhalten ihm gegenüber. Im Nachhinein konnte sie sich nicht erklären, welcher Teufel sie geritten hatte, sich so... unmöglich zu benehmen. Ihre Mutter wäre entsetzt gewesen, dass Ava ihre gute Erziehung derart vergessen hatte. Im Leben ihrer Familie war immer alles auf Perfektion ausgerichtet gewesen, und das war vor allem nach außen hin von Bedeutung gewesen. Aber all das spielte für Ava seit fast drei Jahren keine Rolle mehr. Und trotzdem... Sie war mehr als unhöflich gewesen. Trost spendete ihr nur der Gedanke, dass sie diesen Marquess wohl nie wiedersehen würde, dazu waren ihre Welten zu weit voneinander entfernt. Zu ihrem Ärger konnte sie allerdings ein leises Bedauern über diese Erkenntnis nicht verhindern.

Aber schon als Mrs. Scott auf ihr Klopfen hin die Tür öffnete, waren alle Gedanken an diesen Mann, alle Schmerzen und aller Verdruss vergessen. Gleich würde sie...

„Miss Prescot, gut, dass Sie kommen." Irritiert sah Ava in das müde Gesicht der älteren, beleibten Frau mit dem von grauen Strähnen durchzogenen Haar. Sie hatte gerötete Wangen, unter ihren Augen lagen Schatten und über ihre Stirn zog sich eine steile Falte.

„Mrs. Scott, ist etwas mit Elisabeth?" Für einen kurzen Augenblick war es Ava, als setze ihr Herzschlag aus. Wenn Elisabeth etwas zugestoßen war...

„Nein, nein, Lizzy geht es gut." Mrs. Scott winkte müde ab und öffnete die Tür nun ganz, damit Ava eintreten konnte.

„Es ist nur... Jane ist seit gestern verschwunden und ich bin ganz alleine mit den Kleinen." In dem kleinen, privat von Mrs. Scott geführten Waisenhaus lebten zur Zeit zehn Kinder im Alter von etwa einem bis sieben Jahren. Jedenfalls war das bei Avas letztem Besuch vor drei Tagen so gewesen. Aber hier in East End konnte sich das schnell ändern. Das harte Leben in Whitechapel korrigierte diese Zahlen jeden Tag, sowohl nach unten als auch nach oben.

„Haben Sie etwas Zeit, Miss Prescot? Dann könnten Sie mir vielleicht mit dem Abendessen helfen? Sam, Bridget und Tilda müssen noch gefüttert werden..." Fahrig strich sie sich eine verirrte Strähne hinter das Ohr.

„Gerne, Mrs. Scott. Ich möchte nur vorher nach Elisabeth sehen. Ich habe ihr etwas mitgebracht." Ava hatte eine kleine Puppe aus Stoffresten für Lizzy genäht, die sie jetzt aus ihrem Retikül zog und der älteren Frau zeigte, bevor sie sie wieder einsteckte, damit Lizzy sie nicht schon vorher sah.

„Da wird Lizzy sich aber freuen. Sie ist so ein Goldschatz." Damit öffnete sie die Tür zu dem großen Spielzimmer. Kinder balgten miteinander, zogen sich an den Haaren und bewarfen sich mit den belegten Sandwiches, die Mrs. Scott ihnen offensichtlich zum Abendbrot geschmiert hatte. Jedenfalls die, die schon eigenständig essen konnten. Sam, Bridget und Tilda hingegen saßen auf dem Boden und sahen dem Treiben interessiert zu.

„Aufhören, sofort aufhören!" Mrs. Scott zog einen älteren Jungen am Ohr von den anderen weg. „Jack, ich habe dir doch gesagt, dass es hier für alle genug zu essen gibt!" Jack war bei Avas letztem Besuch noch nicht hier gewesen. Sie schätzte ihn auf zehn oder elf Jahre und fragte sich, warum ein Junge seines Alters hier in einem Waisenhaus war. Die meisten der Straßenjungen sorgten in diesem Alter schon längst für sich allein. Einige als Boten oder Schuhputzer, der weitaus größere Teil allerdings durch stehlen. Es war nicht zu übersehen, dass er nicht gelernt hatte, zu teilen. Auf den Straßen und in den Gassen von Whitechapel teilte man nämlich nicht. Weil man selbst nie genug hatte. Teilen hieß hungern, hungern hieß schwach werden und schwach sein hieß, sich nicht wehren zu können. Und das hieß über kurz oder lang sterben. Und obwohl das Leben hier am Rande der Gesellschaft nicht leicht war und Kinder schon von klein auf lernten, zu stehlen, einzubrechen oder auch zu töten, wollte doch niemand wirklich sterben. Denn ihr Leben war alles, was sie besaßen.

„Jetzt setz dich da auf den Stuhl, iss dein Sandwich und lass die anderen in Ruhe, Jack. Wenn du nach deiner Portion immer noch Hunger hast, bekommst du noch etwas, verstanden? Wir stehlen hier nicht unseren Freunden das Essen." Mrs. Scott drückte den widerstrebenden Jungen auf einen Stuhl, stellte einen Teller vor ihn hin und bedeutet ihm, das Sandwich aus seiner Faust auf den Teller zu legen. Nur zögernd tat Jack, was man von ihm verlangte. „Ich hab keine

Freunde, Ma'am. Kann ich mir nich' leisten", nuschelte er und biss in das Brot.

Ava hatte den Jungen hier noch nie gesehen und die Szene nur am Rande verfolgt, denn ihr Blick suchte Lizzy. Das zweijährige Mädchen saß etwas abseits der anderen und versuchte mit ihren Patschhänden, die kleine Bridget zu füttern. Dabei tauchte sie den Löffel unbeholfen immer wieder in die Schüssel mit Brei und hielt ihn der Einjährigen hin. Ava ging das Herz auf. Lizzy war ihr Ebenbild, bis auf die Augen. Die waren braun und ein Andenken an ihren leiblichen Vater. Ava hatte gedacht, sie könnte damit nicht klar kommen, jeden Tag in diese Augen zu blicken, aber mit jedem Tag, den sie es tat, verliebte sie sich mehr in ihre kleine Tochter. Lizzy war etwas Besonderes. Und daran änderten auch die Umstände ihrer Zeugung nichts.

Als Lizzy sie entdeckte, leuchtete ihr kleines Gesicht auf. Augenblicklich war die kleine Bridget vergessen und Lizzy lief mit ausgestreckten Armen auf Ava zu. „Ma!" Ava hatte sich hingekniet und schlang ihre Arme um den weichen Kinderkörper als Lizzy sich in ihre Arme warf. Zärtlich streichelte sie ihrer kleinen Tochter über die dunklen Locken, die Mrs. Scott mit einem blauen Samtband zu bändigen versucht hatte. Aber genau wie bei Ava hatten sämtliche Bemühungen diesbezüglich kaum Erfolg.

„Hallo mein Liebling!" Ava küsste Lizzy auf die Wange und drückte sie noch einmal an sich, bevor sie sich erhob und mit dem Mädchen an der Hand zu einem Stuhl etwas abseits der Anderen ging. Aus den Augenwinkeln nahm sie wahr, dass Jack sie misstrauisch beobachtete.

„Schau mal, Lizzy, was ich dir mitgebracht habe!" Sie

zog die kleine Puppe aus ihrem Retikül und hielt sie ihrer Tochter hin. Ein Leuchten ging über Lizzys Gesicht und fast ehrfürchtig griff sie nach dem Geschenk.

„Schau mal, Liebling, Mummy kann ja nicht immer bei dir sein, und da dachte ich...Fanny könnte dir Gesellschaft leisten, wenn ich nicht hier sein kann." Der Name war ihr gerade spontan eingefallen und sie hoffte, er würde Lizzy gefallen.

„Fanny...", Lizzy wiederholte den Namen, zog kurz die Stirn kraus und nickte dann. „Fanny." Damit war der Name abgesegnet.

„Fanny bleibt jetzt bei dir und passt auf dich auf!" Ein spöttisches Schnauben ließ Ava aufsehen. Unbemerkt hatte sich Jack neben sie gestellt. Er deutete grinsend auf die Puppe.

„Das glauben Sie doch selbst nich'!" Er griff nach dem Püppchen, aber Lizzy blitzte ihn wütend an und versteckte die Puppe hinter ihrem Rücken.

„Lass! Fanny passt auf!" Empört baute sie sich vor dem wesentlich größeren Jungen auf.

„Pass mal auf, du kleine Göre! Du bist hier in Whitechapel, da nützt dir so 'ne... Puppe nix. Oder meinste, wenn dir einer was will, hält ihn das Stoffbündel davon ab, dir weh zu tun?" Jetzt stemmte er die Hände in die Hüften und sah Ava und Lizzy triumphierend an.

„Also Jack, das mit dem Aufpassen war mehr... symbolisch gemeint." Ava sah ihn aufmerksam an. Von dem Jungen ging deutlich eine gewisse Feindseligkeit aus. Misstrauen und Vorsicht hatten sein ganzes bisheriges Leben geprägt, das merkte man ihm an.

„Symbo... was?" Leichte Verunsicherung schwang in seiner Stimme mit.

„Na ja, die Puppe ist so eine Art Talisman. Sie soll Lizzy Glück bringen", versuchte Ava ihm zu erklären.

„Wird ihr hier nix nützen. Hier brauchste mehr als so 'n Ding, um Glück zu haben." Damit wandte er sich schulterzuckend ab und ging zu seinem Platz zurück.

Inzwischen hatte Mrs. Scott damit begonnen, die drei kleineren Kinder zu füttern. Sie hatte sie nebeneinander gesetzt und stopfte abwechselnd Brei in die hungrigen Mündchen. Ava musste spontan an eine Vogelmutter denken, die ihren Nachwuchs fütterte. Einmal mehr dankte sie Gott im Stillen dafür, Elisabeth hier untergebracht zu haben. Mrs. Scott war eine Seele von Mensch, ein strahlender Engel in der Dunkelheit von Whitechapel.

„Komm, Lizzy, wir helfen Mrs. Scott." Ava stand auf und übernahm wenigstens den kleinen Sam. Sie setzte sich mit ihm auf einen der freien Stühle und begann, ihn zu füttern. Dankbar sah Mrs. Scott sie an, obwohl die Entlastung, die Ava ihr damit verschaffte, eher symbolisch als eine wirkliche Hilfe war.

„Ich danke Ihnen, Miss Prescot, aber seit Jane verschwunden ist, weiß ich nicht mehr, wie ich das alles hier schaffen soll." Sie blies sich eine graue Strähne aus dem geröteten Gesicht und sah Ava an. „Und jetzt auch noch Jack", flüsterte sie und deutete mit dem Kinn auf den Jungen, der mit sichtlichem Appetit in sein Sandwich biss.

„Konstabler Wills hat ihn hergebracht. Jack hat einem feinen Herrn die Börse gestohlen und ist erwischt worden. Wills hat ihn vor die Wahl gestellt: Newgate oder das Waisenhaus. Mr. Wills ist nämlich einer von den Guten hier in Whitechapel." Mrs. Scotts Augen leuchteten warm auf und Ava konnte darin deutlich die Zuneigung erkennen, die die ältere Frau für diesen Mann hegte.

„Seitdem bringt er", wieder deutete sie mit dem Kopf in Jacks Richtung, „hier alles durcheinander." Dieses Mal allerdings hatte Jack es gesehen und kurz glaubte Ava, so etwas wie Verletzlichkeit in seinen Zügen aufflammen zu sehen, bevor er sich scheinbar unbeteiligt wieder seinem Brot zuwandte. Ava konnte Jack gut verstehen. Zwar hatte sie nicht in diesem kriminellen Milieu groß werden müssen, sondern im Gegenteil alle Privilegien einer adeligen Familie genießen können, aber das Gefühl, wegen etwas, für das man selbst nichts konnte, ausgegrenzt und gemieden zu werden, kannte sie nur allzu gut.

„Was ist denn mit Jane? Warum ist sie denn nicht hier?" Ava lenkte ihre Aufmerksamkeit wieder auf Mrs. Scott, die die kleine Bridget inzwischen auf dem Arm hatte und ihr den Rücken tätschelte, weil sie sich verschluckt hatte.

„Ich weiß es nicht, Miss Prescot. Vorgestern hat sie sich ganz normal verabschiedet und seitdem ist sie verschwunden. Keine Nachricht, dass sie krank ist, nichts." Bridget hatte sich beruhigt, war aber wohl satt, weil sie heftig strampelte um heruntergelassen zu werden. Mrs. Scott setzte sie auf den Boden, wo sie sich zufrieden glucksend auf den Rücken drehte und an ihren kleinen Füßen spielte.

„Ich konnte allerdings noch nicht hier weg um ihre Mutter zu fragen, bei der sie ja wohnt." Seufzend wischte sie mit einem Tuch klebrige Breireste von

Bridgets Kinn.

„Könnten Sie vielleicht mal dort nachfragen, was mit Jane ist?" Bittend sah Mrs. Scott Ava an. Und obwohl ihr unwohl bei dem Gedanken war, alleine durch Whitechapel zu laufen, nickte sie nach kurzem Zögern. Allerdings hieß das auch, dass sie nicht mehr lange hier bleiben konnte, denn Janes Zuhause lag in der entgegengesetzten Richtung. Aber da Ava wusste, dass Mrs. Scott die Arbeit mit den Kindern alleine nicht lange schaffen würde, musste sie es tun. Denn wenn die Konsequenz von Janes Verschwinden war, dass Mrs. Scott hier ihre Arbeit nicht mehr schaffte, hätte das auch Folgen für Lizzy. Sie setzte Sam auf dem Boden ab und wandte sich an Lizzy.

„Mein Liebling, Mummy muss heute eher gehen. Ich kann dich heute nicht ins Bett bringen." Liebevoll strich sie Lizzy über die Locken und wie immer, wenn sie sich wieder von ihr trennen musste, wurde ihr das Herz schwer. Die Kleine kannte es nicht anders, kannte ihre Mutter nur als Besucherin in ihrem Leben, aber Ava reichte das nicht. Sie wollte sich um Lizzy kümmern, jeden Tag, jede Minute, wollte ihre Tränen trocknen, wenn sie hingefallen war, mit ihr lachen, wenn die Grashalme sie an den Füßen kitzelten... Stattdessen musste sie ihre Tochter hier zurücklassen, in Whitechapel, einem der gefährlichsten und düstersten Viertel Londons, weil die Gesellschaft keinen Platz für ledige Mütter wie sie hatte. Ihre Familie hatte sie, nachdem ihre Schande offensichtlich geworden war, schnellstmöglich vor die Tür gesetzt, um einen gesellschaftlichen Skandal zu verhindern. Eine Rückkehr in den Schoß der Familie war ihr nur für den Fall in Aussicht gestellt worden, dass sie das Kind, das sie erwartete, weggab. Nur, dass Ava, nachdem sie Elisabeth geboren hatte und dabei selbst fast gestorben wäre, ihre Tochter nicht hatte hergeben können. Dieses kleine Bündel Mensch, das nichts dafür konnte, auf der Welt zu sein. Das ihre Hilfe und Liebe brauchte, vom ersten Tag an.

„Komm, Lizzy, gib mir noch einen Kuss zum Abschied." Ava zog ihre Tochter an sich und vergrub ihre Nase in Lizzys weichem Haar. Sie duftete so gut, wie nur kleine Kinder es taten. Dann gab sie ihr einen Kuss auf die Wange und stand auf.

Ava bemerkte, dass Jack sie aufmerksam musterte.

„Warum hat die 'ne Mutter?", fragte er herausfordernd.

„Das hier is'n Waisenhaus! Niemand hier hat 'ne Mutter!" Er verschränkte die Arme vor seiner mageren Brust und sah lauernd auf Ava und Lizzy, die ihre Ärmchen fest um ihre Mutter geschlungen hatte.

„Jedes Kind hat eine Mutter. Und einen Vater", versuchte Mrs. Scott ihm zu erklären.

„Pffff!", schnaubte er, „Ich hab' nie eine gehabt. Müsste ich ja wissen, wenn's so wäre."

Ava stand auf und ging zu ihm hin.

„Weißt du, Jack, jeder Mensch hat Mutter und Vater. Nur manchmal... geht es nicht, dass man bei ihnen aufwächst. Ich bin sicher, deine Mutter, auch wenn du sie nicht kennst, hatte ihre Gründe dafür, dass..."

„Sie meinen, ich hab also auch eine, nur die will nich', dass ich sie kenne? Und bei ihr sein kann?"

Nachdenklich kratzte er sich am Kopf. Ava hatte angesichts dieser ebenso einfachen wie grausamen Zusammenfassung seiner Situation einen Kloß im Hals. Auch, dass er davon ausging, gar keine Mutter zu haben, schmerzte sie. Dass ein Junge mit zehn oder elf Jahren glaubte, keine Mutter zu haben, machte sie fassungslos.

„Ich bin sicher, deine Ma..." Was sollte sie sagen? Liebt dich? Würde sich gerne um dich kümmern, aber... Sie kannte Jacks Lebensgeschichte nicht, aber ganz sicher hatte er schon genug Lügen in seinem Leben gehört. Da wollte sie keine weitere hinzufügen.

„Is' mir egal, ob ich eine hab' oder nich'. Ändert sich ja nix für mich." Fast trotzig rutschte er vom Stuhl und drehte sich demonstrativ weg. Ava fühlte einen dumpfen Schmerz in sich hochsteigen. Vielleicht war es wirklich besser, wenn er glaubte, keine Eltern zu haben. Ganz sicher war die Situation für ihn so erträglicher, wenn er niemanden hatte, den er liebte und sich deshalb angreifbar machte. Zu lieben und geliebt zu werden, hieß, verletzlich zu sein. Etwas, das auf den Straßen von Whitechapel tödlich sein konnte. Und selbst in ihrer Welt war sie nicht vor der Gefahr, durch Gefühle verletzt zu werden, sicher. Sie hatte erst in der Stunde der Not erkannt, was die Liebe ihrer Eltern wert war. Gesellschaftliches Ansehen war wichtiger als die eigene Tochter. Das Gesicht zu wahren war oberste Priorität gewesen. Dafür hatte man sie geopfert. Ihr Vater hatte ihr erklärt, sie sei für ihn gestorben und ihre Mutter hatte ihm nicht widersprochen. Soviel zu den Menschen, die sie geliebt hatte und von denen sie gedacht hatte, sie würden sie auch lieben.

Der Junge tat ihr leid, wie er so dastand und Stärke zu demonstrieren versuchte. Sie hatte ihm deutlich angemerkt, dass ihre Worte ihn beschäftigt hatten.

Sie griff aus einem Impuls heraus in ihr Retikül und nahm eine kleine Münze heraus.

„Ich habe hier etwas für dich, Jack." Es dauerte etwas, bis er sich umdrehte und Ava musste lächeln. Die Neugier stand ihm ins Gesicht geschrieben, aber sein Misstrauen ihr und der Welt gegenüber ließ ihn zögern. Ava hielt ihm einen Penny hin. Er machte vorsichtig einen Schritt auf sie zu, hielt seine Hände aber weiterhin vor der Brust verschränkt.

„Du denkst vielleicht, das ist nur ein Penny. Und vielleicht hast du auch Recht." Sie drehte die Münze hin und her. „Erinnerst du dich an das, was ich dir vorhin über einen Talisman gesagt habe?", fragte sie ihn.

„Dass der Glück bringt, dieser...", er suchte nach dem Wort, „...dieses Dingens."

„Talisman, Jack. Und er *soll* Glück bringen. Ob das klappt, weiß ich nicht, aber wenn man daran glaubt, hilft das schon."

Vorsichtig griff er nach der Münze und drehte sie mehrmals in seinen Fingern.

„Sieht aus wie 'n Penny. Aber schaden kann 's ja nix. Kann 's ja mal versuchen mit dem... Talisman." Schnell steckte er ihn in seine Tasche und nickte Ava zu bevor er sich an Mrs. Scott wandte. „Hab' noch Hunger. Krieg ich jetzt noch was?"

Seufzend sah Mrs. Scott Ava an. „Kommen Sie nachher nochmal rein und berichten mir, Miss Prescot?"

„Ja, das mache ich. Wollen wir hoffen, dass Jane nicht ernsthaft krank ist." *Oder ihr sonstwas auf den Straßen von Whitechapel passiert ist!*, fügte sie in Gedanken hinzu. Dann gab sie Lizzy zum Abschied einen Kuss und verließ das Waisenhaus.

Herrenclub White's

Wütend verließ Nicholas das Stadthaus seines Vaters.
Statt ihm, wie gehofft, Einsicht in die Unterlagen zu
verschaffen, um Einnahmen und Ausgaben überprüfen
und gegebenenfalls korrigieren zu können, hatte sein
Vater ihm wieder nur Vorhaltungen gemacht. Und
weiter stur auf einer Heirat mit Victoria beharrt.
Anscheinend gab es für diesen Mann kein anderes
Thema. Er wurde auch nicht müde, Nicholas an seine
Verpflichtungen gegenüber der Familie und seinem
zukünftigen Titel zu erinnern. Einen Titel, den er im
Grunde gar nicht haben wollte. Als sein Vater
schließlich Edward erwähnt hatte, und dass *er* ganz
bestimmt zuerst an die Familie und zuletzt an sein
eigenes Glück gedacht hätte, war Nicholas einfach
gegangen. *Feigling* und *Flucht vor der Verantwortung*
hatte er seinen Vater noch wütend zetern hören, aber in
Nicholas' Augen war sein Rückzug eher
Deeskalationsstrategie als Flucht. Mit seinem Vater war
zur Zeit nicht vernünftig zu reden.
So in Gedanken versunken hatte er gar nicht bemerkt,
dass er seine Schritte instinktiv zu seinem erlesenen
Herrenclub gelenkt hatte. Bei *White's* trafen sich die
Herren des *Ton*s um zu wetten, Geschäfte einzufädeln
oder auch einfach nur, um zu trinken. Und genau das
hatte Nicholas jetzt vor. Sich betrinken! Statt
Antworten hatte dieser Tag bisher nur neue Fragen
aufgeworfen, weder bei Violet noch bei diesem
ominösen Club, den Mr. Burns auszuheben versuchte,
war er weiter gekommen. Dazu noch diese fruchtlosen

Diskussionen mit seinem Vater...

Ein livrierter Bediensteter öffnete ihm schwungvoll die Tür und verbeugte sich ehrfurchtsvoll. Ein anderer nahm ihm im Inneren den Gehrock, Handschuhe und Zylinder ab und führte ihn zu einem Separee. Nicholas bestellte eine Flasche Brandy und ließ in die weichen Polster des eleganten, cognacfarbenen Ledersofas fallen. Aber noch bevor er sich einen Brandy einschenken konnte, betrat sein Freund William den gemütlichen Raum und orderte bei der Bedienung ein weiteres Glas. Ohne zu fragen, setzte er sich neben Nicholas und fuhr sich durch sein wie immer wirres Haar. Nicholas seufzte. Nun würde es wohl nichts mit ein paar Brandys in aller Ruhe werden.

„Nicholas, wie weit bist du mit deinen Nachforschungen? Gibt es schon Neuigkeiten?" Er goss sich sein Glas randvoll und stürzte die Flüssigkeit in einem Zug hinunter. Nicholas runzelte die Stirn. William trank selten und wenn, dann nur in Maßen. Und es war jetzt für alle wichtig, einen klaren Kopf zu behalten.

„William, setz dich doch zu mir. Möchtest du auch einen Brandy?" Ironisch deutete er auf den Platz neben sich, auf dem Will schon längst saß.

„Was?" Verständnislos runzelte der die Stirn bevor er sich ein weiteres Glas einschenkte. Nicholas seufzte. William war offensichtlich nicht in der Stimmung für Ironie, also sagte er nichts weiter dazu. Als Will nun auch noch das zweite Glas hinunterstürzte ohne abzusetzen, wusste Nicholas, dass ihn irgendetwas beschäftigte.

„Was ist los, William? Ich..."

„Warum sitzt du hier und trinkst seelenruhig Brandy?!", fuhr er Nicholas an. Dann senkte er seine Stimme, damit niemand ihn hören konnte. „Du sollst verdammt nochmal Violet suchen!" Er sah Nicholas wütend an. „Hier im Club sind keine Frauen zugelassen, soweit ich weiß! Also wirst du sie hier wohl kaum finden!"

„Äh, ich...", versuchte Nicholas sich zu verteidigen. Er hatte nach dem Streit mit seinem Vater ein Ventil gebraucht. Und ein paar Stunden bei *White's* ungestört zu trinken, war genau dieses Ventil. Hatte er gedacht. Allerdings brach er damit auch seine Prinzipien. Gerade noch hatte er William dafür verurteilt, sich zu betrinken, dabei hatte der wahrlich mehr Grund, als er selbst. Ärgerlich über diese Erkenntnis stellte er sein Glas ab, ohne daraus getrunken zu haben.

„Es war ein anstrengender Tag heute", versuchte er sich zu rechtfertigen, aber selbst in seinen Ohren klang das hohl.

William vergrub seinen Kopf in den Händen.

„Entschuldige bitte, Nicholas. Ich hätte dich nicht so angehen dürfen. Du bist mein Freund. Und ich weiß, dass du alles daran setzt, Violet zu finden. Es ist nur so, ich habe heute Victorias Zofe mit der Köchin reden hören. Es scheint so, als würden in Whitechapel noch mehr Mädchen vermisst. Ich mache mir solche Sorgen, Nic." Als William sich zum dritten Mal das Glas füllen wollte, hielt Nicholas seinen Arm fest.

„Lass gut sein, Will. Du hilfst niemandem, wenn du dich hier betrinkst. Denk an Margret. Ich weiß, dass du dich um Violet sorgst, aber deine Frau braucht dich in ihrem Zustand genauso. Kümmere du dich um Margret und ich..."

„Wenn es am Geld liegt, Nicholas, das spielt keine Rolle. Ich zahle dir, was immer du forderst!" Pure Verzweiflung stand in Williams Augen und legte ihm diese Worte in den Mund, aber obwohl Nicholas das wusste, zuckte er doch bestürzt zusammen.

Er packte seinen Freund am Kragen seines Gehrocks und brachte sein Gesicht ganz nah an das seines Gegenübers. „Ich nehme kein Geld von dir. Wenn du nicht willst, dass ich Genugtuung für diese Beleidigung fordere, vergisst du besser deine letzten Worte!"

William keuchte und versuchte, Nicholas' Hand von seinem Revers zu lösen. „Es... es tut mir leid, Nic. Ich wollte doch nur... ich meine... also... es geht das Gerücht um... dass dein Vater..."

„Zu deiner Information, William: Das ist kein Gerücht. Mein Vater hat unser gesamtes Vermögen verloren." Er ließ Will los und griff nun doch nach seinem Brandy. Der Gedanke, der ihm in den Sinn kam, war schäbig, aber...

„Ich will zwar kein Geld von dir, mein Freund, aber wenn du mich schon entlohnen willst, habe ich da einen Vorschlag. Ich möchte, dass du den Heiratsvertrag, den unsere Väter für Victoria und mich aufgesetzt haben, für Null und Nichtig erklärst."

„Nicholas!"

„Zerreiß ihn. Du bist jetzt Victorias Vormund und hast das Recht, ihn aufzukündigen."

„Nicholas, ich... es würde Victoria das Herz brechen! Sie... liebt dich und würde alles dafür tun, deine Frau zu werden. Und ihre Mitgift..."

„Interessiert mich genauso wenig wie das Geld, das du mir gerade angeboten hast, damit ich Violet finde!" Mit einem harten Zug um die Mundwinkel sah er sein Gegenüber an. „Ich kümmere mich um die Sache mit Violet und du verzichtest im Gegenzug auf eine Heirat zwischen Victoria und mir."

„Nic, willst du dir das nicht noch einmal überlegen?" Verlegen fixierte William einen Punkt hinter Nicholas an der Wand. „Victoria bekommt eine hohe Mitgift. Ich wäre bereit, sie nochmals aufzustocken, wenn du..." Nicholas biss die Zähne zusammen, so dass seine Kiefer hervortraten. „Kein Verhandlungsspielraum, Will."

„Was hast du denn gegen eine Ehe mit Victoria? Sie ist doch...", versuchte William es noch einmal.

„Du hast die Wahl, Will. Ich werde deine Schwester auf keinen Fall heiraten, ganz gleich, ob du damit einverstanden bist oder nicht!"

„Also gut, Nic. Wenn du darauf bestehst, kündige ich den Vertrag auf." Neugier stahl sich trotz des ernsten Themas in seine Züge.

„Gibt es eine andere Frau, Nic?"

Graue Augen, herzförmiges Gesicht, volle Lippen...

„Nein, Will. Es ist nur so, dass ich noch nicht tief genug gesunken bin, um mich zu verkaufen, ganz gleich, wie hoch der Preis ist."

London, Stadthaus der Aylesburys

„Ihr aber, treue Liebende, die im Leben durch ein allzu strenges Schicksal getrennt wart und die ihr nun durch

einen freiwilligen Tod auf ewig vereint seid, lebet, lebet in unserem Andenken, Romeo und Julia."

Leise schlug Ava das Buch zu. Die alte Countess liebte die Prosa von Shakespeare, und „Romeo und Julia" im Besonderen. Sie hatte eindeutig eine romantische Ader, und wenn Ava diese auch nicht teilte, so machte das die Countess doch irgendwie... liebenswert. Wie so oft war die alte Frau auch dieses Mal über den letzten Akt eingeschlafen und so legte Ava das Buch leise auf dem kleinen Nachttischchen ab und verließ auf Zehenspitzen das Zimmer. Der dicke Aubussonteppich dämpfte ihre Schritte und auch die Tür schloss geräuschlos hinter ihr. Die Countess würde jetzt mindestens eine Stunde schlafen, so dass Ava in Ruhe darüber nachdenken konnte, was sie von Janes Mutter über deren Verschwinden erfahren hatte.

Laut Mrs. Rourke war Jane nach ihrer Arbeit im Waisenhaus nicht nach Hause gekommen. Was ungewöhnlich war, denn Jane galt als äußerst zuverlässig. Ihre Mutter wusste darüber hinaus zu berichten, dass Jane später am Abend noch eine Verabredung mit ihrem Verlobten gehabt hatte, zu der sie ebenfalls nicht erschienen war. Mehr war in der Kürze der Zeit nicht herauszufinden gewesen, aber da auch Ava Jane als sehr pflichtbewusst kannte, war ihr Verschwinden mindestens ungewöhnlich, wenn nicht besorgniserregend. Und auch, was Janes Mutter noch zu berichten gewusst hatte, war nicht dazu angetan, die Sorgen um Jane zu entkräften. In der Nachbarschaft waren in den vergangenen Monaten bereits zwei weitere Mädchen spurlos verschwunden. Eine war einfach nicht nach Hause gekommen, so wie Jane. Die andere war eine Waise, die kein Zuhause gehabt hatte, aber immerhin war ihr Verschwinden den anderen Straßenkindern aufgefallen, auch wenn es sie nicht besonders interessiert hatte. In den Gassen von Whitechapel verschwanden täglich Menschen, ohne dass es jemanden kümmerte, aber unter den Straßenkindern, die tagtäglich um ihr Überleben kämpfen, betteln, stehlen oder sich prostituieren mussten, gab es einen gewissen Zusammenhalt. Und es fiel auf, wenn jemand nicht an seinem angestammten Platz zu finden war.

Ava wollte sich so schnell wie möglich bei Mrs. Scott erkundigen, ob Jane wieder aufgetaucht war, aber im Moment waren ihr die Hände gebunden. Die Countess hatte eine kleine Klingel an ihrem Bett, mit der sie jederzeit nach Ava läuten konnte, so dass es ihr unmöglich war, ohne Erlaubnis das Haus zu verlassen. Während Ava darüber nachdachte, ob das Verschwinden der jungen Frauen einfach nur Zufall war oder ob es da einen Zusammenhang mit den anderen Vermissten geben könnte, nahm sie schwachen Rauchgeruch wahr. Schnuppernd blieb sie stehen und versuchte zu orten, woher der Geruch kam, als sie auch schon eine dünne Rauchwolke aus dem Untergeschoss die Treppe hinauf wabern sah. Schnell raffte sie ihren Rock und eilte die schmale Treppe in das Untergeschoss des herrschaftlichen Hauses hinunter, wo sich im Keller die Küche und die Gemeinschaftsräume für das Gesinde befanden. Dem beißenden Geruch und dem etwas dichter werdendem Rauch folgend machte sie die Küche als Brandherd aus. Hustend riss sie die Tür auf und brauchte einen kurzen Augenblick, um sich zu orientieren. Mrs. Riley, die

Köchin, versuchte gerade, hustend und heftig den Rauch weg wedelnd, ein Backblech mit schwarz verkohltem Gebäck aus dem hochmodernen Sparherd zu ziehen, der erst seit einigen Wochen in Betrieb war. Und Mrs. Riley das Kochen und Backen eigentlich erleichtern sollte. Stattdessen fluchte die grauhaarige Frau wie ein Stallknecht über die Neuerung und erst als sie Ava bemerkte, schluckte sie weitere Verwünschungen herunter.

„Mrs. Riley", keuchte Ava, „was ist passiert?" Sie wickelte sich ein dickes Küchentuch um die rechte Hand und griff beherzt nach dem Backblech, bevor die Köchin sich verbrennen konnte, weil sie in der Eile mit der bloßen Hand danach greifen wollte.

„Himmel, Miss Prescot, ich... also das ist mir noch nie passiert!" Sie wischte sich eine wirre Strähne grauen Haares aus dem Gesicht, die sich unter der eng anliegenden Haube hervorgewagt hatte.

Ava stellte das heiße Blech mit den verkohlten Scones auf dem großen Eichentisch ab, der dem Gesinde als Esstisch diente, und drehte sich zu Mrs. Riley um, die sich inzwischen einen Stuhl herangezogen und mit einem lauten Seufzen darauf Platz genommen hatte.

„Ach, Miss Prescot." Sie rieb sich über die Augen, die vom Rauch etwas gerötet waren und kämpfte einen Hustenanfall nieder. „Ich bin so durcheinander. Ich habe gar nicht mehr an die Scones gedacht! Das ist mir in den siebenunddreißig Jahren, die ich schon hier koche, noch nie passiert!"

„Der Ofen ist ja auch noch ganz neu, Mrs. Riley. Sie brauchen bestimmt etwas Zeit..."

„Nein, Miss Prescot", Mrs. Riley sah Ava an und

schüttelte den Kopf, „das ist es nicht. Zur Not koche ich auf offenem Feuer!" Sie wischte sich eine Träne von der Wange und bei dem besorgten Ausdruck, der in ihren Augen stand, wusste Ava nicht, ob das nur dem Rauch geschuldet war.

„Es ist... also... ich bin in Gedanken ganz woanders." Traurig senkte sie den Blick. „Meine Nichte ist verschwunden. Wir machen uns alle so große Sorgen um sie!"

Es konnte Zufall sein, aber...

„Ihre Nichte? Verschwunden?", fragte Ava deshalb vorsichtig.

„Ja, meine süße kleine Harriet. Sie ist doch alles, was Morag und ich noch haben!" Sie schluchzte auf und barg das Gesicht in den Händen. „Morag ist meine Schwester", fügte sie erklärend hinzu.

„Erst stirbt mein Schwager vor einem Jahr an Schwindsucht und jetzt das!"

„Mrs. Riley", Ava legte mitfühlend eine Hand auf den Arm der alten Frau, „könnten Sie mir... mehr darüber erzählen?"

Als die Köchin sie fragend ansah, fügte sie hinzu: „Es ist nämlich so, dass eine... äh...Freundin von mir ebenfalls verschwunden ist. Sie war immer sehr zuverlässig..."

Eifrig nickte Mrs. Riley. „Genau wie Harriet! Sie ist so ein liebes Kind! Obwohl sie mit meiner Schwester in Whitechapel lebt." Verlegen senkte Mrs. Riley die Augen. Offensichtlich schämte sie sich, dass ihre Verwandtschaft in diesem heruntergekommenen Stadtviertel wohnte. Dann atmete sie tief ein und sah Ava offen an. „Also, obwohl sie in diesem übel beleumundeten Viertel wohnen, soll Harriet demnächst eine Ausbildung zur Näherin machen! Bei Madame Angelique!" Ein kleines Lächeln huschte über ihr faltiges Gesicht. „Kennen Sie das Geschäft von Madame? Sie ist die angesagteste Modistin in London! Na ja, Harriet ist ja auch sehr geschickt mit Nadel und Faden. Sie näht immerzu Kleider und Tücher für die Nachbarschaft... also jedenfalls, wenn jemand ihr den Stoff bringt. Weil ja meine Schwester und sie kein Geld haben..."

„Wissen Sie Genaueres? Ich meine, seit wann vermissen Sie ihre Nichte? Könnte es sein., dass sie...", unterbrach Ava ungeduldig den Redefluss der Köchin.

„Falls Sie andeuten wollen, dass sie freiwillig... nein, das kann nicht sein!" Empört sah Mrs. Riley Ava an.

„Sie hat sich sehr darauf gefreut, die Anstellung bei Madame anzutreten. Mit dem Geld, das sie dort verdient hätte..." Traurig brach Mrs. Riley ab und schluchzte. Dann fuhr sie sich über die Augen und räusperte sich. „Harriet ist seit zwei Wochen verschwunden. Wir haben überall nach ihr gesucht, bei jedem Nachbarn nachgefragt. Nichts! Niemand hat sie gesehen. Aber sie muss doch irgendwo sein! Vielleicht braucht sie Hilfe!" Jetzt liefen ihr Tränen über die Wange und sie machte sich nicht die Mühe, sie wegzuwischen. „Das liebe Kind! Sie ist doch noch so jung! Gerade einmal fünfzehn Jahre!" Dann ging ein Ruck durch ihren Körper und der Ausdruck in ihren blassblauen Augen verhärtete sich.

„Ich schwöre Ihnen, wenn dieser O'Sullivan etwas damit zu tun hat...!"

„Wer ist das, Mrs. Riley? Was sollte dieser Mann denn mit dem Verschwinden von Harriet zu tun haben?" Ava versuchte, ruhig zu bleiben. Vielleicht war das ein erster Hinweis darauf, wo sie mit ihrer Suche nach Jane beginnen konnte.

Verächtlich verzog Mrs. Riley den Mund. „O'Sullivan ist in Whitechapel eine große Nummer, Miss Prescot. Aber auf die verabscheuungswürdigste Weise, die Sie sich vorstellen können!" Sie machte eine Pause und suchte offenbar nach den passenden Worten. „Er ist... verzeihen Sie bitte den Ausdruck, aber ich kann es nicht anders sagen!... der schlimmste Bastard und Hurensohn, den Whitechapel je gesehen hat! Er ist unter anderem der Besitzer eines der größten Bordelle in London, und glauben Sie mir, die Frauen, die er dort anschaffen lässt, haben kein leichtes Los, weil er sich auf Kunden mit besonderen Neigungen spezialisiert hat!" Sie errötete bei dem Gedanken an die dort angebotenen Dienste. „Und er kauft auch Kinder aus armen Familien und bildet sie als Diebe aus, von den Waisenkindern, die er sich holt, einmal ganz zu schweigen. Er lehrt sie, des Nachts in Häuser reicher Bürger einzusteigen und sie zu bestehlen." Empört schlug sie die Faust auf den Tisch und ein unterdrücktes Schluchzen entrang sich ihrer Kehle.

Ava hatte mit wachsendem Entsetzen den Ausführungen der Köchin zugehört. Das konnte nicht sein! Bordelle ja, so weltfremd war sie nicht, dass sie nicht von der Existenz solcher Häuser gewusst hätte. Aber Eltern, die ihre Kinder verkauften?! Das konnte doch nicht sein?! Wer verkaufte schon sein Kind?! Sie dachte an Lizzy und dass sie ihr Leben für die Kleine geben würde, aber andererseits hatte sie auch gesehen, dass die Armut in Whitechapel sehr groß war. Die Menschen, die hier lebten, waren für die feine

Gesellschaft Abschaum, Nichtsnutze, Kriminelle, die nichts Besseres verdient hatten, als in den stinkenden, von Unrat verschmutzten Gassen Londons dahinzuvegetieren. Ava hatte lange Zeit keine Ahnung davon gehabt, dass es so etwas wie Whitechapel geben könnte. Aber ihre gut behütete Kindheit hatte nicht nur in dieser Hinsicht ein jähes Ende genommen und ihr die Augen für die Wirklichkeit geöffnet.

„Miss Prescot?" Mrs. Rileys Stimme riss Ava aus ihren Gedanken.

Als Ava sie fragend ansah, wiederholte sie: „Dieser O'Sullivan ist zu allem fähig! Wenn er Harriet... also, wenn er sie..."

„Mrs. Riley, können Sie mir sagen, wo ich Ihre Schwester finden kann? Ich... habe Ihnen ja gesagt, dass meine...Freundin auch nicht nach Hause gekommen ist und ich möchte... also ich würde gerne..."

„Sie wollen nach Whitechapel?! Unmöglich, Miss Prescot! Das ist kein Ort für eine junge Dame wie Sie!"

Wenn sie wüsste, dachte Ava, senkte aber der Form halber den Blick. „Ich könnte ja... jemanden mitnehmen. Also vielleicht Frederick?" Frederick war der Kutscher, hatte aber inzwischen nur noch sehr selten etwas zu tun, weil die Dowager Countess so gut wie nie das Haus verließ. Aber die alte Dame fühlte sich ihren treuen Angestellten verpflichtet und so stand er immer noch in Lohn und Brot, kümmerte sich um die Pferde, machte Botengänge und führte kleinere Reparaturen am Haus aus.

„Frederick? Hmm...", Mrs. Riley schien zu überlegen, ob das eine gute Idee wäre. „Ja also, ich weiß zwar

nicht, was Sie da wollen, denn wir haben ja schon jeden
Stein nach Harriet umgedreht... und ich glaube nach
wie vor, dass Sie dort nichts verloren haben!,... aber
wenn Sie mir versprechen, Frederick mitzunehmen...“
Dass Ava sich bereits recht gut in dem Viertel
auskannte und auch nicht im Traum daran dachte, den
Kutscher zu bitten, sie zu begleiten, behielt sie tunlichst
für sich. Es war zu gefährlich, dass ihr Geheimnis ans
Licht kam. Sie würde sich schon zu helfen wissen!
Sie merkte sich die Adresse, die Mrs. Riley ihr nannte
und verabschiedete sich eilig von der alten Köchin.
Jetzt musste sie nur noch darauf warten, dass die alte
Countess ihr einen freien Nachmittag gönnte!

Nicholas griff sich seinen verschlissenen Hut und riss
die Tür auf. Godric, sein Diener, war dabei, die letzten
Kisten auszupacken, die noch seit dem Umzug seines
Herrn ins Stadthaus herumstanden und sah nun von
seinem Tun auf.
„Mylord,?“
„Ich gehe aus. Sie brauchen nicht auf mich zu warten.
Wenn Sie hier fertig sind, können Sie Feierabend
machen. Ich brauche Sie heute nicht mehr.“ Er
ignorierte den kurzen Anflug von Entsetzen in Godrics
Augen, der seinen Herrn noch nie so gesehen hatte.
Alte, geflickte Hosen, ein nicht ganz sauberes,
zerschlissenes Hemd und dazu der Hut... Es war nicht
die Aufmachung, die er von seinem Herrn gewohnt

war.

Nicholas ignorierte den entsetzten Blick seines Dieners und nickte diesem nur kurz zu. Dann machte er sich auf den Weg nach Whitechapel. Hier war Violet zuletzt gewesen und hier würde er seine Ermittlungen beginnen.

Wenigstens hatte William sein Wort gehalten und seinem Vater mitgeteilt, dass er sich als neuer Vormund seiner Schwester nicht länger an die Vereinbarung, die die beiden älteren Männer vor langer Zeit getroffen hatten, gebunden fühlt. Natürlich hatte sein Vater vor Wut geschäumt, aber das war Nicholas herzlich gleichgültig. Nun war es an der Zeit, seinerseits sein Versprechen zu halten und Nachforschungen bezüglich Violets Verschwindens anzustellen.

„Ich sehe Sie morgen, Godric." Damit verließ er das Haus und machte sich auf den Weg nach Whitechapel. Er hatte vor, sich zunächst dort umzusehen. Im günstigsten Fall würde er jemanden finden, der sich an ein bildhübsches, als junger Mann verkleidetes Mädchen erinnern würde, was allerdings sehr unwahrscheinlich war. Er konnte sich gut vorstellen, dass Violet gar nicht darüber nachgedacht hatte, impulsiv wie sie war, dass Hosen und ein Hut noch lange keinen Mann aus ihr machten. Um seine eigene Maskerade zu vervollständigen, hatte er sich länger nicht rasiert. Das musste, zusammen mit seiner ärmlichen Kleidung, reichen, um in Whitechapel nicht für allzu großes Aufsehen zu sorgen. In Gedanken legte er sich einen Plan zurecht, wie er vorgehen würde, wenn er in Whitechapel ankam. Es war noch nicht sehr spät und die Sonne stand noch nicht sehr tief, als er wie zufällig auf die andere Straßenseite sah. Sofort flammte die Erinnerung an eine Begegnung vor wenigen Tagen auf. Graue Augen, ebenmäßige Gesichtszüge und ein freches Mundwerk. Er nahm die Gestalt, die dort durch die Menge huschte, genauer in Augenschein. Kein Zweifel, auch wenn sie nicht humpelte, das war die junge Frau, die ihn so unhöflich hatte abblitzen lassen! Und sich seitdem, ohne dass er das verhindern konnte, immer wieder in seine Gedanken schlich. Neugierig wechselte er die Straßenseite und folgte ihr. Sie waren bereits in den Außenbezirken von Whitechapel angelangt und er war neugierig, was sie dort wollte. Geschickt schlängelte sie sich durch die dichter werdende Menschenmenge und ihre zierliche Gestalt verriet ihre Anspannung. Er hatte gelernt, auf die Körpersprache eines Menschen zu achten, weil sie mehr über den Betreffenden aussagte als dieser ahnte. Eine heimliche Konversation des Körpers, nicht zur Lüge und Täuschung fähig wie das gesprochene Wort. Und diese Frau *war* angespannt. Ängstlich, auf der Hut. Und sie tat gut daran, das zu sein, hier in den Gassen dieses Viertels, in denen Gewalt und der tägliche Kampf ums Überleben an der Tagesordnung waren. Sie gerieten immer tiefer in die von Unrat und Fäkalien verschmutzten Gassen, mussten Bettlern und zwielichtigen Gestalten ausweichen und doch bewegte sich die Frau vor ihm mit einer Entschlossenheit, die ihm angesichts dieser Umgebung Respekt abnötigte. Dann bog sie scharf um eine Ecke und noch bevor er die Kreuzung erreicht hatte, war sie verschwunden. So sehr er sich auch anstrengte, sie in dem lebhaften Treiben zu entdecken, sie war wie vom Erdboden verschluckt. Die einzige Erklärung war, dass sie in irgendeinem der heruntergekommenen Gebäude verschwunden war, die hier ihre löchrigen Fassaden präsentierten. Neugierig ging er an der Häuserreihe vorbei, musterte den abblätternden Putz und die eingeworfenen Fensterscheiben, die wie leere Augenhöhlen in die Gasse starrten, bevor er vor einem Haus stehenblieb, das sich von den anderen dadurch unterschied, dass es noch unversehrte Fensterscheiben und eine einfache Holztür hatte, die mit einem rostigen Türklopfer und einem intakt scheinenden Schloss ausgestattet war. *'Whitechapel Waisenhaus'* stand in verblassten Lettern über der Tür und aus dem Inneren klang Kindergeschrei und die mahnende Stimme einer älteren Frau. Noch bevor er sich Gedanken machen konnte, ob und wenn, warum die junge Frau wohl ein Waisenhaus in Whitechapel besuchte, spürte er ein leichtes Kribbeln im Nacken. Ein deutliches Zeichen, dass ihn jemand beobachtete. Er hatte in Frankreich gelernt, auf die kleinsten Signale seines Körpers zu achten. Das war nicht nur in der Fremde ein Garant fürs Überleben. Er steckte die Hände in die Taschen seiner Hose und kickte einen halben Kohlkopf mit dem rechten Fuß beiseite, bevor er die Gasse wieder zurück schlenderte, geradeso als habe er sich verlaufen. Aus den Augenwinkeln konnte er einen Jungen beobachten, etwa zehn oder elf Jahre alt, mit einem dunklen, zerzausten Schopf und zerrissenen Hosen, der ihn auffällig unauffällig beobachtete. Insgeheim musste Nicholas grinsen. Zwar tat der Bengel alles, um nicht gesehen zu werden, aber es wäre nicht auffälliger gewesen, wenn er eine rote Weste und einen roten Hut getragen hätte. Nicholas sah sich betont neugierig um, blieb hin und wieder stehen, um in das eine oder andere eingeworfene Fenster zu spähen und verschwand schließlich hinter einem Mauervorsprung. Wie er es vorausgesehen hatte, folgte ihm der Junge, sich immer wieder unsicher umsehend.

„Warum folgst du mir?", sprach Nicholas ihn aus der Dunkelheit an. Der Junge zuckte zusammen und wich zurück. Bevor er wegrennen konnte, hatte Nicholas ihn gepackt und hielt ihn fest.

„Lassen Sie mich los! Ich will gar nix von Ihnen!" Der Bengel wehrte sich heftig, aber gegen Nicholas hatte er keine Chance.

„Doch, du folgst mir. Falls du meinen Geldbeutel..."

„Will ich nich'. Ich klau nich'...", er wand sich unter dem festen Griff, „...mehr", fügte er kleinlaut hinzu.

„Warum verfolgst du mich dann?"

„Tu ich nich'. Ich wollte nur... ich wohne da jetzt. Im Waisenhaus." Er versuchte, Nicholas vor das Schienenbein zu treten, was aber misslang, da der ihn wie in einem Schraubstock hielt.

„Wie heißt du?", fragte Nicholas und lockerte seinen Griff etwas, um dem Jungen die Angst zu nehmen.

„Was geht Sie das denn an?" Trotzig funkelte der Junge ihn an.

„Es geht mich nichts an, aber es interessiert mich."

„Pfff, wäre das erste Mal, dass sich jemand für meinen Namen interessiert! Sie können Peter zu mir sagen, James oder auch... Jack, suchen Sie sich was aus!"

„Also gut, Peter-James-Jack, ich lass dich jetzt los, aber ich möchte, dass du nicht gleich wegläufst. Du kannst mir vielleicht ein paar Auskünfte geben." Nicholas löste seine linke Hand vom Hemd des Jungen und griff in seine Hosentasche. Vorsorglich hatte er nur ein paar lose Münzen eingesteckt und seinen Geldbeutel zuhause gelassen. Jetzt zog er eine davon aus der Tasche und hielt sie dem Jungen vor die Nase. Dann ließ er ihn los und sah ihn auffordernd an. Deutlich konnte er den inneren Kampf erkennen, den der Bengel mit sich ausfocht. Bleiben oder weglaufen, Schilling oder nichts.

„Was woll'n Sie denn wissen?", fragte er vorsichtig, die Münze nicht aus den Augen lassend.

„Die junge Frau, die gerade da in dem Haus verschwunden ist..."

„Weiß nich' was Sie meinen. Kenn' ich nich'." Das Gesicht des Jungen verschloss sich.

„Komm schon, wir beide wissen, dass du lügst! Wenn du da wohnst, kennst du sie auch!"

„Was woll'n Sie denn von der?" Misstrauisch sah Peter-James-Jack Nicholas an.

Ja, was wollte er von dieser jungen Frau? Es ging ihn nichts an, wohin sie ging und warum. Aber seit ihrer ersten Begegnung vor Madame Angeliques Geschäft spukte sie immer wieder durch seine Gedanken.

„Ich habe sie vor ein paar Tagen zufällig getroffen. In der Bond Street. Und nun habe ich sie hier wiedergesehen und mich gefragt, was sie hier wohl zu tun hat, wenn sie doch bei den vornehmen Herrschaften wohnt." Er versuchte, seiner Stimme einen beiläufigen Klang zu geben, aber der Junge schien feine Antennen für Unausgesprochenes zu haben.

„Warum fragen Sie sie das nich' selber, wenn Sie sie doch kennen?"

„Ich... äh... kenne sie ja nicht." Nicholas verfluchte sich insgeheim, weil der Junge ihn in Verlegenheit gebracht hatte.

„Dann geht Sie das auch nix an, was sie hier macht." Damit schien sich für Peter-James-Jack das Thema erledigt zu haben und er griff nach der Münze.

Nicholas besann sich und steckte das Geldstück wieder ein. Was tat er hier? Er war nach Whitechapel gekommen, um sich umzuhören, was er in Bezug auf Violets Verschwinden herausfinden konnte, nicht, um sich nach einer Frau mit betörend grauen Augen zu erkundigen!

Als er den enttäuschten Blick des Jungen auffing, holte er die Münze wieder heraus.

„Du bekommst eine zweite Chance, Junge. Ich suche ein Mädchen." In dem Augenblick, da Nicholas das aussprach, merkte er, dass er sich missverständlicher nicht hätte ausdrücken können.

Dem Jungen blieb der Mund offen stehen. „Sie... suchen das Hurenhaus von O'Sullivan?", fragte er sicherheitshalber.

„Äh..." Nicholas überlegte, ob das ein Ansatzpunkt sein könnte. Ein angewiderter Ausdruck huschte über das Gesicht des Jungen und er spuckte vor Nicholas aus. „So einer sind Sie also!" Dann deutete er mit einem Finger die Gasse hinab. „Hier runter und dann die zweite Ecke links. Können Sie nich' verfehlen, is' das Haus mit dem gelben Putz." Er griff nach der Münze und spuckte noch einmal aus.

Nicholas seufzte. Offensichtlich hatte das Bordell selbst für diese Gegend einen schlechten Ruf. Er sparte sich den Hinwies, dass er *nicht so einer* war und gab dem Jungen die Münze. Mit einem letzten misstrauischen Blick griff der Bengel danach und machte sich wieselflink aus dem Staub. Eine leises Bedauern darüber, dass er nichts weiter über die junge Frau erfahren hatte, die seine Gedanken beherrschte, konnte er allerdings nicht leugnen.

⁘

„Miss Prescot, wenn ich nicht bald jemanden finde, der mir hier zur Hand geht, weiß ich nicht, wie es hier weitergehen soll. Mir wächst alles über den Kopf. Ich kann doch nicht gleichzeitig auf die Kinder aufpassen, Lebensmittel besorgen, kochen...“, Mrs. Scott seufzte und fuhr sich durch die Haare. „Und oft muss ich nachts auch noch raus, weil eines der Kinder Albträume hat. Ich meine, das ist ja kein öffentliches Waisenhaus. Ich mach das alles doch nur für die armen Würmer, weil...“ Sie brach ab und ein trauriger Ausdruck stahl sich in ihre Augen. Sie hatte Ava einmal erzählt, dass sie keine Kinder bekommen konnte und nun sozusagen als Ausgleich dafür dieses Waisenhaus gegründet hatte, das ausschließlich von Spenden finanziert wurde. Ava war die Einzige, die für Lizzys Aufenthalt ein geringes Entgelt zahlte, aber angesichts der Kosten war das nur ein Tropfen auf dem heißen Stein. Mrs. Scott bewohnte im Haus ein kleines Zimmer, damit immer jemand da war, der sich um die Kinder kümmern konnte und war somit rund um die Uhr beschäftigt.

„Soll ich mich mal umhören, ob ich ein anders Mädchen finden kann, das hier aushilft, solange...“, Ava fuhr gedankenverloren durch das seidige Haar ihrer

Tochter, die sich an sie gekuschelt hatte, „... nun, solange Jane... nicht hier ist?" Sie weigerte sich, den Gedanken daran zuzulassen, dass Jane vielleicht nie mehr zurückkommen würde.

„Ach, Miss Prescot, das habe ich doch schon alles versucht. Aber bei dem Lohn, den ich zahlen kann, gehen die Mädchen und Frauen lieber betteln, stehlen oder... verdingen sich bei O'Sullivan als... nun...", sie wurde rot.

„Ich weiß, wer O'Sullivan ist und wie er sein Geld verdient, Mrs. Scott", half Ava der alten Frau. Sie dachte an das Gespräch mit Mrs. Riley und räusperte sich, weil es ihr doch unangenehm war, Mrs. Scott darauf anzusprechen.

„Ist es möglich.... also könnte es nicht sein...", sie biss sich auf die Lippe, „... dass Jane, also dass sie auch bei Mr. O'Sullivan..."

Empört sah die alte Frau sie an. „Nein, ganz und gar unmöglich! Jane ist ein anständiges Mädchen. Sie würde niemals..."

„Das dachte ich mir schon, Mrs. Scott", beschwichtigte Ava sie. „Aber was, wenn sie nicht freiwillig... also wenn dieser O'Sullivan sie vielleicht gezwungen hat?"

„Sie meinen, dass er sie zwingen könnte, in seinem Etablissement...?" Sie zog die Stirn in Falten und schien diese Möglichkeit ernsthaft in Betracht zu ziehen. „Nun... ich hörte davon," wieder wurde Ava bis unter die Haarspitzen rot, „dass er für besondere Kunden auch... äh... besondere Mädchen hat." Verlegen senkte sie den Blick. „Also Mädchen, die..."

Lizzy rutschte von Avas Schoß und lief auf die Tür zu, die Jack gerade schwungvoll aufriss.

„Jack, Jack!" Ein dunkelhaariger Wirbelwind schoss

auf den Jungen zu und klammerte sich an seine Beine. Kurz huschte ein weicher Ausdruck über sein Gesicht, bevor seine Miene wieder abweisend wurde.

„Lass das, Lizzy." Verlegen bückte er sich und schob das kleine Mädchen ein Stück von sich.

„Komm mit Lizzy spielen!", forderte sie ihn energisch auf und zupfte an seiner nicht ganz sauberen Hose. Ava betrachtete die Szene neugierig und zog dann, an Mrs. Scott gewandt, fragend die Augenbrauen hoch.

„Ja, Jack hat sich ganz gut hier eingefügt. Er...", Mrs. Scott blickte wohlwollend zu ihm hinüber, „kümmert sich manchmal um die Kleinen, wenn ich gerade keine Zeit habe. Und er macht das sehr gut, spielt mit ihnen und manchmal hilft er mir sogar, die Kleinen zu füttern. Sie sehen ja, Lizzy hat einen Narren an ihm gefressen!" Erstaunt schaute Ava Jack an, der offensichtlich nicht gewohnt war, dass man ihn lobte, denn er starrte verlegen auf seine Schuhspitzen.

„Ja, jedenfalls werde ich nicht alle Kinder hier behalten können, wenn ich nicht schnell Ersatz für Jane finde." Resigniert und traurig wandte sich Mrs. Scott wieder Ava zu, die immer noch Jack betrachtete. Ihr war gerade ein Gedanke gekommen.

„Sag mal, Jack, du kennst dich doch hier im Viertel gut aus, oder?"

„Hmm."

„Du hast sicherlich schon mitbekommen, dass Jane verschwunden ist."

„Hmm."

„Kennst du auch Mr. O'Sullivan?"

„Das is' kein Mister. Das is'n Dreckskerl." In Jacks Stimme lag soviel Hass und Abscheu, dass Ava sich fragte, wie gut Jack diesen Mann kannte. Sie hatte nicht vergessen, dass Mrs. Riley ihr erzählt hatte, dieser Mann bilde Kinder zum Stehlen und Betrügen aus.

„Wäre es möglich, dass dieser O'Sullivan irgendetwas mit Janes Verschwinden zu tun haben könnte?"

„Dem is' alles zuzutrauen, Miss. Der hat ein Hurenhaus für... besondere Kunden." Jack sagte das so unbeteiligt, dass es Ava schauderte. Dann zuckte er die Schultern.

„Mehr weiß ich nich'." Ava wurde das Gefühl nicht los, dass er etwas verbarg. Aber bevor sie noch weitere Fragen stellen konnte, drehte sich Jack um und verschwand nach draußen.

Seufzend wandte sich Ava an Mrs. Scott. „Ich fürchte, so kommen wir nicht weiter. Ich werde wohl noch einmal mit Janes Mutter reden müssen. Vielleicht weiß sie ja inzwischen mehr." Sie stand auf und ging zu Lizzy, die jetzt mit ernstem Gesicht versuchte, bunt bemalte Holzklötzchen zu einem Turm aufzuschichten. Liebevoll strich sie ihrer Tochter über die dichten Locken. Wie immer, wenn sie sich nach der viel zu kurzen Zeit, die sie mit Lizzy verbringen konnte, verabschieden musste, spürte sie einen dicken Kloß im Hals. Wenn sie Lizzy doch nur für immer bei sich haben könnte! Schnell verdrängte sie die aufkommende Traurigkeit. Sie hatte inzwischen gelernt, dass Träume und Wünsche für Frauen wie sie Zeitverschwendung waren. In ihrem früheren Leben hatte beides einen großen Raum eingenommen. Wie naiv und oberflächlich das gewesen war, hatte sie in den letzten Jahren lernen müssen. Statt von schönen Kleidern und einem liebevollen Ehemann zu träumen, musste sie jetzt selbst für ihren und Lizzys Lebensunterhalt sorgen und sie war schon froh, wenn sie sich ab und zu ein neues Kleid für Lizzy leisten konnte, wenn die Kleine wieder aus ihrem alten herausgewachsen war.

Schweren Herzens küsste sie Lizzy zum Abschied, versprach Mrs. Scott noch, sich nach Ersatz für Jane umzusehen und verließ dann das Waisenhaus. Draußen setzte sie ihre Haube und ihre Brille auf und wand sich das Band ihres Retiküls fest um ihr Handgelenk. Zwar hatte sie keinerlei Wertgegenstände bei sich, aber alleine der Verlust ihres Beutels würde sie treffen, da sie keinen weiteren besaß.

Mit einem mulmigen Gefühl im Bauch ging sie durch die Gassen, den Kopf gesenkt, um möglichst wenig Aufmerksamkeit zu erregen. Kurz bevor sie die heruntergekommene Behausung erreichte, in der Jane mit ihrer Mutter lebte, hatte sie das unbestimmte Gefühl, beobachtet zu werden. Sie beschleunigte ihre Schritte, hastete vorwärts und erreichte schließlich die Gasse, in der Jane und ihre Mutter wohnten. Bevor sie allerdings erleichtert aufatmen konnte wurde sie von hinten gepackt und in einen Hauseingang gezerrt.

„Wen haben wird denn da?", flüsterte ein Mann an ihrem Ohr. Ava versuchte, sich gegen den Kerl zu wehren, aber er hielt sie mit eisernem Griff gepackt. Keuchend drängte er sie weiter in den Gang hinein, drehte sie mit Gewalt um und presste sie gegen eine Wand. Schwer atmend riss er ihr Oberteil entzwei und presste seine Lippen auf ihren Hals. Ava erstarrte.

Sie saß auf ihrem Lieblingsplatz unter einer Weide am Fluss. Aus der Ferne drangen Gelächter und die Stimmen der Gäste zu ihr, die zum Sommerfest ihrer Eltern geladen waren. Sie wollte nur einen kurzen Augenblick dem Trubel entfliehen. Nach der langen

Zeit, die sie wegen ihrer Krankheit das Haus hüten musste und nur wenig Besuch empfangen konnte, war ihr das Gedränge im Haus zu viel geworden. Sie hatte die Schritte, die sich ihr näherten, nicht gehört, weil der weiche Uferboden sie verschluckt hatte... Dann war da dieser Mann. Sie hatte ihn noch nie zuvor gesehen, ganz sicher war er keiner der Gäste ihrer Eltern. Er hatte sie gepackt, ihr den Mund zugehalten, bevor sie schreien konnte und sie hinter einen Busch gezerrt. „Wen haben wir denn da? Eine kleine vornehme Dame, die glaubt, sie wäre 'was Besseres!", hatte er höhnisch in ihr Ohr geflüstert. „Ich will doch mal sehen, ob du wirklich 'was Besseres bist!" Sie hatte sich so gut es ging zu wehren versucht, aber er hatte seine Hand um ihren Hals gelegt und zugedrückt, bis sie keine Luft mehr bekam. Und dann hatte er ihr Kleid hochgeschoben und... und... Mit jedem Stoß hatte er sie beschimpft, für ihre Herkunft und Hochnäsigkeit, war immer brutaler geworden, angestachelt durch seine Wut auf die feine Gesellschaft. Dann war es endlich vorbei gewesen und er hatte von ihr abgelassen, nicht ohne sich vorher an ihrem Kleid zu säubern und sie zu bespucken. „Wusst' ich's doch! War auch nicht besser als mit 'ner Hafenhure!", hatte er noch gesagt, bevor er verschwunden war. Sie hatte dort am Boden verharrt, gedemütigt und verletzt und nicht gewusst, was schlimmer war: die Schmerzen, die er ihr brutal zugefügt hatte oder die Scham darüber, was da gerade passiert war.

Ava war wie erstarrt, konnte sich nicht bewegen, zu sehr lähmte sie die Erinnerung an jenen Tag vor drei Jahren. Als sie merkte, dass es dem Kerl inzwischen gelungen war, ihren Rock hochzuraffen und seine schwielige Hand zwischen ihre Beine zu schieben, während er versuchte, sie zu küssen, schrie sie auf. Die einzige körperliche Reaktion, zu der sie fähig war.

Heiser lachte der Kerl auf.

„Schrei ruhig, Süße. Hier hört dich sowieso keiner. Höchstens meine Freunde, und die kommen garantiert nicht, um dir zu helfen! Die wollen auch ihren Spaß mit dir. Also halt besser die Klappe." Er nestelte an seiner Hose, gleichzeitig legte er ihr seine schwielige Hand an den Hals und drückte zu.

„Halt schön still. Dann passiert dir nichts. Hier hilft dir niemand, denk dran!"

Ein gefährliches Knurren erklang hinter dem Kerl und gleichzeitig wurde er von ihr fortgerissen.

„Da wäre ich mir nicht so sicher!" Ein Faustschlag traf den Kerl am Kinn bevor er reagieren konnte. Keuchend sank er auf den Boden. Ein weiterer Hieb brach ihm das Nasenbein und der Mann, der ihn zu Boden geschickt hatte, stellte sich schützend vor Ava.

„Mach dass du fortkommst, Dreckskerl. Sonst ist eine krumme Nase dein kleinstes Problem!"

Spuckend und fluchend richtete sich die Gestalt auf und ging sofort mit geballten Fäusten auf Avas Retter los. Der schob Ava ein Stück weiter in den Flur und wich dem Angriff geschickt aus. Gleichzeitig riss er seine Fäuste hoch und traf erneut, dieses Mal den Kiefer des Kerls. Ein unheilvolles Knacken ließ erkennen, dass sich zu der gebrochenen Nase nun auch noch ein gebrochener Kiefer gesellte. Vor Schmerz heulte der Mann auf. Kurz schätzte er seine Chancen ab, diesen Kampf doch noch zu gewinnen, aber angesichts der Ruhe und Überlegenheit, die sein Gegner ausstrahlte, entschied er sich für den Rückzug.

Ava zitterte am ganzen Körper. Sie hatte ihre Augen fest geschlossen gehalten, als ob sie dadurch das Schlimmste verhindern könnte. Daher keuchte sie erschrocken auf, als eine warme Hand ihre Wange berührte.

„Alles in Ordnung?", fragte eine dunkle Stimme. Ava riss die Augen auf. Diese Stimme... seit Tagen spukten diese Stimme und der dazugehörige Mann durch ihre Gedanken! Dieser Mann, dem sie so ungehörig Paroli geboten hatte!

Sie blickte in braune Augen, die sie besorgt musterten.

„Ich... ja... danke", flüsterte sie. Dann löste sich ihre Erstarrung und sie sank langsam an der Wand hinab, gegen die der Mann sie gedrückt hatte. Schnell umfassten sie starke Hände.

„Sieht aber nicht so aus, Miss." Ava versteift sich unter seinem Griff. Dabei war seine Berührung eher vorsichtig, er hielt sie fest, ohne sie zu bedrängen, und doch konnte sie nicht verhindern, dass sie wieder zu zittern anfing. „Sie brauchen keine Angst mehr zu haben. Der Kerl ist weg", sprach er beruhigend auf sie ein. Ava leckte sich über die Lippen, um sie zu befeuchten und nickte dann.

„Ja, danke nochmals. Ich...", verlegen brach sie ab. „Und es tut mir leid, dass ich letztens so... unfreundlich zu Ihnen war, Mylord."

„Sie erinnern sich also an mich?" Seine Stimme hatte einen eigenartigen Unterton, der ein Prickeln über ihre Haut sandte. Wie könnte sie nicht! Dieser Mann, den sie nicht einmal näher kannte, löst ein Kribbeln in ihr aus, das sie nicht einordnen konnte.

„Natürlich, Mylord. Ich war... unhöflich. Ich hätte nicht

so mit Ihnen reden dürfen." Ihre Stimme war immer leiser geworden. Verlegen biss sie sich auf die Lippe. Er sah sie neugierig an, dann blieb sein Blick an ihren Augen hängen. Für einen kurzen Moment war es Ava, als bliebe die Zeit stehen. Dann räusperte er sich.

„Nachdem Ihre Prognose, dass wir uns kein zweites Mal treffen würden, gerade widerlegt wurde, erlauben Sie mir, dass ich mich noch einmal vorstelle." Er zwinkerte Ava zu und deutete eine leichte Verbeugung an. „Nicholas Dunham...", er zögerte kurz, „Marquess of Stanford." Ava senkte beschämt den Blick. Die Etikette hätte es erfordert, dass sie vor ihm knickste, aber ihre Beine waren noch viel zu wackelig. In ihrem früheren Leben hätte ihre gesellschaftliche Stellung es erlaubt... Nein, das war vorbei. Ava versuchte dennoch, ihr Knie vor ihm zu beugen, aber er griff beherzt ihren Arm und hinderte sie daran. „Vergessen wir die Etikette, Miss. Wir sind hier in Whitechapel, da spielt ein Adelstitel keine große Rolle."

„Ava, Ava Prescot", hauchte sie. Seine Nähe machte sie unsicher, gleichzeitig schlug ihr das Herz bis in den Hals.

„Ich würde vorschlagen, wir machen uns jetzt besser auf den Weg, Miss Prescot. Ich begleite Sie nach Hause." Seine Stimme klang entschlossen. Auf keinen Fall konnte Ava zulassen, dass er herausfand, wo sie wohnte, aber andererseits wollte sie nach diesem Erlebnis auch nicht alleine durch Whitechapel laufen.

„Ich danke Ihnen, Mylord." Ihr würde unterwegs schon etwas einfallen, wie sie ihn loswerden konnte. Als sie sich gerade zum Gehen wenden wollten, fiel sein Blick auf ihr zerrissenes Oberteil. Ava war seinem Blick gefolgt und errötete bis unter die Haarwurzeln. Sie hatte gar nicht mehr darauf geachtet, aber ein langer Riss klaffte in dem Stoff und gab einen ziemlich unschicklichen Blick auf ihre rechte Brust frei. Für einen kurzen Augenblick starrte Nicholas auf die weiße Haut, bevor er sich räusperte und den Blick senkte. Hastig wandte er sich um und nestelte ein Tuch aus seiner Tasche, das er Ava hinhielt.

„Nehmen Sie das hier. Vielleicht... also, wenn Sie...", stotterte er, sichtlich verlegen. Dann drehte er ihr den Rücken zu, um ihr etwas Privatsphäre zu verschaffen. Ava nahm das Tuch und stopfte es sich provisorisch in den Ausschnitt, damit wenigstens die gröbste Blöße verdeckt war.

„Danke. Ich glaube, so geht es. Sie... können sich jetzt umdrehen." Sie lächelte ihn dankbar an. Nicholas starrte viel zu lange auf ihre Lippen, dann wandte er sich abrupt ab. „Nach Ihnen." Fast unfreundlich deutete er auf den Ausgang. Avas Herz klopfte ihr bis in den Hals. Sie hatte seinen Blick wohl bemerkt und ihre Reaktion auf die Gedanken, die ihr dabei durch den Kopf schossen, machte sie verlegen. Kurz hatte sie geglaubt - gehofft - er würde sie tatsächlich küssen! Sie riss sich zusammen und trat auf die Gasse hinaus. Nicholas folgte ihr und schweigend machten sie sich auf den Weg. Avas Gedanken kreisten um die verwirrenden Gefühle, die sie in der Gegenwart dieses Mannes überkamen und achtete nicht auf die Straße, als sie auf einem glitschigen Haufen undefinierbaren Ursprungs ausrutschte. Sie schlingerte und nur Nicholas' beherztes Zugreifen konnte gerade noch verhindern, dass sie hinfiel. Allerdings wurde sie durch den Ruck an ihrem Arm gegen ihn geworfen und fand sich an seiner muskulösen Brust wieder. Für einen kurzen Augenblick blieb ihr die Luft weg, aber daran war nicht der Schreck schuld sondern die betörende Nähe dieses Mannes. Schwach nahm sie seinen Geruch wahr. Sandelholz und Minze vermischten sich mit dem Geruch nach Leder und überlagerten für einen Augenblick den Gestank der Gassen. Sie schloss die Augen und sog diesen Geruch in sich hinein. Nicholas harte Brust hob und senkte sich im Takt mit ihrem Herzen und für einen winzigen Moment ließ Ava den Wunsch zu, für immer in diesen Armen und an dieser Brust bleiben zu dürfen.

„Himmel!" Sein Aufschrei riss sie aus ihren Träumen. Verwirrt löste sie sich von ihm. Nicholas hatte sich umgedreht und hielt sich den Oberschenkel. Vor ihm stand, mit wirrem Haar und entschlossenem Blick - Jack! Er hatte ein Messer in der Hand und fuchtelte vor Nicholas damit herum.

„Lass' deine Finger von ihr!" Er machte einen drohenden Schritt auf Nicholas zu und hob drohend das Messer.

Ava brauchte einen kleinen Augenblick, bis sie die Situation erfasst hatte. Dann trat sie energisch zwischen die beiden. „Jack, lass den Unsinn! Steck dein Messer weg." Die Entschlossenheit des Jungen wich Unsicherheit. Aber noch wich er nicht zurück.

„Der Kerl hat Sie angefasst, Miss!" Empört machte er erneut einen Schritt auf Nicholas zu.

„Jack, bitte. Der Marquess wollte mich nur... nach Hause begleiten."

„Er hat Sie angefasst." Jack deutete mit dem Messer auf Avas zerrissenen Ausschnitt.

100

„Oh das. Also, das hat nichts mit dem Marquess zu tun." Sie betonte Nicholas' Titel um Jack einzuschüchtern, aber Jack ging gar nicht darauf ein.

„Also ich hab' ja keine Ahnung, aber selbst hier in Whitechapel weiß man, dass die feinen Pinkel keinen Schritt hierher tun. Und ausseh'n tun die auch anders!" Er deutet auf Nicholas zerschlissenes Hemd und die geflickte Hose. Erst jetzt fiel Ava auf, dass der Mann vor ihr nun wahrlich nicht wie ein Mann von Stand gekleidet war. Was sie unweigerlich zu der Frage führte, was diese Verkleidung sollte und was er hier verloren hatte.

Misstrauisch beäugte Jack die Situation, abwägend, ob er Ava glauben sollte, dass ein leibhaftiger Marquess vor ihm stand. Nach einigen Augenblicken ließ er das Messer sinken und spuckte auf den Boden.

„Wenn Sie sagen, dass er ein Marquess ist, wird's wohl stimmen!"

Erst als er sein Messer an seiner dreckigen Hose abwischte sah Ava, dass Blut daran klebte. Entsetzt drehte sie sich zu Nicholas um, der eine Hand auf seinen Oberschenkel presste. Und er... grinste! Ava konnte es nicht glauben, aber seine braunen Augen funkelten vor unterdrückter Heiterkeit.

„Mylord, was ist daran", sie deutete empört auf seine blutgetränkte Hose, „so komisch?!"

„Nichts, Miss Prescot. Aber wenn ich gewusst hätte, dass sie hier einen Beschützer haben..."

„Hab' Ihnen ja gleich gesagt, dass Ihnen hier Ihre... Talis... Dings nix nützen!" Jack zuckte die Achseln.

„Wenn Sie sicher sind, dass der da", er warf Nicholas einen verächtlichen Blick zu, „Ihnen nichts tut." Ava ließ ihren Blick zwischen Jack und Nicholas hin und her wandern. Sie spürte eine gewisse Feindseligkeit in Jacks Stimme während Nicholas beinahe verlegen aussah. Aber noch bevor sie sich weiter darüber Gedanken machen konnte, was zwischen den beiden vorging, hatte Nicholas seine blutige Hand von der Wunde genommen um die Verletzung in Augenschein zu nehmen.

„Lassen Sie mich mal sehen, Mylord." Ava trat an Nicholas heran und wollte sich die Stelle näher ansehen, als er abwinkte. „Nicht der Rede wert. Nur ein Kratzer." In der Tat schien die Blutung zum Stillstand gekommen zu sein, denn der Fleck war nicht größer geworden.

„Ich würde sagen, wir sind jetzt quitt." Ein jungenhaftes Grinsen glitt über sein Gesicht.

„Wie bitte?" Ava runzelte die Brauen.

„Ich habe Sie vor diesem Kerl gerettet und Sie mich vor diesem Jack."

„Ach so." Sie winkte ab. „Jack ist..." Wie sollte sie ihm erklären, woher sie ihn kannte?

„Er wohnt diesem Waisenhaus?" Die Art wie er *in diesem Waisenhau*s und nicht in *einem Waisenhaus* sagte, ließ sie aufhorchen.

„Welches Waisenhaus?", fragte sie misstrauisch. Daran, wie er verlegen zu Boden sah, konnte sie erkennen, dass er etwas vor ihr verbarg.

„Das Waisenhaus, das Sie besucht haben." Seine Stimme war so leise, dass Ava ihn beinahe nicht verstanden hätte. Ein kalter Schauer rieselte ihr den Rücken hinunter. Er hatte sie also gesehen, wie sie in das Waisenhaus gegangen war. War er ihr gefolgt? Wenn ja, warum? Und konnte er wissen, dass... Sie versteifte sich.

„Sind Sie mir gefolgt, Mylord?", fragte sie kalt.

„Nein, ich...", er überlegte kurz, „... habe Sie zufällig gesehen."

„Zufällig? Hier in Whitechapel?" Ava schnaubte verächtlich. „Was macht ein Lord wie Sie denn hier... so... zufällig?"

„Oh, der feine Herr hat das Hurenhaus von O'Sullivan gesucht", mischte sich jetzt Jack ein, den beide fast vergessen hatten, der aber immer noch lässig gegen eine Wand gelehnt das Geschehen verfolgte.

Nicholas wurde tatsächlich ein wenig rot. Wahrscheinlich kannte sie sich hier aus und wusste um den Ruf dieses Etablissements und würde denken... Er rieb sich die Nasenwurzel mit Daumen und Zeigefinger. Er musste um jeden Preis verhindern, dass sie ihn für einen dieser Männer hielt, die... ja was? Ihr Vergnügen in einem Bordell suchten? In einem Bordell wie diesem, das offensichtlich ganz besondere Kundenwünsche erfüllte? Und warum war es ihm nicht egal, was sie von ihm dachte?

„Ich... bin auf der Suche nach einem Mädchen." Und obwohl das die Wahrheit war, klang es doch irgendwie ganz falsch. Und machte die Sache noch schlimmer.

Ava riss die Augen auf. Er suchte ein Mädchen? Eine Alarmglocke schrillte in ihrem Kopf.

„Hatte O'Sullivan nix Passendes?", ließ sich Jacks spöttische Stimme hören.

Ava blickte von Jack zu Nicholas und wieder zurück. Ganz langsam sickerte das Gehörte in ihr Bewusstsein. Ein Mann wie Nicholas kam in dieses Viertel, um sich ein Mädchen zu suchen? Mit seinem Aussehen und seinem Titel hatte er in seinen Kreisen ganz sicher genug Auswahl. Auch für amouröse Abenteuer. Was wollte er also hier in einem der ärmsten Viertel in London? Ava schluckte. Wenn man allerdings gewisse Vorlieben hatte, von denen der *Ton* nichts wissen durfte... Wenn es zu gefährlich war, diese in den höheren Kreisen auszuleben...

Mit einem erstickten Laut wirbelte sie herum. Sie musste hier weg, weg von diesem Mann, der ihr trotz der Schlussfolgerungen, die sich ihr unweigerlich aufdrängten, nicht gleichgültig war.

„Miss Prescot, Ava!", hörte sie ihn noch rufen. „Es ist nicht so, wie Sie denken!"

Dann hatte das Gedränge auf der Gasse sie auch schon verschluckt.

Während sein Diener Godric vorsichtig die Wunde säuberte und schließlich mit einem sauberen Tuch verband, stürzte Nicholas einen Brandy hinunter. Wenn Godric sich gewundert hatte, seinen Herrn in diesem Aufzug und mit einer Stichverletzung am Bein anzutreffen, hatte er sich jedenfalls nichts anmerken lassen. Er war dazu ausgebildet, keine Regung zu zeigen, ganz gleich, wie merkwürdig ihm auch das Verhalten seiner Herrschaft vorkam.

„Mylord,", er räusperte sich verlegen, „es ist heute ein Brief für Sie abgegeben worden. Ich hatte ihn in der Aufregung ganz vergessen." Godric hielt ihm ein Tablett entgegen, auf dem ein Brief lag. Nicholas nahm ihn, aber als er auf den Absender sah, warf er ihn achtlos auf den kleinen Tisch neben sich. Er kam von einer Bank. Sehr wahrscheinlich wieder eine neue Forderung seiner Gläubiger. Seit sein Vater seine Apanage gestrichen hatte, häuften sich derartige Schreiben. Und das, obwohl er seine Ausgaben auf ein Minimum beschränkt hatte. Er würde ihn morgen öffnen. Für heute hatte er genug Ärger gehabt.

„Danke, Godric. Ich brauche Sie heute nicht mehr. Sie können Feierabend machen." Nicholas nickte ihm zu und Godric verließ mit einer tiefen Verbeugung den Raum.

Er goss sich einen weiteren Brandy ein und überlegte wohl zum tausendsten Mal, wie seine Begegnung mit Ava nur so aus dem Ruder hatte laufen können. Erst hatte er ein paar verzweifelte Versuche gestartet, aus einem Gemüsehändler und einer verhuschten Frau mit einem Korb verschimmelten Brotes, das sie misstrauisch vor ihm zu verbergen versucht hatte, zu sprechen, aber ihm war trotz oder auch wegen seines Aussehens Ablehnung begegnet. Man konnte es den Menschen in Whitechapel nicht verübeln, dass sie misstrauisch und ängstlich gegenüber Fremden waren. Immerhin hatten sie mehr zu verlieren als zu gewinnen. Und so hatte er sich schließlich vor O'Sullivans Bordell postiert, ohne genau zu wissen, was er hier überhaupt wollte. Aber außer ein paar Männern, die hier Zerstreuung suchten und darin verschwanden, war ihm nichts Ungewöhnliches aufgefallen. Nichts, was dieses Etablissement von den wesentlich gepflegteren Häusern in anderen Vierteln unterschied, sah man einmal davon ab, dass die Kunden hier heruntergekommen und ungepflegt aussahen. Schließlich hatte er sich unverrichteter Dinge wieder auf den Heimweg gemacht. Als er einen unterdrückten Schrei aus einem der verfallenen Häuser gehört hatte, war er ohne nachzudenken hineingestürmt, nicht gefasst auf das, was sich ihm hier darbot. Kalte Wut hatte ihn erfasst, als er erkannte, was der Kerl mit der jungen Frau vorhatte, die er an die Wand gepresst hatte und die sich augenscheinlich vor Entsetzen nicht wehren konnte. Dann hatte er die Frau erkannt, und die kalte, mühsam kontrollierte Wut hatte sich in einen glühenden Strom heißer Lava verwandelt. Nur ihre zitternde Gestalt hatte ihn davon abgehalten, diesen Kerl vor ihren Augen tot zu schlagen. Er wollte dem Schrecken, den sie erlebt hatte, nicht einen weiteren hinzufügen und so hatte er den Kerl schließlich laufen lassen.

Er war nicht auf die Gefühle vorbereitet, die ihn bei ihrem Anblick durchströmt hatten. Ihre Haube hatte sich gelöst und auch einige Strähnen aus der Flechtfrisur. Dunkel, fast schwarz waren ihre Haare, erkannte er, und nichts hätte besser zu ihrem aparten Gesicht gepasst als diese Farbe. Und als er dann ihre Wange gestreichelt hatte... niemals vorher hatte eine derart unschuldige Berührung eine betörendere Wirkung auf ihn gehabt. Beim Anblick ihrer Lippen hatte er sich schon zusammenreißen müssen, aber der Anblick ihrer weißen Haut oberhalb ihrer Brüste... er hatte wahrlich schon genug nackte Frauen gesehen, und nicht nur gesehen, aber diese Frau berührte etwas in seinem Inneren, das über das körperliche Verlangen hinausging. Sie war ihm so verwundbar vorgekommen, dass es seinen Beschützerinstinkt geweckt hatte. Dabei konnte er sich nicht erklären, warum er das Gefühl

106

hatte, dass es nicht nur die Situation war, aus der er sie gerettet hatte, die sie so... verletzlich hatte erscheinen lassen. Er hatte in ihren Augen eine tief sitzende Angst gesehen, aber auch einen kleinen Schimmer von etwas, das ihn mehr beschäftigte, als es sollte. Ihm war auch nicht entgangen, wie sie auf ihn reagiert hatte, wie sie sich ganz kurz an ihn geschmiegt hatte, einen verstohlenen Wimpernschlag lang, als er sie vor einem Sturz bewahrt hatte... Das war der Moment gewesen, in dem seine Aufmerksamkeit nachgelassen und er sich ganz diesem köstlichen Gefühl, sie in seinen Armen zu halten, hingegeben hatte. Der Moment, den Jack ausgenutzt hatte, ihm das Messer ins Bein zu rammen und der an anderer Stelle vielleicht tödlich gewesen wäre! Er konnte sich an keine Situation erinnern, in der er jemals so abgelenkt gewesen war, dass es jemandem beinahe geglückt wäre, ihn zu töten. Er konnte von Glück sagen, dass der Junge kein ernst zu nehmender Gegner war.

Und dann hatte er sich so... missverständlich ausgedrückt, dass sie nun glauben musste... Er fuhr sich mit der Hand durch die Haare. Ihr Blick hatte ihm verraten, dass sie völlig falsche Schlüsse gezogen hatte und er hatte deutlich die Angst in ihren schönen Augen lesen können. Und dann war sie einfach verschwunden, ohne dass er die Möglichkeit gehabt hatte, es ihr zu erklären. Jack hatte ihn nur schadenfroh angegrinst und war ebenfalls verschwunden, bevor er ihn aufhalten konnte. Und so war ihm nichts anderes übrig geblieben, als humpelnd und fluchend den Heimweg anzutreten. Er war fest entschlossen, sie zu suchen und ihr alles zu erklären, obwohl er nicht sagen konnte, warum ihm das wichtig war. Er hatte wahrlich gerade genug Probleme, da sollte es keine Rolle spielen, was eine junge Frau, von der er nichts wusste, außer ihrem Namen, von ihm dachte. Sollte es nicht, tat es aber. Nach einem weiteren Brandy ließ er sich, angezogen wie er war, auf sein Bett fallen und zog sich die Decke über den Kopf. Aber selbst im Schlaf verfolgten ihn ihre graue Augen und ihr sinnlicher Mund.

Stadthaus der Aylesburys

„Ich werde demnächst eine Soiree veranstalten, Miss Prescot. Dazu brauche ich ihre Hilfe." Die Dowager Countess sagte das so beiläufig, als rede sie vom Wetter, aber Ava fiel fast das Buch aus der Hand, aus dem sie der alten Dame vorgelesen hatte.
„Wie bitte?", entschlüpfte ihr, dann wurde sie rot. Es stand ihr nicht zu, eine solche Bemerkung zu machen. „Entschuldigung, Mylady, ich wollte nicht...", stammelte sie verlegen. Aber die Ankündigung hatte sie ins Mark getroffen. Die Stellung bei der Countess hatte sie gerade auch deswegen angetreten, weil die alte Dame sehr zurückgezogen lebte und Ava als ihre Gesellschafterin so nicht Gefahr lief, sich in den höheren Kreisen des *Tons* bewegen zu müssen. Immerhin lief gerade die Saison an und die Gefahr, auf ihre Familie zu treffen, war bei derartigen Veranstaltungen sehr groß. Schließlich war ihre jüngere Schwester Penelope jetzt alt genug für ihre erste Saison. Und als Tochter eines Viscounts war sie

immerhin eine begehrte Partie in Adelskreisen und ganz sicher auf allen Veranstaltungen eingeladen, die das zwanglose Kennenlernen eines potentiellen Ehekandidaten ermöglichten. Und dazu gehörten neben den offiziellen Bällen eben auch Soireen.

„Sie sehen mich an als ob ich eher nach Bedlam gehörte als auf eine Soiree!" Belustigung blitzte in Lady Aylesburys hellblauen Augen auf. „Falls Sie glauben, ich hätte den Verstand verloren, so muss ich Ihnen sagen, dass es mir, seit Sie hier sind, viel besser geht. Sie bringen so einen frischen Wind in mein Leben, Kind." Vergnügt hob sie ihre Teetasse an den Mund und nahm einen kleinen Schluck.

„Sie sagen ja gar nichts, Miss Prescot. Würde es Ihnen nicht gefallen, sich auch einmal zu amüsieren, anstatt immer nur mit einer vertrockneten alten Schreckschraube im Haus zu hocken?" Freundlich sah sie Ava an.

Nein, schrie es in Ava, es würde ihr nicht gefallen, inmitten all dieser oberflächlichen Menschen so zu tun, als amüsiere sie sich. Sie hatte schmerzhaft am eigenen Leib erfahren, zu was diese Menschen fähig waren. Und wenn sie eines an ihrer jetzigen Situation schätzte, dann, dass sie gelernt hatte, unter die Oberfläche eines Menschen zu schauen. Aber es half alles nichts, sie konnte sich nicht davor drücken, bei den Vorbereitungen zu helfen.

„Natürlich helfe ich Ihnen gerne, Mylady", presste sie hervor. „Wann soll denn diese Soiree stattfinden?" Ihr Atem ging flach, aber sie bemühte sich, sich nichts anmerken zu lassen. Ganz sicher wäre sie an diesem Abend unpässlich. Kopfschmerzen, ein verdorbener Magen... irgendetwas würde ihr schon einfallen.

„Nun, ich dachte, vielleicht nächste Woche. Wenn wir",
sie lächelte Ava spitzbübisch an, „also eher *Sie* es bis
dahin schaffen, alles vorzubereiten."

Ava rieb sich ihre feuchten Hände an ihrem Kleid ab.

„Sicher schaffe ich das, Mylady. Sie müssen mir nur
genau sagen, was Sie wünschen."

In der folgenden Stunde bekam Ava einen genauen
Abriss der Vorstellungen der alten Dowager Countess
bezüglich des zu bestellenden Blumenschmucks, des zu
servierenden Buffets und der zusätzlich einzustellenden
Bediensteten. Ein Termin mit Madame Angelique
musste abgestimmt werden, denn die Countess wollte
unbedingt ein neues Kleid für diesen Anlass haben und
da sie ungern das Haus verlassen wollte, musste die
Modistin wohl oder übel mit einer Stoffauswahl und
einer Schneiderin ins Stadthaus der alten Dame bestellt
werden.

Am Abend schwirrte Ava der Kopf und als sie endlich
zu Bett gehen konnte, wurde ihr das Herz schwer.
Traurig holte sie die dunkle Locke aus ihrer Schublade
und schnupperte daran. Es war die erste Strähne, die sie
Lizzy abgeschnitten hatte und sie bewahrte sie in einem
kleinen Kästchen auf. Mit den Aufgaben, die in den
nächsten Tagen vor ihr lagen, würde sie keine Zeit
finden, ihrer Tochter einen Besuch abzustatten. Wieder
einmal musste sie andere Prioritäten setzen und ihre
Tochter hintenanstellen. Dazu kam, dass sie die
Begegnung mit Nicholas nicht vergessen konnte,
obwohl sie besser daran täte, ihn aus ihren Gedanken
zu verbannen. Sie wusste ja gar nichts von ihm.
Vielleicht hatte er gewisse Vorlieben und suchte in der
Anonymität Whitechapels nach Frauen, die sie

befriedigten? Vorlieben, die er womöglich seiner Gemahlin nicht zumuten wollte?! Sie war nicht so naiv, zu glauben, dass die meisten Ehen in den Kreisen des *Tons* aus Liebe oder auch nur Sympathie geschlossen wurden. Hier ging es vorrangig um Standesbewusstsein, eine gute Partie, Geld... Und wenn sie auch in ihrem früheren Leben von einem Ehemann geträumt hatte, den sie von Herzen liebte und der ihr die gleichen Gefühle entgegenbrachte, so wusste sie doch, dass auch sie sich dem Willen ihrer Eltern hätte beugen und einen Mann heiraten müssen, den diese für sie ausgesucht hätten. Nicholas war ein Marquess und würde einmal den Titel eines Dukes erben. In ihrem früheren Leben wäre er durchaus eine passende Partie für sie gewesen, jedenfalls wenn es nach ihren Eltern gegangen wäre. In ihrem jetzigen Leben war er für sie so unerreichbar wie der Mond, und genau deswegen wäre es besser, wenn sie ihn aus ihren Gedanken vertreiben würde. Und aus anderen Gründen auch. Allerdings war das leichter gesagt als getan.

Gleich am nächsten Vormittag kam Madame Angelique mit einer schier unendlichen Auswahl an Kleidern und Accessoires und verwandelte den Salon in eine Dependance ihres eigenen Geschäftes in der Bond Street. Aufgrund der knappen Zeit war es unmöglich, ein komplett neues Kleid anzufertigen, aber es war durchaus möglich, ein Ausstellungsstück auf die Maße der Dowager Countess zu ändern. Und so saß Ava inmitten eines Berges traumhafter Abendkleider, schlichter als die pompösen Ballkleider zwar, die der *Ton* zu den großen Bällen der Saison trug, aber dennoch schöner als alle Kleider, die sie je besessen hatte. Vielleicht, wenn sie ihre Saison bekommen hätte...

„Miss Prescot, was meinen Sie?" Die Dowager Countess riss Ava aus ihren Gedanken. Madame Angelique deutete auf zwei Kleider, die es in die engere Auswahl geschafft hatten. Eine mauvefarbene Kreation aus Seide, mit edler Spitze am Saum und an den Ärmeln und ein nach neuester Mode geschneidertes Kleid im Empirestil in einem dunklen Rotton mit goldfarbenen Stickereien und geschlitzten Ärmeln. Ava fand, dass beide Kleider nicht unbedingt schmeichelhaft für die alte Dame waren, weil die Farben sie blass aussehen ließen und der Schnitt zu jugendlich für eine Dame jenseits der Siebzig war. Ava zögerte, denn sie konnte der Countess keines der Kleider empfehlen, aber natürlich wäre es unhöflich, das zu sagen.

„Nun, Miss Prescot?" Lady Aylesburys Stimme hatte einen amüsierten Unterton, was Ava irritierte.

„Nun ich...", Ava hatte keine Ahnung, wie sie die Situation retten sollte, aber dann gab sie sich einen Ruck. Sie deutete auf ein sehr elegantes, schlichtes Kleid aus dunkelblauer Seide mit dezenter silberner Stickerei und aufgenähten silbernen Blüten am Ausschnitt. Sie erinnerte sich, dass die Countess ein wundervolles Saphircollier mit passenden Ohrringen besaß. Die silbernen Stickereien würden perfekt die Farbe von Lady Aylesburys Haaren aufnehmen und auch besser zu ihrer Augenfarbe passen als die beiden anderen Kleider.

„Ich denke, dieses Kleid ist vom Schnitt her besser für...ihren Rollstuhl geeignet. Die beiden anderen haben eine Schleppe." Sie biss sich auf die Lippe als sie den Blick von Madame Angelique auffing. Es war ganz deutlich, dass die Modistin eine derartige Meinungsäußerung einer Gesellschafterin mehr als unpassend fand.

„Und ich dachte an Ihr Saphircollier, das hervorragend dazu passen könnte." Nun klang ihre Stimme fast trotzig

„Also Mylady, ich finde, die mauvefarbene Création...", mischte sich Madame Angelique ein, aber die Countess hob die Hand. Ihre Augen funkelten amüsiert und um ihren Mund lag ein spitzbübisches Lächeln. Sie zwinkerte Ava zu und wandte sich dann an die Modistin.

„Ich nehme das Blaue, Madame Angelique." Damit war die Sache entschieden und die Angesprochene begann mit einem pikierten Gesichtsausdruck die Kleider zusammenzupacken, die Lady Aylesbury aussortiert hatte. Als sie ein Kleid aus glänzeender Seide griff, das mit kunstvoller Blumenstickerei am Dekollete verziert war, und einen interessanten Farbverlauf von Hell- nach Dunkelblau im unteren Teil aufwies, hob die Dowager Countess erneut die Hand.

„Das Kleid nehme ich auch. Für Miss Prescot." Ava glaubte, sich verhört zu haben, aber die Countess winkte bereits die Näherin herbei, die sich nicht um Avas Protest kümmerte und begann, mit einem Maßband ihre Figur abzumessen.

„Oh nein", protestierte Ava, „das ist ganz und gar..."

„Ich bitte Sie, Miss Prescot! Sie besitzen genau drei Kleider!", erinnerte die Countess sie. Ava wurde rot bis unter die Haarspitzen, weil Madame Angelique sie erst neugierig, dann herablassend musterte.

„Und keines davon ist geeignet, dass Sie es auf der Soiree tragen könnten!"

Verlegen senkte Ava den Blick. Das stimmte natürlich, aber sie hatte ja auch gar nicht vor, dort zu erscheinen! Andererseits wollte sie auch kein weiteres Aufsehen erregen und hier vor Madame Angelique darüber diskutieren, dass sie kein neues Kleid benötigte, also ließ sie es zu, dass die eifrige Schneiderin unter der strengen Aufsicht ihrer Arbeitgeberin ihre Maße nahm.

„Ich lasse Ihnen die Kleider morgen liefern, Mylady." Mit einem tiefen Knicks verabschiedeten sich die beiden Frauen.

„Ich muss mich bei Ihnen entschuldigen, Miss Prescot", sagte die Countess, als die beiden den Salon verlassen hatten.

„Entschuldigen? Ich... weiß nicht, was Sie meinen, Mylady", verständnislos sah Ava die alte Dame an.

„Nun, sagen wir, ich habe Sie einer Prüfung unterzogen. Das war nicht sehr nett, zumal Madame Angelique es nicht gut vertragen kann, wenn man ihr widerspricht. Sie hatte mir die Kleider herausgesucht, aber ehrlich gesagt, waren das doch schreckliche Farben, oder?" Ein schalkhaftes Lächeln glitt über ihr Gesicht und sie sah mit einem Mal viel jünger aus.

„Ich wollte wissen, ob Sie nicht nur eine eigene Meinung haben sondern auch Mut genug, sie zu äußern." Anerkennend lächelte sie Ava an. „Leider haben Sie sich durch meine kleine List Madames Unmut zugezogen, weil Sie ihr widersprochen haben. Und daran bin ich schuld."

Jetzt musste auch Ava lächeln. „Das ist ein kleiner Preis, den ich dafür zahlen muss, dass Sie auf der Soiree in diesem wunderschönen Kleid der strahlende Mittelpunkt sein werden!" Sie goss der Countess Tee in die filigrane Porzellantasse, gab etwas Zucker hinzu und reichte ihr die Tasse. „Und dass Madame Angelique mich jetzt nicht mehr leiden kann, spielt keine Rolle, da ich mir niemals ein Kleid von ihr werde leisten können und daher auch ihren Laden nicht betreten muss."

Nachdenklich musterte die alte Frau Ava. „Miss Prescot, ich weiß nichts über Sie, außer das, was Lady Pembrock mir über Sie erzählt hat." Ava zuckte kaum merklich zusammen. Was hatte ihre Tante der alten Dowager Countess erzählt? Ganz sicher nicht, wer sie wirklich war und auch nicht, dass sie eine uneheliche Tochter hatte, aber selbst, wenn sie nur angedeutet hatte, dass verwandtschaftliche Beziehungen beständen...

„Ich... da gibt es nicht viel zu erzählen, Mylady", wich Ava aus, aber die alte Frau war nicht gewillt, sich damit zufrieden zu geben.

„Sie sind jetzt schon ein Jahr bei mir, gehen selten aus und haben keine Verehrer, jedenfalls soweit ich weiß. Das ist doch kein Leben für eine junge Frau!"

„Ich vermisse nichts, Mylady", log sie, aber selbst in ihren Ohren klang das dünn. Sie vermisste sehr viel! Nicht ihr früheres Leben, das hatte sie hinter sich gelassen und auch nicht den Titel, der ihr von Geburt an zugestanden und der sie gezwungen hätte, Teil dieser oberflächlichen Gesellschaft zu sein, die Frauen wie sie verurteilte, ohne die Hintergründe zu kennen. Aber manchmal, besonders in den einsamen Stunden, die sie nachts wach lag, vermisste sie jemanden, mit dem sie ihre Sorgen und Nöte teilen konnte, der ihr einen Teil der Last, die sie als ledige Mutter trug, abnahm. Und am allermeisten vermisste sie Lizzy!

Die alte Frau schnaubte undamenhaft. „Miss Prescot, auch wenn Sie es sich vielleicht angesichts meiner Falten und grauen Haare nicht vorstellen können, aber ich war auch mal so jung wie Sie! Und wenn ich Ihr Leben geführt hätte, hätte ich etwas vermisst! Meine erste Ehe war nicht gerade glücklich, aber sie hat mir meinen Sohn und meinen Enkel beschert, weswegen ich dankbar bin. Erst bei Lord Aylesbury, meinem zweiten Gatten, habe ich wahres Glück erfahren. Sie sehen also, es ist nie zu spät!" Die Countess musterte Ava wohlwollend. „Sie sind bildhübsch, gescheit und viel zu jung, um ihren Lebensinhalt darin zu sehen, einer alten Schachtel als Gesellschafterin zu dienen!" Die Countess stellte die Teetasse ab und ein entschlossener Ausdruck trat in ihre Augen. „Sie sollten mehr unter Menschen gehen und sich amüsieren. Nur wer sich zeigt, kann gesehen werden!"

Ava zuckte zusammen. *Gesehen werden...* das war genau das, was sie zu vermeiden versuchte!

„Und wissen Sie was? Bei der Soiree fangen wir damit an!"

Bedlam, London

Violet zitterte in dem fadenscheinigen Hemd, das man ihr gegeben hatte, und das ihren mädchenhaften Körper nur ungenügend verhüllte. Eine Ratte huschte über ihre bloßen Füße, aber sie hatte es aufgegeben, sie wegzutreten. Es gab einfach zu viele als dass es etwas genutzt hätte, sie zu verscheuchen. Nachts, wenn sie

116

frierend und weinend in einer Ecke des dunklen Verschlages lag, in den man sie gesperrt hatte, waren die Tiere besonders aufdringlich. Mehrfach hatten sie sie bereits gebissen und einige Wunden begannen schon zu eitern. Und auch einige der vielen Flohbisse hatten sich entzündet, eine besondere Qual zwischen Schmerz und Juckreiz. Violet hatte mit dem Leben abgeschlossen. Sie wusste nicht, wie lange sie bereits hier war. In der dunklen Kammer war es immer Nacht. Die wenigen Male, die man ihr Essen brachte oder ihren Notdurfteimer leerte waren die einzige Unterbrechung in dem immerwährenden Dunkel und der Eintönigkeit ihres Daseins. Am Anfang hatte sie noch gehofft, ihr Bruder oder irgendjemand anderes käme, um sie hier rauszuholen, aber dann hatte sie sich eingestehen müssen, dass die Welt da draußen sie vergessen hatte. Und daran trug alleine sie die Schuld. Naiv und in dem Glauben, etwas Gutes zu tun, hatte sie sich in diese Lage selbst hineinmanövriert und nun musste sie dafür büßen.

Sie hatte die Leute immer nur hinter vorgehaltener Hand von diesem Ort reden hören, an dem sie sich nun befand. Aber alle Geschichten, die man hörte, hatten, so grausam sie auch sein mochten, nichts mit der Realität zu tun. Bedlam war nicht die Hölle, Bedlam war schlimmer.

An dem Tag, an dem man sie hierher gebracht hatte, hatte sie noch gehofft, ihre Identität ließe sich leicht klären, wenn man ihrem Bruder nur eine Nachricht schickte. Er würde kommen und sie mit nach Hause nehmen, da war sie sich ganz sicher gewesen. Aber der bärtige Mann, der sie hier eingesperrt hatte, hatte nur gelacht, als sie ihn darum gebeten hatte, mit ihrem

Bruder Kontakt aufzunehmen. *„Täubchen, nebenan sitzt die Königin von Saba!"*, hatte er ihr grölend vor Lachen geantwortet. *„Die will auch, dass ich ihrem Bruder ne' Nachricht schick'. Ich weiß aber gar nich' wo Saba is'!"* Violet hatte sich unter dem lüsternen Blick des ungepflegten Mannes ganz klein gemacht. Sie war nicht so naiv, dass sie nicht wusste, was ihr hier über kurz oder lang blühte. Er hatte sich kurz im Gang umgesehen, dann war er in ihre kleine Zelle getreten und hatte die Tür sorgfältig verschlossen. Es hatte ihr nichts genutzt, sich in den hintersten Winkel an eine Wand zu kauern. Er hatte sie gepackt und ihr das dünne Gewand vom Körper gerissen. *„Vielleicht, wenn du nett zu mir bist, überleg' ich's mir und schick' deinem Bruder 'ne Nachricht"*, hatte er an ihrem Ohr geflüstert, während seine schwieligen Finger über ihren Körper gekrochen waren. Violet hatte den Brechreiz unterdrücken müssen, den seine Berührungen in ihr hervorgerufen hatten, aber er hatte nur gelacht und seinen Mund auf ihre nackte Brust gepresst. Sie hatte sich gewehrt, geboxt und getreten, aber das hatte ihn nur noch mehr angestachelt. Lachend hatte er einen Finger in sie hineingestoßen und Violet hatte inbrünstig um eine Ohnmacht gebeten, die ihr das Kommende zu erleben ersparen würde. Umso verwirrter war sie gewesen, als der Kerl plötzlich mit erstaunt geweiteten Augen von ihr abgelassen hatte. *„Du hattest ja noch nie 'nen Kerl zwischen den Beinen!"*, hatte er sichtlich irritiert festgestellt. Dann hatte er sich hinter dem Ohr gekratzt und Violet hatte in seinem Gesicht deutlich ablesen können, dass er einen inneren Kampf ausfocht. Schnell wechselten sich Lüsternheit und Berechnung,

Gier und Verschlagenheit ab. Violet hatte zu zittern begonnen, ob aus Angst oder vor Kälte hätte sie nicht zu sagen vermocht, aber nach einer schier unendlich lang erscheinenden Weile hatte er sich fluchend erhoben und die Tür zu ihrer Zelle hinter sich zu geworfen. Nur Augenblicke später hatte sie gehört, wie er eine andere Tür geöffnet hatte, und das Wimmern und Flehen einer Frau, zusammen mit den eindeutigen Geräuschen, die man kurz darauf vernehmen konnte, hatten ihr verraten, dass an ihrer Stelle nun eine andere das Schicksal erleiden musste, das ihr vorerst und aus welchem Grund auch immer erspart geblieben war.

Stadthaus der Aylesburys

Ava betrachtete sich im Spiegel und erkannte die Frau darin fast nicht. Lady Aylesbury hatte darauf bestanden, dass Sophie, ihre eigene Zofe, Ava beim Zurechtmachen für den Abend zur Hand gehen sollte. Das blaue Kleid passte hervorragend zu ihrem dunklen Haar, das Sophie zwar schlicht aber dennoch effektvoll zu einem Chignon aufgesteckt hatte. Sie trug keinerlei Schmuck, weil sie keinen besaß, aber auch so war ihre Erscheinung apart. Zum ersten Mal seit fast drei Jahren hatte ihr jemand beim Ankleiden geholfen, weil die meisten Kleider für solche Anlässe hinten zu knöpfen oder zu schnüren und damit nur für jenen Teil der Bevölkerung gedacht waren, die sich eine Zofe leisten konnten, die beim Ankleiden zur Hand ging. Ein trauriges Lächeln stahl sich über Avas Gesicht. Im Spiegel sah sie die Frau, die sie hätte sein können, wenn ihre Familie sie nicht verstoßen hätte. Vielleicht wäre ihr Kleid noch aufwendiger gewesen, und ganz sicher hätte sie erlesenen Schmuck getragen und eine noch viel raffiniertere Frisur als diesen Knoten, aber auch so war Ava äußerlich weit von der Frau entfernt, die noch am Mittag die letzten Vorbereitungen für die Soiree getroffen hatte. Und obwohl sie sich ihr vorheriges Leben nicht zurückwünschte, fühlte sie ein eigenartiges Ziehen im Herzen. Sich so zu sehen, als Frau und nicht als unscheinbare Gesellschafterin, die sie für alle anderen war, erweckte ein unbekanntes Sehnen in ihr. Niemals hätte sie gedacht, dass sie sich einmal einsam fühlen könnte. Umgeben von Menschen und trotz dem sie Lizzy über alles liebte, fühlte sie eine Leere in sich, die sie nicht einordnen konnte.

Seufzend drehte sie sich um und öffnete die Tür. Schade, dass sie niemand so sehen würde, aber es war besser so. Es tat ihr leid, Lady Aylesbury anlügen zu müssen. Sie hatte sich so gefreut, als die Kleider angeliefert wurden und hatte Ava versichert, es gar nicht erwarten zu können, sie in dem neuen Kleid zu sehen. Nur leider wusste Ava nicht, wen die Countess für den Abend eingeladen hatte, weil George, ihr Butler, die Einladungen mit den entsprechenden Adressaten in einer Druckerei in Auftrag gegeben hatte. Zu groß war die Wahrscheinlichkeit, dass mindestens ihre Mutter und ihre jüngere Schwester an der Soiree teilnehmen würden, denn Ava hatte bereits aus dem Gesellschaftsteil der *Times,* den sie der Klatsch und Tratsch liebenden Countess immer zuerst vorlesen musste, erfahren, dass ihre Eltern zur Saison angereist waren und seitdem in ihrem Stadthaus residierten. Und dass sie auf der Suche nach einem passenden Gemahl für Penelope waren, die jetzt achtzehn und damit alt genug für den Heiratsmarkt war.

Ava hörte die Standuhr im Salon sieben Mal schlagen. Gleich würden die ersten Gäste eintreffen und Lady Aylesbury erwartete sie im Salon. Ihr Enkel Robert würde zusammen mit ihr die Gäste begrüßen und Ava sollte sich etwas im Hintergrund ebenfalls einfinden. Leider war *Hintergrund* keine Option für Ava. *Mauseloch* oder noch besser ihr *eigenes Zimmer* waren ein passender Platz für heute Abend. Nur so konnte sie nicht in eine peinliche Situation geraten. Immerhin stand für sie neben der Demütigung auch ihr Arbeitsplatz auf dem Spiel. Wenn auch nur der Hauch eines Zweifels über ihre Integrität der Countess gegenüber aufkommen würde, und wenn ihre Mutter anwesend sein würde, konnte schnell ein Orkan daraus werden!, konnte sie ganz sicher nicht länger mit dem Wohlwollen der alten Dame rechnen. Die Countess war ohnehin schon ein Wagnis eingegangen, Ava ohne Referenzen oder Zeugnisse einzustellen. Nur durch Tante Maudes Bürgschaft für sie hatte sich Lady Aylesbury überreden lassen, es mit ihr zu versuchen.

Ava schlich auf der Suche nach Sophie oder dem Butler durch den langen Flur, aber zu ihrem Leidwesen war niemand zu sehen. Sie hatte einen von ihnen bitten wollen, der Countess mitzuteilen, dass sie sich unpässlich fühlte und leider heute Abend lieber auf ihrem Zimmer bleiben wollte. Leider war auch niemand des zusätzlich engagierten Personals anzutreffen. Ava kaute nervös an ihrer Unterlippe. Sie konnte nicht einfach ohne Entschuldigung fernbleiben. Das Stimmengewirr und das Klappern von Geschirr und Gläsern, das aus dem Salon kam, deutete darauf hin, dass das gesamte Personal damit beschäftigt war, letzte Vorbereitungen zu treffen, bevor die ersten Gäste kommen würden. Sie musste es wagen und hoffen, dass die Countess noch nicht im Salon war. Vorsichtig öffnete sie die Tür und spähte hinein. Die brennenden Dochte der Öllampen spiegelten sich in den aufgesetzten Glaszylindern und verbreiteten ein warmes Licht in dem großen Raum. Überall waren Blumenbouquets verteilt, die einen betörenden Duft verbreiteten und an einer Längsseite des Raumes war ein üppiges Buffet mit verschiedenen Häppchen aufgebaut, unterteilt nach Fisch, Fleisch und den süßen Küchlein, die Mrs. Riley zu backen verstand wie keine andere. In den Ecken verteilt standen bereits livrierte Diener mit Tabletts, auf denen schimmernde Kristallgläser funkelten und die darauf warteten, die ankommenden Gäste mit Champagner willkommen zu heißen, während dann im weiteren Verlauf des Abends Portwein, Brandy oder auch, für die jüngeren Damen, Lemon Squash oder Ratafia ausgeschenkt werden würde.

„Und? Sind Sie zufrieden mit Ihrer Leistung?", raunte eine dunkle Stimme an ihrem Ohr. Warmer Atem streifte ihren Hals und bei Ava stellten sich die Nackenhaare auf. „Ich meine, Sie können stolz auf sich sein, Miss Prescot." Hände legten sich auf ihre Schultern und das altbekannte Gefühl der Panik kroch langsam in Avas Glieder. „Ich würde mich freuen, wenn Sie mir nachher die Gelegenheit geben würden,

Ihnen angemessen dafür zu danken, dass Sie sich derart ins Zeug gelegt haben, um den Abend zu einem Erfolg für meine Großmutter zu machen." Robert, Viscount Turnbridge, blies Ava heißen Atem in den Nacken. „Bei einem Glas Champagner in ihrem Zimmer..."

„Ah, Miss Prescot, da sind Sie ja!" Selten hatte Ava sich so gefreut, die Stimme der Countess zu hören. Unbemerkt von ihnen hatte ihr Diener sie in den Flur geschoben, von wo sie nun einen Blick in den festlich geschmückten Salon werfen konnte. Robert trat schnell einen Schritt zurück.

„Großmutter, ich habe gerade Miss Prescot dazu gratuliert, wie sie das alles hier", er deutete in den Salon, „so schnell und so perfekt organisiert hat." Er ging zu der alten Dame und hob ihre Hand an seine Lippen. Zuvor warf er Ava noch einen Blick zu, der keinen Zweifel darüber ließ, was er in ihrem Zimmer mit ihr zu tun gedachte. Schnell schüttelte sie den Gedanken daran ab, jetzt musste sie sehen, wie sie hier schnellstmöglich verschwinden konnte.

„Mylady, ich... es tut mir leid, aber ich fühle mich nicht..."

„Das haben Sie wirklich ganz hervorragend organisiert, Miss Prescot. Es ist alles genau so, wie ich es mir gewünscht habe." Sie zwinkerte Ava zu. „Sogar besser."

„Mylady, ich..." Stimmen von der Eingangstür hallten zu ihnen herüber und Ava hatte keine Zeit mehr, sich aus dem Staub zu machen, denn die Countess straffte die Schultern und ein zufriedenes Lächeln stahl sich in ihr Gesicht.

„Dann... auf in den Kampf." Sie bedeutet Robert, sie in den Salon zu schieben, wo sie die Ankommenden begrüßte. Ava blieb nichts anderes übrig, als ihnen zu folgen. Sie schob sich möglichst unauffällig hinter eine marmorne Säule und beobachtete, wie immer mehr Gäste in den Raum drängten. Bisher hatte sie noch kein bekanntes Gesicht gesehen und sie hoffte, dass das auch so bleiben würde. Nervös kaute sie auf ihrer Unterlippe herum, eine schlechte Angewohnheit, aber im Augenblick gab es kein anderes Ventil für ihre innere Anspannung. Und dann setzte ihr Herzschlag für einen Augenblick aus. Mit lauter Stimme kündete der Butler die Viscountess Hemsworth und Miss Penelope Hemsworth an und bevor sie reagieren konnte, hatten ihre Mutter und ihre Schwester sich bereits vor Lady Aylesbury eingefunden, um sie zu begrüßen. Ava konnte erkennen, mit welch abschätzendem Blick ihre Mutter Lord Robert bedachte und wie sie Penelope fast unmerklich in die Seite knuffte. Robert seinerseits schien ebenfalls von Penelope angetan zu sein, denn er sagte etwas zu ihr, was Ava nicht verstehen konnte, aber Penelope wurde über und über rot und senkte verschämt den Blick. Dann fiel der Blick der Viscountess auf Ava und sie erstarrte. In rascher Folge wechselten sich Erkennen, Überraschung und Ablehnung in ihren Zügen ab, dann wandte sie sich ohne ein weiteres Wort ab und ging mit Penelope, die sie bisher nicht entdeckt hatte, weil sie nur Augen für den Viscount hatte, zu einem der herumstehenden Bediensteten und nahm sich ein Glas Champagner. Nun war es also passiert. Nach fast drei Jahren war sie ihrer Familie wieder begegnet und obwohl sie nichts anderes erwartet hatte, fühlte sie einen leisen Stich in ihrem Herzen. Kein kurzes Nicken, kein Wort, und sei es auch noch so belanglos.

„Darf ich Ihnen ein Glas Champagner holen, Miss Prescot?" Unbemerkt war Robert neben sie getreten und musterte sie aufmerksam.

„Das ist sehr freundlich, Mylord, aber danke nein. Ich trinke keinen Alkohol und es schickt sich auch nicht für mich, immerhin bin ich nicht zu meinem Vergnügen hier. Ich habe..."

„Papperlapapp, Miss Prescot. Ich gebe Ihnen heute frei. Amüsieren Sie sich! Sie haben es sich nach der ganzen zusätzlichen Arbeit, die die Organisation dieses Abends bedeutete, verdient, sich ein wenig zu entspannen." Inzwischen war der Viscount mit einem Glas Champagner zurück und drückte es ihr in die Hand. Dabei streifte er wie zufällig ihre Finger und Ava musste sich beherrschen, sie nicht zurückzuziehen, um nicht unweigerlich den Champagner zu verschütten. Er beugte sich zu ihr hinunter und flüsterte: „Auf einen schönen Abend, Miss Prescot. Und eine Fortsetzung, wenn die Gäste gegangen sind", raunte er ihr zu, bevor er sich mit einem kurzen Nicken verabschiedete und sich unter die Gäste mischte.

Auch die Countess war in ein Gespräch vertieft und nahm gerade freudestrahlend die Komplimente für ihr neues Kleid entgegen, weshalb Ava sich verloren vorkam. Sie klammerte sich an ihr Glas und bemerkte erst jetzt, dass ihre Mutter sie argwöhnisch durch den Raum hinweg musterte. Eine deutliche Warnung stand in ihrem Blick. Da ansonsten niemand Notiz von ihr nahm, atmete Ava auf. Dann würde es hoffentlich auch nicht auffallen, wenn sie jetzt von hier verschwand. Die Countess hatte ihr für den restlichen Abend frei gegeben, und ging davon aus, dass sie sich unter die zahlreichen Gäste mischen würde. Wenn man sie dennoch vermissen sollte, konnte sie sich immer noch auf eine Unpässlichkeit berufen. Ava stellte das Glas auf dem Tablett eines vorbeieilenden Butlers ab und wandte sich der großen Flügeltür zu, die in den Flur und damit weg vom Geschehen führte. Hinter sich hörte sie Lady Aylesbury kurz unterdrückt fluchen. Ava lächelte in sich hinein. Die alte Dame hatte so viele Facetten wie ein geschliffener Diamant. So würdevoll, wie sie heute Abend Hof hielt, so undamenhaft konnte sie auch fluchen. Hoffentlich hatte ihr niemand ein Getränk über das schöne neue Kleid geschüttet! Dann hörte sie die Countess energisch nach jemandem rufen und kurz darauf, wie sie sich an ihre Gäste wandte. Verstehen konnte Ava allerdings nichts, aber es interessierte sie auch nicht, so lange sie nur von hier verschwinden konnte. Sie hatte die Treppe ins Obergeschoss noch nicht erreicht als Robert sie aufhielt.

„Miss Prescot, wo wollen Sie denn hin? Ich fürchte, ich kann Sie noch nicht auf Ihr Zimmer begleiten! Es ist noch etwas früh für unser Stelldichein!" Ein anzügliches Lachen begleitete seine Worte. „Wir werden unser Treffen leider auf später verschieben müssen. Meine Großmutter wünscht Sie unverzüglich zu sprechen." Er lehnte lässig im Türrahmen und sah sie auffordernd an. Seufzend kehrte Ava um. Heute schien sich alles gegen sie verschworen zu haben. „Mylady, Sie wollten mich sprechen?" Ava hatte die Zähne zusammengebissen und war in den Salon zurückgekehrt. Die Countess musterte sie wohlwollend, bevor sie ihr aufmunternd zulächelte. „Sie müssen mir

aus der Patsche helfen, Miss Prescot", flüsterte sie ihr
zu, während sie gleichzeitig die Hand hob und um
Ruhe bat. Ava bemerkte panisch, dass alle Blicke auf
sie gerichtet waren. Schweiß bildete sich auf ihrer Stirn
und wahrscheinlich wurde sie glühend rot. Was
passierte hier?

„Meine lieben Gäste! Ich hatte für diesen Abend eine
Überraschung für Sie geplant. Einer der begnadetsten
Pianisten unserer Zeit hat mir zugesagt, heute für uns
zu spielen. Leider hatte die Kutsche, mit der Mister
Ladislaus Dussek", sie betonte den Namen und ein
Raunen ging durch die Menge, „anreisen wollte, einen
kleinen Unfall." Das kollektive Aufstöhnen
beantwortete sie mit einer beruhigenden
Handbewegung. „Es ist weiter nichts Schlimmes
passiert, aber Mr. Dussek kann heute Abend nicht mehr
hier erscheinen." Sie wandte sich an Ava und flüsterte
ihr zu: „Ich hatte das als Überraschung für Sie gedacht,
Miss Prescot. Leider wird nun nichts daraus." Dann
wandte sie sich wieder an ihre Gäste. „Aber wenn Sie
mir trotzdem in das Musikzimmer folgen wollen,
verspreche ich Ihnen, dass wir nicht auf den Genuss
eines vorzüglichen Vortrags am Klavier verzichten
müssen. Miss Prescot wird anstelle von Mr. Dussek für
uns spielen und ich versichere Ihnen, sie werden
überrascht sein."

Avas Herz klopfte ihr bis in den Hals. Kurz wurde ihr
schwarz vor Augen. Das konnte unmöglich gerade
passiert sein. Niemals konnte sie vor einer solchen
Menge Menschen - vor diesen Menschen! - spielen, die
nur darauf warteten, dass sie sich blamierte! Ein
gefundenes Fressen für den *Ton. Das passiert, wenn
sich eine wie sie überschätzt!,* hörte sie die

Kommentare. *Meine Ohren schmerzen, so oft wie sie daneben gegriffen hat!*

Wie in Trance folgte sie dem Rollstuhl der Countess, geschoben von ihrem Enkel. Wenn sie die alte Dame nicht blamieren wollte, indem sie sich weigerte zu spielen, würde sie es tun müssen. Ganz gleich, wie sehr sie es hasste, von so vielen Menschen angegafft zu werden. *Nur wer sich zeigt, kann gesehen werden,* dröhnten die Worte der Countess in ihren Ohren.

Nicholas hielt einen der vorbeieilenden Butler auf und nahm sich ein Glas Champagner vom Tablett. Er war etwas zu spät gekommen, weil ihm sein Vater mal wieder Vorhaltungen gemacht hatte. Seit er zusammen mit ihm im Stadthaus wohnte war die Situation unerträglich. Nicholas nutzte jede Gelegenheit, sich dieser von Vorwürfen und Selbstmitleid geprägten Atmosphäre zu entziehen. Am Ende jeder Diskussion stand immer noch, dass er gefälligst Victoria heiraten sollte. Sein Vater ignorierte geflissentlich die Tatsache, dass William den vorbereiteten Ehevertrag aufgekündigt hatte. Und dass Nicholas sich nach wie vor weigerte auch.

Nicholas hatte eigentlich keine Lust gehabt, die Einladung der Dowager Countess anzunehmen, aber auf dem Weg von *White's* nach Hause hatte er es sich anders überlegt. Ihr Enkel war immerhin der Sohn des Dukes of Mansfield und damit war die Soiree eine willkommene Gelegenheit, diesen einmal etwas genauer in Augenschein zu nehmen. Und gegen einen Absacker war schließlich nichts einzuwenden und wenn er Glück hatte, war die ein oder andere einsame Witwe anwesend, die er trösten konnte. Oder sie ihn, je nachdem. Erst gestern hatte er seiner aktuellen Mätresse den Laufpass gegeben, aber angesichts ihrer kühlen, fast erleichterten Reaktion darauf nahm er an, dass der Bankrott seines Vaters auch in ihren Kreisen bereits durchgesickert war und sie sich schnellstmöglich einen liquideren Gönner suchen wollte. Sie hatten sich wie zwei Fremde voneinander verabschiedet, was sie im Grunde genommen ja auch waren. Außer den gelegentlichen Treffen in der Wohnung, die Nicholas ihr finanziert hatte, hatten sie sich nie viel zu sagen gehabt. Und ein tiefer gehendes Gespräch zu führen war auch wahrlich nicht der Grund, warum er Mary dort besucht hatte.

Der Salon, in dem er stand, war bis auf die Angestellten, die das Buffet neu sortierten und Sandwiches sowie Kaviarhäppchen nachlegten, leer. Aus dem Musikzimmer erklangen Klaviertöne und obwohl er nicht viel Ahnung von dieser Art Musik hatte, kam er nicht umhin zu bemerken, dass hier jemand außergewöhnlich gut spielte. Neugierig blieb er in der Tür zum Musikzimmer stehen und lauschte. Sehen konnte er nichts, weil sich die Gäste, die keinen Sitzplatz gefunden hatten, vor ihm drängten. Die letzten Klänge der Mondscheinsonate hallten durch den Raum und nach einer kurzen, atemlosen Stille brandete Applaus auf. Vereinzelt erklangen *Encore*-Rufe, in die nach und nach fast alle Anwesenden einstimmten. Nun war Nicholas doch neugierig, wer es da geschafft hatte, die oft gelangweilten, übersättigten Mitglieder des *Tons* so zu begeistern. Er wollte sich gerade weiter nach vorne vorarbeiten, als er neben sich ein empörtes Flüstern vernahm.

„Was macht dieses kleine Biest hier! Anstatt sich zu schämen biedert sich die kleine Hure bei der Dowager Countess an! Ihr Platz ist...in der Gosse!" Er konnte deutlich den Hass spüren, der diese Worte begleitete. Neugierig musterte er die Frau, die etwas versetzt vor ihm stand und ihn daher nicht bemerkte.

„Diese Impertinenz, sich hier in unseren Kreisen blicken zu lassen! Hat sie nicht schon genug angerichtet?", zischte sie einem jungen Mädchen zu, das neben ihr stand. „Mutter, bitte, nicht so laut", bat die junge Frau und sah sich vorsichtig um. Dabei traf ihr Blick auf Nicholas und sie riss erschrocken die Augen auf. Graue Augen, die ihn augenblicklich an die Frau erinnerten, die seit Tagen in seinem Kopf herumspukte und sich auch durch jede Menge Brandy und einen Besuch bei Mary nicht daraus hatte vertreiben lassen.

Jetzt sah auch die Frau ihn an und er erkannte Lady Hemsworth. Er deutete eine leichte Verbeugung an, die sie mit einem kurzen Nicken erwiderte. Dann nahm sie das junge Mädchen bei der Hand und rauschte an ihm vorbei. „Wir gehen, Penelope", hörte er sie noch sagen, bevor beide im Flur verschwanden. Kurz erinnerte er sich, dass es da vor ungefähr drei Jahren einen kleinen Skandal gegeben hatte. Die älteste Tochter, so hieß es, war nach einer Lungenerkrankung gestorben, aber anstatt angemessen zu trauern, hatte sich die Familie wie gewohnt zur Saison in London eingefunden und an

Abendgesellschaften und Soireen teilgenommen, als sei nichts passiert. Natürlich waren Gerüchte aufgekommen, das Mädchen sei womöglich gar nicht gestorben, sondern geisteskrank und unerkannt nach Bedlam gebracht worden. Gestützt wurde dieses Gerücht durch die Tatsache, dass man die Tochter der Hemsworth' niemals in London gesehen hatte, weil sie angeblich lungenkrank war und daher ihre Eltern nie nach London begleitet hatte, so dass sie kaum jemand kannte und daher auch niemand etwas über ihren Geisteszustand sagen konnte.

Nicholas zuckte die Schultern. Ihm war schon lange klar, dass der *Ton* in London die reinste Schlangengrube war. Die Klatschspalten in der *Times* erfreuten sich außergewöhnlicher Beliebtheit und nicht wenige Mitglieder des Adels griffen morgens als erstes zu der Zeitung, um sich an den Skandalen und Skandälchen zu weiden, die andere ausgelöst hatten. Immerhin konnte er jetzt einen Blick auf die Person erhaschen, die die Anwesenden so sehr mit ihrem Klavierspiel verzaubert hatte. In dem Moment, in dem er sie sah, setzte sein Herz für einige Schläge aus. Dort am Klavier saß, mit geschlossenen Augen und ganz in das Spiel vertieft, die Frau, die seine Gedanken mehr beherrschte als jede andere zuvor. Sie war wunderschön in diesem blauen Kleid. Ihre Haare glänzten im diffusen Schimmer der Kerzen und der Gaslichter fast wie Ebenholz. Die Bewegungen ihres Kopfes, die den Takt begleiteten, gaben einen Blick auf ihren schön geschwungenen Hals frei und auch wenn sie keinerlei Schmuck trug, leuchtete sie von innen mehr als es die prunkvollen Colliers der anwesenden Damen je vermocht hätten. Nicholas musste schlucken, so sehr traf ihn ihr Anblick.

„Ich habe gehofft, dich heute hier zu treffen", raunte ihm eine verführerische Stimme zu und riss ihn von dem Anblick los, der ihn so gefesselt hatte. Er räusperte sich und drehte sich dann zu der Sprecherin um.

„Victoria." Er hatte sie schon an der Stimme erkannt und so nickte er ihr nur kurz zu.

„Nur Victoria? Kein: Ich freue mich auch, dich zu sehen?", fragte sie beleidigt.

„Was machst du hier? Hat William dir nicht verboten, dich bei gesellschaftlichen Anlässen sehen zu lassen, bis wir wissen, was mit Violet passiert ist?" Ungehalten nahm er ihr das Champagnerglas aus der Hand und stellte es einem vorbeigehenden Butler auf das Tablett.

„Ach, William. Der alte Spielverderber hockt bei Margret. Ich glaube, das Baby kommt. Er wird gar nicht bemerken, dass ich nicht zuhause bin." Mit einem lasziven Blick aus ihren blauen Augen sah sie ihn an. „Wenn du mich nicht verrätst..."

Er trat einen Schritt von ihr zurück. Besser man gab den Anwesenden keinen Anlass für Gerüchte.

„Ich hätte dich für klüger gehalten, Victoria. Es ist für eine unverheiratete Frau nicht gerade ratsam, ohne Begleitung bei derartigen Anlässen zu erscheinen..."

„Aber ich bin ja gar nicht alleine hier. Du....", setzte sie beleidigt zu einer Erwiderung an, aber Nicholas hob die Hand und brachte sie so zum Schweigen.

„Du solltest nicht hier sein, Victoria, und das weißt du. Es geht nicht nur darum, dass William es dir verboten hat. Du solltest vielmehr daran denken, dass es deinem Ruf schaden könnte, wenn man dich hier ohne ihn sieht."

„Was meinst du damit? Du bist doch auch hier und es ist ja kein großes Geheimnis, dass bald unsere Verlobung bekannt gegeben wird." Trotzig zog sie einen Schmollmund. Nicholas verfluchte im Stillen William, weil er Victoria offensichtlich noch nicht gesagt hatte, dass es zu keiner Verlobung kommen würde. Er musste das möglichst schnell nachholen. Allerdings war hier weder die Zeit noch der Ort dafür. So wie er Victoria kannte, würde sie ihm hier eine Szene machen, die jede Darbietung im Royal Theatre in den Schatten stellen würde.

„Hör zu, Victoria. Wir reden morgen darüber. Ich..." In diesem Augenblick verebbten die letzten Klaviertöne und Applaus erhob sich. Er sah, wie Ava noch einen Augenblick mit geschlossenen Augen auf ihrem Hocker sitzen blieb, dann stand sie auf und versank in einen tiefen Kicks. Selbst aus dieser Entfernung konnte er erkennen, dass sie unsicher war. Zwar lächelte sie, aber dieses Lächeln erreichte nicht ihre Augen. Es wirkte starr, aufgesetzt und er hatte das sichere Gefühl, dass Ava Prescot im Augenblick überall lieber wäre als dort, vor ihrem Publikum.

„Nicholas?" Victorias Stimme riss ihn aus der Betrachtung dieser Frau, die ihn immer mehr beschäftigte. Als er sich erneut zu ihr umdrehte, blitzten ihre blauen Augen ihn an. „Seit wann interessierst du dich für Klaviersonaten?", zischte sie. „Oder ist es etwa weniger die Musik als vielmehr diese Pianistin, die dich so fasziniert?" Kalt sah Nicholas sie an.

„Ich wüsste nicht, was dich das angeht, Victoria." Damit ließ er sie stehen und versuchte, sich einen Weg durch die Menge zu bahnen, die Ava jetzt umringte, um ihr zu ihrem Spiel zu gratulieren. Er musste mit ihr sprechen, ihr sagen, dass sie ihn ganz falsch verstanden hatte. Er war nach diesem Tag noch ein paar Mal in Whitechapel gewesen, hatte gehofft, sie dort zu treffen, aber sie war nicht dort aufgetaucht. Stattdessen stand sie jetzt dort, umringt von ihren Bewunderern und sah so atemberaubend schön aus, dass es ihm den Atem verschlug. Er hatte schon bei ihrer ersten Begegnung bemerkt, dass sie etwas Besonderes war, aber jetzt, ohne Brille und Haube, mit glänzenden, dunkelbraunen Haaren und in einem Kleid, das wegen seiner Schlichtheit ihre Schönheit nur noch unterstrich, musste er sich eingestehen, dass er diese Frau begehrte. Was ihn irritierte war, dass dieses Begehren über das rein Körperliche weit hinausging. Sie war so widersprüchlich! Sie hatte den Mut, alleine nach Whitechapel zu gehen, aber hier, wo ihr keine Gefahr drohte, konnte er ihre Angst vor den Menschen förmlich spüren. Sie verbarg ihre Schönheit hinter einer Brille und versteckte ihr herrliches Haar unter einer Haube, nur um hier wie der Phönix aus der Asche zu stehen. Was wollte sie verbergen? Und wovor hatte sie Angst? Nicholas sah, wie sie ein entschuldigendes Lächeln aufsetzte und etwas sagte, woraufhin sich die Menge teilte und sie durchließ. Nur ein kleines Zucken ihrer linken Augenbraue verriet ihm, dass sie ihn gesehen hatte, aber ohne einen Gruß ging sie an ihm vorbei und steuerte das Zimmer an, das den Damen vorbehalten war, um sich zu erfrischen. Verblüfft sah Nicholas ihr nach. Nun gut, dann würde er eben einen anderen Weg finden, mit ihr zu reden!

Ava schloss schnell die Tür hinter sich und ging zu dem kleinen Tischchen, das vor einem Spiegel stand und den Damen dazu diente, sich neu zu pudern, ihre Frisur zu richten oder auch nur, um für ein paar Minuten dem Trubel zu entfliehen. Genau wie Ava. Sie hatte Glück, der Raum war im Augenblick leer und so setzte sie sich auf den Hocker und blickte in den Spiegel. Sie war aufgewühlt, was nicht nur daran lag, dass sie gerade vor so vielen Menschen hatte Klavierspielen müssen. Die Begegnung mit ihrer Mutter hatte alte Wunden aufgerissen, von denen sie geglaubt hatte, sie wären längst verheilt. Es schmerzte immer noch, diese Kälte und den Hass in den Augen der Frau zu sehen, die sie großgezogen hatte. Aber am meisten hatte sie die Begegnung mit *ihm* aus der Fassung gebracht. Natürlich hätte sie damit rechnen müssen, ihn hier zu treffen. Er war schließlich ein Mitglied des *Tons* und hatte somit ganz sicher eine Einladung erhalten. Es war vielmehr die Reaktion ihres Körpers auf seinen Anblick, die sie so verstört hatte. In dem Moment, in dem sie seine hochgewachsene Gestalt mit dem dunklen Haarschopf und den breiten Schultern in der Menge ausgemacht hatte, hatte ihr Herz plötzlich wie wild geklopft. Und als sie dann gesehen hatte, wie er mit dieser wunderschönen Lady sprach und sehr vertraut mit ihr umging, war da dieses eigenartige Gefühl gewesen, das eine törichte Traurigkeit in ihr erweckt hatte. Selbstverständlich war ein Mann wie er begehrt und wahrscheinlich war es seine Frau oder wenigstens Verlobte gewesen, so wie sie ihn angesehen

135

hatte, aber gegen den Stich der Eifersucht konnte auch ihr gesunder Menschenverstand nichts ausrichten.

Natürlich war es ihr vollkommen klar, dass, selbst wenn sie keine aus der Gesellschaft ausgestoßene, ledige Mutter wäre, sie bei einem Mann wie ihm keinerlei Chancen hätte. Und schon gar nicht, wenn er bereits eine so wunderschöne Frau an seiner Seite hatte...

Ava versuchte, ihr heftig klopfendes Herz zu beruhigen und atmete ein paar Mal tief durch. Sie hatte diesen Abend heute einigermaßen glimpflich überstanden und auch Lord Turnbridge brauchte sie heute nicht mehr zu fürchten. Sie hatte gesehen, wie er reichlich angetrunken mit Lady Witherby, einer attraktiven Witwe, das Fest seiner Großmutter verlassen hatte. Das war immerhin etwas. Sie steckte sich eine unordentliche Strähne hinters Ohr und verließ das Ruhezimmer. Sicher brauchte Lady Aylesbury sie noch.

Sie war noch nicht weit gekommen, als jemand ihren Arm griff und sie hinter eine dicke Marmorsäule zog. Sofort griff diese Angst wieder nach ihrem Herzen. Diese Angst, die seit jenem Gartenfest ihr ständiger Begleiter war und sie zähnefletschend daran erinnerte, was passieren konnte, wenn man in seiner Aufmerksamkeit nur ein wenig nachließ.

„Als ich sagte, dass wir quitt sind, meinte ich nicht, dass ich Ihnen erlaube, mich zu ignorieren!", raunte eine dunkle Stimme an ihrem Ohr. Augenblicklich verkroch sich das Biest Angst in den hintersten Winkel ihres Bewusstseins und machte stattdessen einem Prickeln Platz, das ihren Körper überkam, als sie die Stimme erkannte.

„Ich muss mit Ihnen reden." Nicholas zog sie noch etwas tiefer in den Schatten der Säule.

„Miss Prescot, ich... also ich habe tatsächlich nach einem Mädchen gesucht, aber nicht nach irgendeinem..."

„Sie müssen sich mir nicht erklären, Mylord. Ihre... Vorlieben gehen mich nichts an."

„Verdammt, Ava, ich habe in Whitechapel nach der Schwester meines Freundes, Lord Banbury, gesucht." Er raufte sich die Haare als Ava ihn nur verständnislos ansah.

„Nach einer Lady? Der Schwester eines Earls? In Whitechapel?" Ungläubig sah sie ihn an. „Seien Sie mir nicht böse, Mylord, aber das... „

„...hört sich komisch an, wollen Sie sagen? Ich weiß, aber es ist die Wahrheit. Violet ist eine eigensinnige junge Frau und hat es sich in den Kopf gesetzt, dort den Armen zu helfen. Sie hat sich Hosen angezogen..." Die Art, wie Ava ihre grauen Augen aufriss, ließ ihn seine weiteren Worte fast vergessen. Himmel, sie war so schön. „... und hat sich ohne Begleitung dorthin begeben. Und seitdem ist sie verschwunden."

Auf Avas Gesicht wechselten sich Erstaunen, Irritation und dann Interesse ab.

„Mylord, das ist... merkwürdig. Weil... ich noch von anderen Mädchen weiß, die dort spurlos verschwunden sind." Als sich Stimmen näherten, unterbrach sie sich. „Bitte, es ist nicht schicklich, wenn man uns hier zusammen sieht." Sie machte sich von ihm los und trat rasch einen Schritt zurück. Schnell griff er ihren Arm und zog sie zurück in den Schatten der Säule. Ava wollte schon protestieren, aber da hörte sie die zwei Männer direkt neben sich sprechen. Himmel! Beinahe wäre sie ihnen direkt in die Arme gelaufen!

„Es muss dieses Mal klappen. Er wird uns kein weiteres Versagen durchgehen lassen", raunte eine dunkle Stimme. Der zweite Mann sagte etwas darauf, aber er sprach sehr leise, so dass es nur ein heiseres Flüstern war. Ava spürte, wie sich eine Gänsehaut über ihren Rücken schlich. Wenn man sie hier mit dem Marquess erwischen würde, versteckt hinter einer Säule...!

„Ich habe ihn heute beobachtet. Er schien irgendwie unter Spannung zu stehen. Wir ändern unsere Taktik. Ich werde das Mädchen dieses Mal schon vorher nach Wycombe bringen." Wieder unverständliches Murmeln. „Ganz genau. Beim nächsten Vollmond." Die Stimmen entfernten sich.

Erleichtert atmete sie aus und schloss für einen kurzen Moment die Augen. Sie zitterte ein wenig, denn hier entdeckt zu werden hieß nicht nur, die Anstellung bei Lady Aylesbury zu verlieren. Wenn bekannt würde, dass sie sich in dunklen Ecken mit Männern herumtrieb, dann würde sie in ganz London keine Arbeit mehr bekommen. Und dabei spielte es keine Rolle, ob etwas Unschickliches passiert war oder nicht.

Ava stand so nah bei Nicholas, dass sie die Wärme spürte, die von ihm ausging. Es war die Art von Wärme, die einen wohlig umfing, wenn man nach einem langen Spaziergang im Winter nach Hause kam. Ein Zuhause mit Kaminfeuer, Punsch und fröhlich lachenden Kindern. Es war die Art von Wärme, die in ihr die Sehnsucht weckte, ein solches Zuhause zu haben.

Ava spürte, wie Nicholas anspannte. Sie konnte das

nicht einordnen, aber von einem Augenblick zum anderen schien er wie ein Tiger auf dem Sprung. Er schob sie beiseite und spähte hinter der Säule hervor, dann wandte er sich ihr wieder zu, aber er schien jetzt irgendwie... abwesend.

„Sie müssen mir alles erzählen, was Sie über diese Mädchen wissen, Ava." Er nahm ihre Hand und hauchte einen Kuss darauf. „Ich hole Sie morgen ab."

„Das geht nicht. Lady Aylesbury...", wandte Ava ein, aber er grinste sie nur frech an. „Mir fällt schon etwas ein!" Dann stieß er sich von der Säule ab und schlenderte scheinbar unbeteiligt hinter den Männern her, deren Gespräch sie unfreiwillig belauscht hatten. Und obwohl sie wusste, dass es kein glückliches Ende für sie nehmen würde, wenn sie ihre Gefühle für diesen Mann zuließ, konnte sie doch nicht verhindern, dass ihr Herz aufgeregt pochte.

Bedlam

Violet wusste nicht, wie lange sie schon hier war. Wenn sie davon ausging, dass man ihr einmal am Tag etwas verschimmeltes Brot und wässrige Kohlsuppe brachte, dann war sie jetzt seit drei Tagen hier. Vielleicht hatte sie einige Mahlzeiten verschlafen, weil sie zusehends körperlich abbaute und immer schwächer wurde, oder vielleicht brachte man ihr auch nicht regelmäßig etwas zu essen. Sie konnte es nicht genau sagen, aber im Grunde war es auch egal. Die Zeit schien still zu stehen in der ewigen Dunkelheit und der Isolation, die sie fast in den Wahnsinn trieb. Sie erkannte die Tragik sehr wohl, nämlich dass sie am Ende genau das sein würde, weswegen man sie hierher gebracht hatte: verrückt. Aber es spielte keine Rolle mehr. Während ihr Körper zunehmend gefühlloser wurde, und ihr Geist sich immer mehr von ihr zurückzog, betete sie jeden Tag zu Gott, er möge sie erlösen. Sie hatte keine Kraft mehr. Das laute Knarren der Tür ließ sie noch nicht einmal mehr aufblicken. Sie hatte beschlossen, einfach nichts mehr zu essen. Vielleicht würde das ihr Leiden verkürzen.

„Hey, Kleine, wasch dich und zieh das hier an." Die Stimme des Mannes, der ihre einzige Verbindung zur Außenwelt war, verursachte noch nicht einmal mehr ein Schaudern bei ihr. Seit diesem ersten Versuch, sie zu vergewaltigen, hatte er sie in Ruhe gelassen, und obwohl sie ahnte, dass er es nicht auf Dauer dabei belassen würde, konnte sie nicht mal mehr *davor* Angst fühlen. Da war nichts mehr, außer dieser alles verzehrenden Dunkelheit, in die sich ihr Geist geflüchtet hatte. Ohne sie weiter zu beachten, stellte er einen halbvollen Wassereimer vor ihr ab und reichte ihr einen nicht ganz sauberen Lappen. Dann legte er ein ein verblichenes Kleid aus gelbem Leinen neben den Eimer und sagte geheimnisvoll: „Beeil dich, Kleine. Du bekommst gleich Besuch, und es ist wichtig, dass du ihm gefällst." Mit einem verschlagenen Lächeln, das seine schadhaften Zähne entblößte, grinste er sie an. Dann warf er die Tür mit einem lauten Krachen ins Schloss. Und Violet war wieder alleine.

Stadthaus der Aylesburys

Als Ava nach einer schlaflosen Nacht am nächsten Morgen den gemütlich eingerichteten Wintergarten betrat, in dem Lady Aylesbury ihr Frühstück einzunehmen pflegte, drehten sich ihre Gedanken immer noch um den vergangenen Abend. Während sie überprüfte, ob frisch getoastetes Weißbrot, Rührreier, Speck und - vor allem - Lady Aylesburys innig geliebte Clotted Cream, die sie sich dick auf ihre Scones strich und mit viel Erdbeermarmelade toppte, bereitstanden, dachte sie vor allem an *ihn*. Er hatte so überwältigend gut ausgesehen in seinem dunkelblauen Gehrock mit dem kunstvoll gebundenen, schneeweißen Halstuch. Elegant und doch so lässig, wie nur ein Mann aussehen konnte, der sich einerseits seiner Ausstrahlung bewusst war, sich aber andererseits keinen Deut darum scherte, wie er auf andere wirkte. Diese Selbstsicherheit, mit der er auftrat, verunsicherte Ava im gleichen Maß, wie sie sie faszinierte. Insgeheim stellte sie sich vor, wie es wäre, einen solchen Mann an ihrer Seite zu haben. Der sie beschützte, ihr Halt gab, ihre Sorgen mit ihr teilte...
„Guten Morgen, Miss Prescot." Die fröhliche Stimme der Countess riss sie aus ihren Gedanken. Sie schalt sich für diese Tagträume, von denen sie immer gedacht hatte, sie hätte sie überwunden. Es war weder die Zeit, noch der Ort und schon gar nicht der Mann für romantische Anwandlungen.
„Lady Aylesbury, wie geht es Ihnen heute?", fragte Ava, während sie in einen Knicks versank.
„Na na, ich habe Ihnen doch gesagt, dass Sie diese

elenden Verrenkungen nicht machen müssen, wenn wir unter uns sind." Ein feines Lächeln erschien auf ihrem Gesicht, dann griff sie nach einem Umschlag, den sie auf ihrem Schoß liegen hatte und nickte ihrem Butler zu, der sie an den Tisch schob. Den Brief legte sie neben Avas Teller und sah sie auffordernd an.

„Der ist für Sie."

Auf dem Umschlag war in schwungvollen Buchstaben ihr Name geschrieben und bei dem Gedanken, er könne von Nicholas sein, begann ihr Herz zu stolpern. Sie versuchte sich zu beruhigen und legte ihn neben ihren Teller. „Ich öffne ihn später, Mylady." Dann nahm sie einen Teller vom Buffet und wandte sich an Lady Aylesbury. „Scones, wie immer mit viel Clotted Cream? Und Erdbeermarmelade?", fragte sie lächelnd und die Countess nickte verschwörerisch. „Wenn Sie es nicht Doktor Barnes verraten! Er hat mir die Clotted Cream verboten. Zu fettig, sagt er." Sie zwinkerte Ava zu. „Aber ich sage Ihnen, lieber noch drei Jahre mit Clotted Cream als vier ohne." Belustigt griff sie sich das dick bestrichene Scone und biss herzhaft hinein. Ebenso wie die Anweisung des Arztes ignorierte die alte Dame, dass Scones mit diesem Aufstrich klassisch erst zum Nachmittagstee gereicht wurden. Mrs. Riley war angewiesen worden, dieses Gebäck immer frisch zubereitet vorzuhalten, denn manchmal verlangte die Countess sogar zum Abend danach.

„Nun machen Sie schon auf, Miss Prescot!", verlangte sie und deutete auf den Brief, während sie sich den Mund abtupfte und zu ihrem Tee griff. Ava leckte sich über Lippen. Wenn er von Nicholas war...

Lady Aylesbury bemerkte Avas Zögern. „Er ist von mir,

Miss Prescot", fügte sie mit einem feinen Lächeln hinzu, so als ob sie ahnte, dass Ava einen anderen Absender vermutete.

„Von Ihnen? Aber warum schreiben Sie mir, Mylady?" Eine kalte Hand griff nach Avas Herz. Was konnte so wichtig sein, dass Lady Aylesbury es ihr nicht sagte, sondern stattdessen in einem Brief mitteilte? Hatte sie gestern irgendetwas gesagt oder getan, das womöglich ihre Kündigung rechtfertigen würde?

Ava schluckte, griff sich dann den silbernen Brieföffner, der neben dem Brief lag und schlitzte den oberen Rand auf. Als ihr Blick auf den Inhalt fiel, stockte ihr der Atem. Fragend sah sie die alte Dame an.

„Mylady?", stammelte sie fassungslos.

„Das ist der Lohn, den Mr. Dussek gestern für seine Darbietung bekommen hätte. Da Sie gespielt haben, bekommen Sie ihn."

„Das sind... einhundert Pfund!" Ava riss die Augen auf.

„Richtig. Dussek für einen Abend zu buchen ist nicht gerade günstig, aber er ist es wert!"

„Ja, Mr. Dussek ist es bestimmt, aber ich..."

„Sie sind es auch! Ich habe gestern sehr viele Komplimente bekommen", sie zwinkerte Ava zu, „für Ihr Spiel und übrigens auch für mein Kleid!"

Avas Herz klopfte ihr bis in den Hals. Einhundert Pfund! Das war mehr als sie in einem Jahr verdiente! Bei dem Gedanken, was sie mit dem Geld alles machen könnte, wurde ihr ein wenig schwindelig. Sie könnte Mrs. Scott einen Teil davon abgeben, für das Waisenhaus und dafür, dass sie eine neue Hilfskraft einstellen könnte! Und sie könnte Lizzy ein neues Kleid und neue Schuhe kaufen! Und natürlich auch eine ganze Menge davon zurücklegen, für...

„Nein, Mylady, ich kann das nicht annehmen! Ich habe gestern für Sie und Ihre Gäste gespielt, weil ich bei Ihnen angestellt bin. Es gehört zu meinen Aufgaben, Sie - und wenn Sie es wünschen - auch ihre Gäste zu unterhalten." Mit einem Kloß im Hals und schweren Herzens schob sie Lady Aylesbury den Umschlag hin. Es fühlte sich falsch an, das Geld zu nehmen, auch wenn sie es noch so gut gebrauchen könnte! Sie war nicht Dussek und daher war die Summe vollkommen übertrieben!

Lady Aylesbury sah Ava eine Weile einfach nur an. Ihr war der innere Kampf, den ihre Gesellschafterin mit sich ausfocht, nicht entgangen. Sie wusste, dass Ava mit dem ihr gezahlten Gehalt keine großen Sprünge machen konnte, daher war sie erstaunt, dass sie so rundheraus eine nicht unerhebliche Summe ablehnte. Lady Pembroke, die ihr Ava Prescot empfohlen und sich für sie verbürgt hatte, hatte nur erwähnt, dass Miss. Prescot entfernt mit ihr verwandt und unverschuldet in einer finanziellen Notlage war und daher dringend Arbeit benötigte. Lady Aylesbury hatte ihr eine Chance geben wollen und das bis heute nicht bereut. Sie mochte die junge, bescheidene Frau. Sie selber lebte ein sorgenfreies Leben, ihr hatte es nie an irgendetwas gefehlt, aber sie war dennoch nicht blind dafür, dass es eine junge, unverheiratete Frau ohne Vermögen nicht leicht hatte in der Gesellschaft.

„Wie Sie wollen, Miss Prescot." Lady Aylesbury nahm den Umschlag wieder an sich. Sie war etwas enttäuscht, dass ihre Gesellschafterin das Geld nicht annehmen wollte, aber andererseits imponierte ihr Miss Prescots Haltung auch. Nicht wenige wären bei dieser Summe schwach geworden. Vielleicht gäbe es einen anderen Weg, ihr das Geld zukommen zu lassen. Einen, bei dem ihr ihr Stolz nicht im Wege stehen würde.

„Sie können sich übrigens ein paar Stunden frei nehmen. Dr. Barnes will gleich vorbeikommen. Er glaubt fest daran, dass mich seine Massagen wieder auf das Parkett der Ballsäle bringen. Ich hingegen glaube eher, dass sich der alte Quacksalber bald ein Landgut von dem Geld kaufen kann, das er an mir verdient." Ein verschmitztes Blitzen trat in ihre Augen. „Aber das Gläschen Portwein, das er mir erlaubt, wenn ich brav mitmache, macht die Anstrengung wett!"

Ava hatte sich schnell umgezogen. Sie wusste nicht, ob sie sich über die unverhoffte Freizeit, die sie natürlich mit Lizzy verbringen würde, freuen sollte oder ob sie traurig sein sollte, weil sie nun Nicholas nicht treffen würde. Wenn er überhaupt käme. Er hatte zwar den Eindruck erweckt, es ernst zu meinen, als er sie um ein Treffen gebeten hatte, aber sie konnte sich gut vorstellen, dass jemand wie er eine solche Ankündigung in dem Augenblick vergessen hatte, in dem er sie aussprach. Andererseits hatte er ernsthaft besorgt geklungen, als er ihr von dieser verschwundenen Violet erzählt hatte. Und er war daran interessiert, von ihr zu erfahren, was sie dazu beitragen

könnte. Was ihr einen törichten Stich versetzte.
Natürlich war sein Interessen an ihr... rein informativer
Natur. Was auch sonst.

Ava eilte die Treppe hinunter und öffnete das schwere
Eingangsportal. Der Himmel hatte sich verdunkelt und
es roch förmlich nach Regen. Sie würde sich beeilen
müssen, wenn sie trockenen Fußes nach Whitechapel
kommen wollte. Fast gleichzeitig hielt eine Kutsche
vor dem Haus und als sich der Verschlag öffnete,
schlug ihr Herz heftig in ihrer Brust. Er hatte Wort
gehalten! Einen großen Strauß herrlicher
Frühlingsblumen in der Hand kam er ihr lächelnd
entgegen. Als er sie erreicht hatte, deutete er eine kleine
Verbeugung an, aber als Ava daraufhin, wie es von ihr
erwartet wurde, vor ihm knicksen wollte, hinderte er sie
daran, indem er ihren Ellbogen umfasste.

„Ich sagte Ihnen bereits, dass ich keinen Wert auf die
Etikette lege. Und nennen Sie mich Nicholas. Bitte."

„Das geht auf keinen Fall, Mylord. Man könnte uns
sehen und glauben, dass ich es an Respekt gegenüber
einem Mann Ihres Standes fehlen lasse." Nervös sah
Ava sich um und leckte sie sich über die Lippen.

*Ob sie weiß, dass ich sie küssen werde, wenn sie das
das nächste Mal tut?,* dachte Nicholas und stöhnte
innerlich auf.

„Hergott, Ava, dann nennen Sie mich eben nur beim
Vornamen, wenn uns niemand hört! Also?"

„Nicholas", flüsterte sie unsicher. Der Klang ihrer
Stimme, wie sie seinen Namen aussprach, setzte sich in
seinem Kopf fest. Wie es wohl wäre, wenn sie ihn
morgens nach einer gemeinsamen Nacht mit genau
dieser Tonlage weckte? Er schloss kurz die Augen.

Verrückt! Was machte diese Frau mit ihm? Warum wollte er ihre Stimme hören, ausgerechnet morgens, wenn er doch bisher noch nie neben einer Frau aufgewacht war und sich das bis heute auch nie gewünscht hatte?!

„Ich wollte gerade zu Ihnen." *Ich wollte dich unbedingt wiedersehen!*

„Wir müssen reden!" *Ich will nicht reden, ich will dich küssen, bis du keine Luft mehr bekommst!*

Dann runzelte er die Stirn. „Wo wollten Sie denn hin?" Erst jetzt sah er von ihrem Gesicht auf ihre Gestalt. Sie hatte ihre typische *Whitechapelverkleidung* an, Brille, Haube, einfaches Gewand.

„Ich wollte...", dann unterbrach sie sich. „das geht Sie gar nichts an."

„Wir waren verabredet."

„Ach, waren wir das?", fragte sie schnippisch, um ihre wachsende Unruhe zu verbergen.

„Ich sagte Ihnen gestern doch, dass ich Sie heute aufsuchen würde."

„Ach, und wie wollten Sie das anstellen? Etwa Lady Aylesbury einfach sagen, dass Sie mich gerne wiedersehen wollten?"

„Warum nicht? Was wäre schon dabei? Sie sind schließlich eine... begehrenswerte Frau!" Er musste sich das Lachen verbeißen, als er sich des Bildes bewusst wurde, das sie beide abgaben. Er, mit seinem vornehmen Gehrock, einem schneeweißen Hemd und tadellos gebundenem Halstuch und sie, gekleidet in ein mehr als unscheinbares Kleid, mit einer Brille, von der er seit gestern wusste, dass sie sie gar nicht benötigte und einer Haube, die schlichter nicht hätte sein können.

„Begehrenswert?" Ava sah ihn böse an. „Wollen Sie

147

mich verspotten oder haben Sie so einen schlechten Geschmack?" Wieder schossen ihre grauen Augen schwefelgelbe Blitze in seine Richtung, wie schon bei ihrer ersten Begegnung. „Die Lady, die Ihnen gestern schöne Augen gemacht hat, verdient dieses Attribut, ich nicht", schleuderte sie ihm ärgerlich entgegen, davon überzeugt, dass er sich über sie lustig machte. Dann gewann ihr Verstand Oberhand. Das hatte sie jetzt nicht wirklich laut ausgesprochen?! Warum hatte sie das gesagt? In dem Augenblick dämmerte ihr die erschreckende Erkenntnis, dass sie insgeheim eifersüchtig auf diese Frau war. Wie... töricht! Sie hatte überhaupt kein Recht... Als sie in Nicholas Augen sah, erschrak sie. Ein dunkles Flackern ließ seine Augen fast schwarz erscheinen. Es lag etwas... Unausgesprochenes in ihnen, so, als ob er sich nur mühsam beherrschen könnte... was zu tun? Sie zu maßregeln? Ängstlich zog Ava den Kopf ein, aber Nicholas packte ihren Arm und dirigierte sie energisch zu seiner Kutsche. Den Blumenstrauß warf er achtlos hinein und bedeutete ihr dann, einzusteigen. Wortlos folgte er ihr und gab dem Kutscher durch ein Klopfen an die Decke zu verstehen, loszufahren.

„Es tut mir leid, wenn ich Sie verärgert habe", flüsterte sie ängstlich, ohne genau zu wissen, wofür sie sich mehr entschuldigten sollte: für ihren bissigen Tonfall oder dafür, dass sie ungehöriger Weise sein Privatleben kommentiert hatte. Als er daraufhin schwieg und sie nur mit undurchdringlichem Blick ansah, rutschte sie unruhig auf der weich gepolsterten Sitzbank in die hinterste Ecke.

„Komm her." Wie selbstverständlich war er zu der

vertrauten Anrede gewechselt und seine Stimme klang merkwürdig heiser.

„Was?" Irritiert runzelte Ava ihre Stirn.

„Ich sagte: Komm her." Ava wusste selbst nicht, warum es ihr keine Angst machte, mit einem Mann alleine in einer Kutsche zu sitzen. Angst machte ihr nur, wie ihr Körper auf ihn reagierte! Als sie nicht sofort reagierte, griff er ihr Handgelenk und zog sie neben sich auf den Sitz. Sein Griff war fest, bestimmt, aber er tat ihr nicht weh. Avas Herz klopfte heftig gegen ihren Brustkorb, aber es war keine Angst, die sie fühlte. Es war etwas Anderes, genauso Beängstigendes. Sie hätte nie gedacht, dass sie sich einmal wünschen könnte, ein Mann würde sie berühren, *so* berühren... unsicher fuhr sie sich mit der Zunge über die ausgetrockneten Lippen. Er stöhnte gequält auf.

Vorsichtig nahm er ihr erst die Brille, dann die Haube ab, und dann beugte er sich vor und ... küsste sie. Seine Lippen legten sich zunächst nur ganz leicht auf ihre, knabberten und saugten an ihrer Unterlippe, bevor er mutiger wurde und sie aufforderte, ihren Mund für ihn zu öffnen. Ava war noch nie vorher geküsst worden. Umso heftiger traf sie die Welle der Empfindungen, die dieser Kuss in ihr auslöste. Sie stöhnte, aber Nicholas schluckte den köstlichen Laut mit seinen Lippen und als sie seine Hände an ihrem Körper fühlte, zärtlich, langsam, erkundend... In ihrem Verstand war kein Platz mehr für die Erinnerung an die schlimmsten Minuten in ihrem Leben. Es gab nur dieses köstliche Gefühl des Begehrens. Sie konnte nicht länger leugnen, dass Nicholas etwas lange Verdrängtes in ihr zum Vorschein brachte, etwas, das ihr gefehlt hatte, ohne dass sie es hätte benennen können.

Seine warmen Hände schickten Schauer durch ihren Körper, und als sie sich vorsichtig um ihre Brust schlossen, vergaß sie alles um sich herum. Nicholas küsste sich zärtlich von ihrem Mund über ihren Hals zu der Stelle, an der ihr Puls wie wild pochte. Er saugte und knabberte an der Stelle und entlockte ihr weitere Seufzer, bevor er sich schwer atmend schließlich von ihr löste.

„Victoria kann dir nicht das Wasser reichen, hörst du?" Sie brauchte einen kleinen Augenblick, um die plötzliche Leere zu überwinden, die sein Rückzug in ihr ausgelöst hatte. Verwirrt blinzelte sie ihn an. Victoria? Wer war Victoria? Dann dämmerte ihr, dass das die Frau sein musste, in deren Begleitung sie ihn gestern gesehen hatte. Schon allein der Klang seiner Stimme, wie er den Namen dieser Frau aussprach, zog ihr Herz vor Eifersucht zusammen. Neugierig studierte er ihren Gesichtsausdruck, dann grinste er sie an.

„Du bist eifersüchtig", stellte er sachlich fest. Ava wurde rot bis unter die Haarwurzeln.

„Wie könnte ich, Mylord?! Ich bin nur..." Er knurrte, dann küsste er sie wieder, diesmal hart und fordernd, und die Härte in seinem Schritt ließ keinen Zweifel darüber aufkommen, dass er sie in diesem Moment begehrte. Als er schließlich erneut von ihr abließ, atmete er ein paar Mal heftig ein und aus, um sich wieder unter Kontrolle zu bekommen.

„Ich will dich, Ava, aber nicht *so!*" Er fuhr sich mit der Hand durch sein dunkles Haar, das ihm unmodisch lang bis auf die Schultern fiel und sah sie an.

„Entschuldige."

Ava blinzelte ihn verwirrt an. Er entschuldigte sich?

Seine Worte ließen sie hart in die Wirklichkeit zurückkehren.   .

„Es gibt nichts zu entschuldigen, Mylord. Vergessen wir einfach, was passiert ist." Jedes einzelne Wort schmerzte, aber es gab keine andere Möglichkeit, wie sie sonst ihr Gesicht wahren konnte. Es tat ihm leid, sie geküsst zu haben, was sollte sie da sagen? Ganz sicher hatte ihr unerfahrenes Herz mehr in diesen Kuss hineininterpretiert, als *er* ihm beimaß. Sie räusperte sich.

„Wir... wollten über die Mädchen sprechen, die in Whitechapel verschwunden sind." Sie versuchte, ihre Stimme so neutral wie möglich klingen zu lassen, aber ein leichtes Zittern darin konnte sie trotzdem nicht verhindern. Einen langen Augenblick sah er sie nur an, hielt ihren Blick gefangen und versuchte, in ihren Augen zu lesen, was sie dachte. Dann wandte er den Blick ab.

„Was weißt du darüber?" Seine Stimme klang sachlich, überlegt, als hätte es den Kuss nie gegeben.

Ava berichtete ihm, was sie wusste, von Jane und Harriet und hörte sich im Gegenzug an, was er ihr über Lady Violets Verschwinden erzählte. Und obwohl es außer dem örtlichen Zusammenhang keinerlei weitere Gemeinsamkeiten gab, jedenfalls keine, von denen sie wussten, waren sie sich sicher, dass die Fälle zusammenhingen.

„Vielleicht könnte Jack sich etwas umhören?", schlug Nicholas vor. „Er scheint sich besser in Whitechapel auszukennen als du oder ich."

„Ich werde ihn fragen, Mylord."

„Himmel, Ava, ich schwöre dir, wenn du noch einmal *Mylord* zu mir sagst..." Wieder wurde sein Blick dunkel

151

und unergründlich. Ava hatte ihm nichts entgegen zu setzten. Außer ein heftig pochendes Herz.

„Dann?", flüsterte sie herausfordernd. Sie wollte, *wünschte s*ich, dass er sie noch einmal küsste, ganz gleich, was ihm diese Art von Zärtlichkeit bedeutete.

„Probier es einfach aus", raunte er.

„Mylord." Sie warf all ihre Bedenken und ihre Unsicherheit über Bord und sah ihn herausfordernd an, ängstlich und erwartungsvoll zugleich. In dem Augenblick war es ihr einerlei, was er vielleicht über sie denken könnte. Sie wollte einmal, nur einmal in ihrem Leben erleben, wie es sich anfühlte, mit dem Feuer zu spielen!

Leider unterbrach in diesem Augenblick ein Ruck die intime Stimmung. Ava wurde kurz gegen Nicholas geworfen, dann stand die Kutsche still. Er hielt sie einen winzigen Augenblick an sich gepresst, dann schob er sie von sich. Er sah aus dem Fenster und räusperte sich.

„Wir sind da." Ava nahm seine Worte verwirrt zur Kenntnis. Das war alles, was er dazu zu sagen hatte? Sie hatte ihm ein Angebot gemacht und er... Verletzt schob sie den Vorhang zur Seite und blickte hinaus, froh darüber, dass sie so die brennende Schamesröte, die ihr seine Abfuhr in die Wangen getrieben hatte, vor ihm verbergen konnte. Sie waren in den äußeren BezirkenWhitechapels angekommen. Als Ava wortlos die Tür öffnen wollte, um auszusteigen, hinderte Nicholas sie daran.

„Du willst nicht wirklich alleine hier herumlaufen?"

„Warum nicht? Ich bin hier schon alleine herumgelaufen, da wussten Sie wahrscheinlich nicht

152

einmal, dass es diesen Ort gibt!" Wütend versuchte
Ava, sich aus seinem Griff zu befreien. „*Mylord!*",
zischte sie herausfordernd und funkelte ihn an.
Nicholas presste die Lippen aufeinander und seine
Kiefermuskulatur zuckte. Etwas schien in ihm zu
arbeiten, dann griff er unter seinen Sitz und zog ein
zerknittertes, fleckiges Hemd darunter hervor.
„Falls du die Schicklichkeit wahren willst, dreh dich
jetzt besser um." Er sah sie amüsiert an. „Wenn nicht,
schau gerne hin!" Ohne sie weiter zu beachten begann
er, sein Halstuch zu lösen, sein Hemd aufzuknöpfen
und schließlich alles zusammen mit dem Gehrock
abzustreifen. Schicklichkeit? Ausgerechnet er sprach
davon? Nachdem sie schon hier mit ihm in dieser
Kutsche saß, alleine, und nachdem er sie atemlos
geküsst hatte?Ava konnte nicht sagen, warum sie den
Blick nicht von ihm abwenden konnte. Das Spiel seiner
Muskeln faszinierte sie, seine geschmeidigen
Bewegungen ließen ihren Schoß prickeln. Warum nur
hatte dieser Mann eine solche Wirkung auf sie?
„Jetzt können wir gehen", sagte er schließlich, nachdem
er sich auch noch eine unförmige Weste aus derbem
Wildleder übergezogen hatte.
„Äh, was?" Ava starrte ihn immer noch an. Was ihn zu
belustigen schien.
„Wir können jetzt gehen", wiederholte er mit mildem
Spott. „Ich musste mich nur kurz umziehen. Ein
Gehrock macht sich in dieser Gegend nicht so gut." Er
öffnete den Schlag und sprang aus der Kutsche, bevor
er ihr seine Hand hinhielt, um ihr herauszuhelfen. Seine
Finger legten sich warm um ihre und gaben ihr ein
Gefühl der Sicherheit.
„Wo finden wir Jack?" , fragte er, während sie durch

die schmutzigen Gassen gingen. „Meinst du, er ist jetzt im Waisenhaus?"

Himmel, das Waisenhaus! Sie musste ihn irgendwie davon abhalten, sie hineinzubegleiten. Denn dann würde er wissen, dass... Nein, das konnte sie nicht riskieren. Auch wenn sie ihm ansonsten unsinnigerweise vertraute, war das mit Lizzy etwas, das er niemals erfahren durfte.

„Ich gehe hinein und schaue, ob Jack da ist, Sie können sich in der Zeit ja in der Umgebung umsehen. Jack ist ziemlich umtriebig. Er verschwindet immer wieder für Stunden spurlos, nur um dann einfach wieder aufzutauchen und im Waisenhaus zu essen und zu schlafen."

Als er nur zustimmend nickte, fiel ihr ein Stein vom Herzen. Vor dem Waisenhaus trennten sie sich, wie abgesprochen. Und obwohl sie nicht viel Zeit hatte, klopfte ihr Herz vor Freude, Lizzy wenigstens kurz zu sehen, sie in die Arme schließen und das Gesicht in ihren weichen Locken vergraben zu können.

Bedlam

Manchmal spürte Violet warme Sonnenstrahlen auf ihrer Haut, hörte Vögel zwitschern und roch die feuchte Erde des Waldes, der den Landsitz ihrer Familie umgab. Sie hatte den köstlichen Geschmack von den süßen Mince Pies auf der Zunge, die Penny, ihre Köchin, so wunderbar zubereitete. Sie meinte, die kandierten Früchte, die Kirschen, Rosinen und Walnüsse zu schmecken, mit denen Penny das Gebäck füllte, schmeckte den Zuckerguss und die Brandy Butter, mit denen die Süßigkeit übergossen wurde... Und dachte daran, dass ihre Eltern früher immer ein oder zwei Mince Pies am Heiligen Abend für den Weihnachtsmann vor die Tür gestellt hatten, damit er milde gestimmt die an den Kamin gehängten Strümpfe füllte. Früher... in einem anderen Leben, in dem sie noch Träume hatte. Und das jetzt und hier so weit weg war wie der Himmel, den sie gefühlt seit Tagen, oder Wochen oder Monaten nicht mehr gesehen hatte. Sie verlor immer mehr das Gefühl für Zeit und Raum in dieser undurchdringlichen Schwärze, die sie umgab. Und obwohl sie diese Schwärze zu hassen begonnen hatte, war sie ihr immer noch lieber als die Augenblicke, in denen sich die Tür zu ihrer Zelle öffnete und ihr Wärter eintrat, mit einem Öllicht, das zwar etwas Helligkeit verbreitete, ihr aber mehr Angst machte als die Dunkelheit. Denn immer, wenn er kam, bedeutete das Demütigung und Qual. Bei seinem letzten Besuch hatte er jemanden mitgebracht, einen ungepflegten, grobschlächtigen Kerl mit einem verschlagenen Ausdruck in den Augen. Violet hatte sich gründlich gewaschen, wie er ihr aufgetragen hatte. Weniger, weil er es ihr befohlen hatte, sondern vielmehr weil sie sich endlich all den Dreck und das getrocknete Blut aus der Kopfwunde abwaschen konnte. Ein verzweifelter Versuch, ein kleines Stück Selbstachtung zurückzugewinnen. Es würde keinen Unterschied für ihre Umgebung machen, aber ihr bedeutete es viel. Der gelbe Fetzen, den er ihr hingeworfen hatte, roch muffig und reichte ihr nur bis zu den Knöcheln. Um ihre Taille war das Kleid zu weit, während es ihren Busen nur unzureichend verhüllte. Aber immerhin wärmte es ein wenig mehr als das fadenscheinige Hemd, das sie vorher getragen hatte. Sie hatte sich in einer Ecke zusammengerollt, die Augen geschlossen und gewartet. Darauf gewartet, dass er irgendwann wiederkam... oder sie auch einfach nur hier vergaß. Letzteres wäre ihr lieber gewesen, auch wenn es ihren sicheren Tod bedeuten würde, aber ihr Wunsch erfüllte sich nicht. Schwere Stiefeltritte hatten sein Kommen angekündigt. Aber er war nicht alleine gewesen. Und während sich ihr törichtes Herz bis zuletzt an die absurde Hoffnung geklammert hatte, der Besuch, den der Aufseher angekündigt hatte, könnte womöglich doch noch ihr Bruder sein, hatten die Laute derber Stiefeltritte diese Hoffnung im Keim erstickt. William trug nur weiche Lederschuhe oder Stiefel, selbst seine Reitstiefel waren aus anschmiegsamem Kalbsleder. Und als die Tür dann aufgegangen war und die beiden Männer eingetreten waren, war es Violet, als sinke die Temperatur in dem kleinen Raum noch einmal ab, obwohl das nach ihrem Empfinden fast nicht möglich war.

„Na, hab' ich zuviel versprochen, O'Sullivan? Die Kleine ist ein hübsches Ding und obendrein ist noch kein Kerl drübergerutscht. Kannst sie selbst einreiten oder sie für viel Geld einem deiner Kunden überlassen." Der Mann, O'Sullivan, hatte sie eine ganze Weile wortlos gemustert, war um sie herumgegangen und hatte schließlich grob ihr Kinn gepackt. Noch heute roch Violet seinen Atem, der sie in Erinnerung daran immer noch würgen ließ, aber dann hatte er seine

Musterung beendet und war einen Schritt zurückgetreten.

„Und jetzt runter mit dem Kleid. Ich kaufe keine Katze im Sack", hatte er befohlen. Violet hatte tapfer gegen die Tränen angeblinzelt, die ihr ihre eigene Hilflosigkeit in die Augen trieb. Und obwohl ihr Widerstandsgeist während ihrer Zeit hier unten erlahmt war, hatte sich so etwas wie Wut in ihr geregt. Und Scham. Wut und Scham darüber, dass diese Männer sie behandelten wie Vieh auf dem Markt. Sie hatte sich nicht gerührt, aber ihr Aufseher hatte daraufhin einfach den fadenscheinigen Stoff an ihrem Ausschnitt mit einer einzigen Bewegung entzwei gerissen. Dann hatte er ihr grob das Kleid abgestreift und sie hatte dagestanden, nackt, schutzlos und unendlich gedemütigt. Aber es war noch schlimmer gekommen, denn dieser O'Sullivan war auf sie zugetreten, hatte ihr in die Brüste gekniffen und sie eine ganze Weile wollüstig geknetet. Dann war er ihren Körper mit seiner schwieligen Hand abgefahren und zum Schluss hatte er grob zwischen ihre Beine gegriffen. Als er seine Finger in sie hineingestoßen hatte, hatte sie erniedrigt die Augen geschlossen und versucht, den Schmerzenslaut zu unterdrücken, den seine grobe Behandlung in ihrer Kehle aufsteigen ließ.

„Immerhin ist sie tatsächlich noch Jungfrau." Er war mit einem berechnenden Funkeln in seinen Augen einen Schritt zurück getreten.

„Ich nehm' sie. Wenn der Preis stimmt. Für eine wie sie hab' ich immer Verwendung." Er hatte sich grinsend über seine rauen Lippen geleckt und ihr noch einen Blick zugeworfen, der sie hatte erschaudern lassen.

„Dann komm, O'Sullivan, ich hab noch einen guten

Schluck in der Wachstube, damit können wir unser Geschäft begießen." Sie hatten Violet einfach stehen lassen.

„Ich kann sie aber heute noch nicht mitnehmen, Baxter, ich hab' noch kein Zimmer frei. Ich muss erst..." Dann war die schwere Tür ins Schloss gefallen und endlich hatten sich die Tränen gelöst, die Violet sich so tapfer bis dahin verbissen hatte.

Whitechapel

Ava küsste Lizzy zum Abschied auf die Wange. Die Zeit mit ihr war viel zu kurz gewesen, wie immer. Und gerade heute verzog das sonst immer fröhliche kleine Mädchen das Gesicht und begann zu weinen, als Ava sich zum Gehen wendete. Sie stampfte mit dem Fuß auf und rannte trotzig zu Mrs. Scott, was Ava schier das Herz herausriss. Natürlich sah sie in Mrs. Scott eher eine Bezugsperson als in ihrer leiblichen Mutter. Sie war noch viel zu klein, um zu verstehen, warum sie hier sein musste und warum ihre Mutter nicht immer bei ihr sein konnte. Ava schluckte gegen die aufsteigenden Tränen an. Alles in ihr schrie danach, einfach hierzubleiben und der Gesellschaft, die ihr dieses Leben aufzwang, den Rücken zu kehren. Lizzy war alles, was sie hatte, alles, wofür es sich zu leben lohnte, und genau deswegen konnte sie nicht bleiben. Sie musste Geld verdienen, sich dieser Schlangengrube stellen und hoffen, dass es nicht mehr allzu lange dauern würde, bis sie genug Geld gespart hatte, um mit ihrer Tochter London den Rücken kehren zu können. Sie dachte an die einhundert Pfund, die Lady Aylesbury ihr hatte geben wollen. Ihr Stolz hatte verhindert, dass sie das Geld annehmen konnte, aber jetzt, hier, in dieser Situation bereute Ava, dass sie es abgelehnt hatte. Von Stolz wurde man nicht satt und er brachte sie auch einer sorglosen Zukunft mit Lizzy keinen Schritt näher.

Lizzys Weinen begleitete sie bis auf die enge Gasse. Nicholas wartete bereits, lässig an eine Hauswand gelehnt, und ließ das Waisenhaus nicht aus den Augen. Verstohlen wischte sie sich eine Träne von der Wange. Auf keinen Fall durfte er bemerken, wie sehr sie der Besuch hier mitgenommen hatte. Sie ging zu ihm hinüber und versuchte, seinem Blick auszuweichen. Aber Nicholas war ein zu aufmerksamer Beobachter, als dass ihm entgangen wäre, wie aufgewühlt sie war. Zwar versuchte sie, das vor ihm zu verbergen, aber ihn konnte sie nicht so einfach täuschen. Er nahm ihr Kinn und hob es vorsichtig an. Es dauerte einen Augenblick, bis sie den Mut hatte, ihm in die Augen zu sehen. Die tiefe Traurigkeit, die Nicholas darin lesen konnte, traf ihn ins Herz. Was war vorgefallen, das Ava so aus der Bahn geworfen hatte? Mit dem Daumen wischte er eine einzelne Träne von ihrer Wange, die aus ihrem Auge quoll. Für einen kurzen Moment schmiegte sie ihre Wange in seine Hand, so als ob sie Halt brauchen könnte, dann trat sie einen Schritt zurück.

„Haben Sie Jack gefunden?" Ihre Stimme zitterte noch leicht, aber sie schien sich gefangen zu haben. Für den Moment ließ Nicholas es dabei bewenden. Er würde sie später fragen, was sie so bedrückt hatte.

Er wurde einer Antwort enthoben, als Jack pfeifend um die Ecke bog, einen kleinen Lederball in der Hand jonglierend. Als er sie sah, blieb er abrupt stehen und musterte sie neugierig.

„Jack!", rief Ava, froh dem fragenden Blick des Mannes zu entkommen, der mit seiner ebenso einfachen wie feinfühligen Geste ihr schmerzendes Herz ein klein wenig geheilt hatte. Sie winkte den Jungen herbei, der zögernd näher kam, immer noch misstrauisch auf Nicholas schielend.

„Jack, du musst uns helfen." In kurzen Worten und ab und zu durch Nicholas' Ergänzungen unterbrochen, erzählte sie, was sie hierher führte.

„Und ich soll Ihnen jetzt helfen, Miss?", schloss er messerscharf, nachdem sie geendet hatte.

„Wir dachten, du kennst dich hier gut aus, weißt besser als wir, wen du fragen kannst. Und du kannst die Augen offen halten, ohne dass die Leute misstrauisch werden."Abwartend sah sie ihn an. Jack kratzte sich hinter dem Ohr und schien zu überlegen.

„Jack, wenn du uns hilfst, soll es dein Schaden nicht sein. Die Frau, die wir suchen, ist eine Adelige. Ihr Bruder wird sich sicher erkenntlich zeigen, wenn du uns dabei hilfst, herauszubekommen, was mit ihr passiert ist." Nicholas zog eine Pfundnote aus der Tasche und Jack bekam große Augen. Er nahm den Schein und stopfte ihn sich in die Tasche.

„Wie sieht sie denn aus?"

„Sie heißt Violet und ist die Schwester des Earls of Banbury. Sie ist sehr schön, hat blonde Haare und blaue Augen. Und sie hatte Männersachen an, als sie verschwand." Ungläubig riss Jack die Augen auf. Ava

160

hingegen konnte nichts gegen den Stich tun, der ihr bei Violets Beschreibung in die Brust fuhr. *Sehr schön...* klang in ihren Ohren nach. Blond, blaue Augen, so wie die Lady bei der Soiree. So hatten nach der Vorstellung des *Tons* Frauen zu sein, die die besten Aussichten auf eine gute Partie hatten und offensichtlich teilte Nicholas diesen Geschmack. Sie verdrängte das aufkeimende Gefühl der eigenen Unzulänglichkeit und Eifersucht auf diese Frauen. Immerhin war eine von ihnen jetzt verschwunden und selbst Ava hätte in dieser Situation nicht mit ihr tauschen wollen.

„Falls du etwas in Erfahrung bringst, das uns weiterhelfen kann, melde dich bei Miss Prescot oder mir. Frag in der Grosvenor Street nach dem Haus des Dukes of Ashford. Das ist mein Vater. Und... lass dich nicht abwimmeln. Frag nach Godric, wenn ich nicht da bin. Das ist mein Diener und er wird wissen, wo du mich finden kannst." Bei der Erwähnung des Dukes of Ashford bekam Jack große Augen. Ein Duke stand in der Rangfolge gleich hinter dem König, das wusste selbst Jack. Er pfiff anerkennend durch die Zähne.

„Du hast mir einmal erzählt, dass es hier einen Mann gibt, diesen O'Sullivan. Könntest du dich vielleicht einmal bei ihm umhören?", mischte Ava sich ein, bevor der Junge noch etwas Despektierliches über den Adel sagen konnte. Aber stattdessen huschte ein Anflug von Angst über sein Gesicht. Es war ihm deutlich anzumerken, dass ihm der Gedanke, diesem Mann nachzuspionieren, ganz und gar nicht behagte. Er nagte an seiner Unterlippe und malte mit der Schuhspitze Kreise in den Staub der Gasse. Dann straffte sich seine kleine Gestalt.

„Gut, ich mach's. Ich... hab sowieso noch eine

Rechnung mit ihm offen." Es waren die Worte eines verbitterten Erwachsenen aus dem Mund eines Jungen, der ganz offensichtlich eine Welt kennengelernt hatte, die kein Kind in seinem Alter kennen sollte.

„Jack, du bringst dich auf keinen Fall in Gefahr, hörst du?!" Nicholas sah ihn eindringlich an. „Du sollst nur ein wenig die Augen und Ohren offenhalten, nicht mehr und nicht weniger!"

„Schon in Ordnung, Mister...äh Mylord. Ich komm' schon klar. O'Sullivan ist...", abrupt unterbrach er sich. „Ich melde mich, wenn ich was rausbekomme."

Ava hatte nicht zum ersten Mal das Gefühl, dass er etwas verschwieg, was mit seiner Vergangenheit zu tun hatte. Und dass es etwas war, das seine Jugend geprägt und ihn zum Dieb oder vielleicht auch Schlimmerem gemacht hatte. Sein Misstrauen und der unterdrückte Zorn, den sie schon so manches Mal in seinen Augen gesehen hatte, kam ganz sicher nicht von ungefähr, aber sein Umgang mit den Kindern im Waisenhaus zeigte, dass er noch nicht vollkommen von dem Leben auf den Gassen Whitechapels verdorben worden war.

Jack tippte sich grüßend an die speckige Kappe, die er trug und wandte sich zum Gehen.

„Ich bring' nur noch den Ball zu Lizzy. Hab' ich ihr besorgt. Sie spielt gerne Ball, Miss Prescot. Und fangen kann sie auch schon ganz gut." Irgendwie schien er bemerkt zu haben, dass Ava vor Schreck den Atem angehalten hatte. Er ließ seinen Blick von ihr zu dem Marquess gleiten, sah in dessen Augen Neugier, während in ihren eine Mischung aus Angst und Besorgnis stand. Dann zuckte er die Achseln. Was ging es ihn an, was die beiden miteinander hatten?!

Irgendwo in London

Der Mann, den man im Club nur Bruder Sebastian nannte, goss sich einen doppelten Whisky ein. Den brauchte er jetzt. Er starrte auf die schwarze Visitenkarte, die er dem neutralen Umschlag entnommen hatte. In goldener Schrift standen nur ein paar Zahlen darauf, aber er wusste auch so, was das bedeutete. Es war ein Datum. Jeder im Club wusste das. An dem angegebenen Tag würde eine weitere Party auf West Wycombe Park stattfinden. Und zwar nicht nur eine dieser schamlosen Zusammenkünfte, bei denen gesoffen, gehurt und Opium konsumiert wurde und die recht regelmäßig dort stattfanden. Dieses Mal würde es wieder eine Anrufung und damit auch ein weiteres totes Mädchen geben, das verriet ihm der Buchstabe *S*, der unter dem Datum stand. *S* für *Salomo*, aber es hätte in seinen Augen auch durchaus Satan bedeuten und eine Initiale des *Abtes* sein können. Denn teuflisch war, dass keines dieser jungen Dinger eine Chance hatte, die Prozedur zu überleben. Das war nicht vorgesehen. Entweder nahm dieser ominöse Salomo das Opfer an - was natürlich nie geschehen würde! - oder sie starb an den Verletzungen, die ihr das Brandeisen beigebracht hatte oder dem Opium, das man ihr verabreicht hatte, damit sie das alles willenlos über sich ergehen ließ. Und wenn sie das alles den Umständen zum Trotz dennoch überlebte, half man nach, denn es war zu gefährlich, die Mädchen am Leben zu lassen. Sie hatten zu viel gehört und gesehen. Das hatte er inzwischen herausgefunden. Und es widerte ihn an. Niemals hatte er an so etwas gedacht, als er diesem Club beigetreten war! Er würde es sich nie verzeihen, dass er da mitgemacht hatte. Von Opium vernebelt waren seine Sinne bei seiner ersten Anrufung gewesen. Er hatte an ein Schauspiel geglaubt, dass der *Abt* zur Unterhaltung seiner illusteren Gästeschar hatte aufführen lassen. Er war sicher gewesen, dass das Mädchen das Opfer nur gespielt und - nachdem sie alle die Katakomben verlassen hatten - mit einem prall gefüllten Geldbeutel wieder nach Hause zurückgekehrt war. Erst beim nächsten Mal hatte er erste Zweifel daran bekommen, dass es sich bei der Anrufung nur um ein Schauspiel handelte und beim letzten Mal musste es dann auch für den unbedarftesten Beobachter klar sein, dass die Qualen und der Tod der Mädchen real waren. Da war es ihm aufgegangen, dass der *Abt* sehr wahrscheinlich im wahrsten Sinne des Wortes wahnsinnig war. Er lebte in dem Wahn, sich durch die Mädchenopfer das Wohlwollen eines Hirngespinstes erkaufen zu können. Und wenn ihm niemand Einhalt gebot, würde das immer so weitergehen. Wie viele Mädchen würden noch ihr Leben lassen müssen? Es war an der Zeit, dass jemand handelte. Dass er selbst handelte. Und zwar schnell, bevor alles aufflog, denn inzwischen schnüffelte dieser Stanford bei *White's* herum. Stellte Fragen und insistierte bei den Mitgliedern, und da nicht wenige von ihnen zu den Gästen des Clubs gehörten war es nur eine Frage der Zeit, bis sich jemand verplapperte oder ihn sogar dem *Abt* vorstellte, damit dieser über eine Aufnahme in den Club entschied. Nur leider konnte er nicht so einfach zu einem Konstabler gehen und von den Vorkommnissen berichten. Dafür war er selbst zu tief in diesen Sumpf verstrickt. Und nicht nur er. Alle Mitglieder würden am Galgen enden, wenn er sich an die Staatsmacht wenden würde. Alle, bis auf den eigentlichen Drahtzieher des Grauens. Der würde nämlich mit großer Wahrscheinlichkeit als Einziger unbeschadet aus dem Skandal, den das Bekanntwerden des sündhaften Treibens unweigerlich auslösen würde, hervorgehen. Und das hatte er seiner engen Bekanntschaft mit dem Mann zu verdanken, der schon seit einiger Zeit als Nachfolger des Königs die Geschicke des Landes bestimmte. Freunde des Prinzregenten waren nämlich unantastbar. Es gab also nur eine Lösung, die dem Treiben ein Ende bereiten und sie nicht alle ins Verderben reißen würde.

Bruder Sebastian goss sich einen weiteren Whisky ein, stürzte ihn hinunter wie schon den ersten und schloss die Augen. Er hätte nie von sich gedacht, dass er auch nur darüber nachdenken würde, das zu tun, was als einzige Lösung klar vor ihm lag. Und es erschreckte ihn, dass er dabei so gar keine Skrupel verspürte!

Stadthaus des Dukes of Ashford

Nicholas sah den Stapel Briefe durch, den Godric ihm hingelegt hatte. Außer einigen Einladungen zu Bällen oder Soireen, die ihn nicht weiter interessierten, gab es nur einen weiteren Brief, der sein Interesse weckte. Er hatte als Absender Mr. Burns, der ihn bat, ihn bei nächster Gelegenheit in dessen Büro aufzusuchen, um die neuesten Erkenntnisse über diese leidige Sache, wie er es ausrückte, auszutauschen. Leider war Nicholas vollauf damit beschäftigt, Licht in Violets Verschwinden zu bringen, so dass er außer ein paar unverfänglich klingenden Nachfragen in seinem Herrenclub noch nicht viel weiter gekommen war. Immerhin schien er etwas Staub aufgewirbelt zu haben, denn einige Herren mieden ihn geflissentlich, was so auffällig war, dass Nicholas sich vornahm, diesen Männern beizeiten auf den Zahn zu fühlen.

Seine Gedanken schweiften immer wieder zu dem gestrigen Tag. Irgendetwas war in dem Waisenhaus passiert, das Ava traurig gemacht hatte. Auf seine vorsichtigen Fragen hin hatte sie ihm ausweichend geantwortet. Eines der Kinder sei krank, hatte sie gesagt, aber Nicholas hatte gespürt, dass das nicht die ganze Wahrheit gewesen war. Es musste etwas anderes dahinter stecken und er schwor sich, das herauszufinden. Es machte ihm tief in seinem Inneren Angst, dass diese Frau - und alles, was sie anging - ihn so sehr beschäftigte. Er hatte wahrlich schon viele Frauen geküsst, aber er hatte sich dabei noch nie *so* gefühlt. Dabei konnte er noch nicht einmal sagen, was so anders an diesem Kuss gewesen war. Nur dass es besonders gewesen war, das wusste er. Einzigartig, süß wie Ambrosia und ihn irgendwie vervollständigend, so hatte es sich angefühlt. Und das Verlangen, diese Lippen immer wieder zu küssen, morgens, mittags, abends und ganz besonders in der Nacht, als Auftakt für viel Sündigeres, brannte in ihm. Wenn er nur an Ava dachte, schlugen seine Gedanken eindeutig erotische Wege ein!

Aber Ava war so widersprüchlich, und das verwirrte ihn. In dem einen Moment gab sie sich weich und nachgiebig, dann wieder beharrte sie auf Distanz und gab sich spröde. Dabei hatte er gespürt, dass sein Kuss sie nicht kalt gelassen hatte. Ihr verräterisches kleines Stöhnen an seinen Lippen, die aufgerichteten Brustwarzen unter dem dünnen Stoff ihres Kleides... Er hätte schwören können, dass sie ebenso erregt gewesen war wie er. Nicholas knurrte unwillig auf. Er würde die harte Schale dieser Frau aufbrechen und ihr all ihre Geheimnisse entlocken! Und dann würde er... ja, was? Er ahnte, dass es ihm nicht reichen würde, sie nur in sein Bett zu bekommen. Er wollte mehr von ihr, viel mehr, und das machte ihm Angst!

Verwirrt über diese Erkenntnis und ohne Plan, wohin diese ganze Sache führen würde, schleuderte er den Brief, den er immer noch in der Hand hielt, auf die kleine Kommode, die neben seinem Sessel stand. Er verfehlte das Silbertablett und der Brief riss einen weiteren mit und segelte auf den dicken Teppich. Nicholas erinnerte sich daran, dass es dieser Brief von der Bank war, den er immer noch nicht geöffnet hatte. Er war auch jetzt nicht in der Stimmung für weitere Hiobsbotschaften, aber er wusste auch, dass bloßes Ignorieren seine Probleme nicht löste. Also griff er sich wieder den Öffner und schlitzte den oberen Rand auf. Etwas irritiert las er, dass er in der Bank of England in der Threeneedle Street erwartete wurde. Er solle sich bei einem Mister Thornton melden, damit schnellstmöglich über eine finanzielle Angelegenheit entschieden werden konnte, die ihn betraf. Nicholas überlegte fieberhaft, was er mit dieser Bank zu schaffen hatte. Sein Vater war Kunde der Lloyd Bank und soweit er wusste, liefen dort alle Schulden zusammen. Er nahm sich vor, diese leidige Angelegenheit, die er hinter dieser Aufforderung vermutete, so schnell wie möglich aus der Welt zu schaffen. Er würde gleich morgen Mr. Burns in seinem Büro aufsuchen und danach diesem Mister Thornton einen Besuch abstatten.

Whitechapel

Jack atmete einmal tief durch und trat dann aus dem Schatten auf die Gasse, die an dem gelben Haus vorbeiführte, das lange Zeit sein Zuhause gewesen war. Bevor dieser Konstabler Wills ihn geschnappt und zu Mrs. Scott ins Waisenhaus gebracht hatte. Und er hatte gehofft, nie wieder auch nur in die Nähe dieses gelben Hauses kommen zu müssen. Und doch war er hier. Weil er helfen und O'Sullivan eins auswischen wollte. Denn dass der irgendetwas mit dem Verschwinden dieser Frau zu tun hatte, war Jack klar. Nichts geschah in Whitechapel,ohne dass O'Sullivan davon Wind bekam oder sogar daran beteiligt war. Jedenfalls nichts, das illegal und kriminell war.
Jack nahm all seinen Mut zusammen und trat durch die Tür, die immer einladend offen stand um potentielle Freier anzulocken. Edwin, der Aufpasser, der hier einigermaßen für Ruhe und Ordnung sorgte, saß auf einem wackeligen Stuhl hinter einem großen Tresen und schien zu dösen.
„Is' O'Sullivan da?", fragte er geradeheraus und Edwin

riss verschlafen die Augen auf. Als er Jack erkannte, grinste er breit über das gesamte Gesicht.

„Hey, Kleiner, da biste ja wieder. Hab' munkeln hören, du hättest jetzt woanders dein Bett aufgeschlagen." Er spuckte auf den dreckigen Holzfußboden und wischte sich den Mund ab.

„Ja, bin beim Klauen erwischt worden. Der Konstabler hat mir gedroht, mich nach Newgate zu bringen oder eben in dieses Waisenhaus. Hab' gedacht, ich halte erst mal still. Wollte kein Risiko eingehen. Aber jetzt bin ich wieder da." Er versuchte ein dreckiges Grinsen, was irgendwie misslang.

„Da wird sich dein... der Boss aber freuen, dass er wieder zehn geschickte Finger mehr hat." Ein gackerndes Lachen entrang sich seiner Kehle, abgelöst von einem röchelnden Husten.

„Kannst deinen alten Strohsack unter der Treppe wiederhaben, Junge. Der Boss hat noch keinen Ersatz für dich gefunden. Kannste stolz drauf sein!", fügte er hinzu als er wieder zu Atem kam.

„Geht dir besser als Mary. Der Boss ist gerade oben. Schmeißt sie raus, weil kein Freier mehr zwischen ihre Beine will. Sie bringt nix mehr ein, weißt ja, wie der Boss dazu steht." Er beugte sich vertraulich zu Jack.

„Sag dem Alten nix, aber die Mary tut mir leid. Jahrelang war sie das beste Pferd im Stall und jetzt kommt eine Neue und sie muss gehen. Kannste dir ja denken, dass das für Mary nich' gut ausgeht."

Jack kannte Mary gut. Sie gehörte zu seinem Leben wie das gelbe Haus, das Stehlen und leider auch O'Sullivan. Sie hatte seine Tränen getrocknet, wenn O'Sullivan ihn mal wieder geschlagen hatte. Sie hatte seine Wunden und später seinen vernarbten Rücken versorgt und ihn in so manch düsterer Stunde getröstet. Sie war die Mutter für ihn gewesen, die er nie gehabt hatte.

Oder vielleicht hatte er doch eine, wenn er Miss Prescot glauben sollte. Aber das war ihm egal, solange er Mary hatte.

Und jetzt sollte sie gehen! Wütend drehte Jack sich um und rannte die Treppe hinauf. Er wusste, dass er O'Sullivan nicht aufhalten konnte, aber er wollte es wenigstens versuchen, das war er Mary schuldig.

„Pack' deine Sachen und hau ab, du Schlampe!", hörte er ihn schreien, als er oben angelangt war. Durch die angelehnte Tür konnte er sehen, dass Mary auf dem Bett saß und die Hände vor ihr Gesicht geschlagen hatte. Ihre bebenden Schultern verrieten, dass sie weinte.

„Bitte, O'Sullivan, überleg' es dir doch noch mal", schluchzte sie. „Wo soll ich denn hin?"

„In die Gosse, da wo du hingehörst!" Er packte die Frau und zog sie an den Haaren hoch.

„Los, hau schon ab. Betty muss hier noch sauber machen, bevor das neue Mädchen kommt. Edwin holt sie morgen ab, dann rappelt die Bude hier endlich wieder."

„Lass sie los, O'Sullivan!" Jack stürzte sich auf den bulligen Mann und versuchte, ihn von Mary wegzuziehen. Erst verblüfft, dann wütend packte er Jack an der Schulter und stieß ihn zurück. Jack fiel durch die Wucht hin, rappelte sich aber sofort wieder auf. Allerdings kam er nicht weit, denn O'Sullivan verpasste ihm eine so wuchtige Ohrfeige, dass er gegen die Wand geschleudert wurde und kurz die Besinnung verlor. Als er wieder zu sich kam, schmeckte er Blut

170

und sein Kopf dröhnte. Mary kniete vor ihm und strich ihm tröstend durch das wirre Haar.

„Wie rührend, Mary! Aber das nützt dir nichts. Verschwinde, oder du hast bald keine Gelegenheit mehr dazu." Ein böses Lachen entrang sich der Kehle des Mannes. „Lass den Jungen, um den kümmere ich mich später. Finde dich damit ab, dass eine andere deine Stelle hier einnimmt und bald das Aushängeschild in dem Laden hier wird. Wir werden uns vor Freiern nicht retten können, wenn sie morgen hier ankommt." Ein berechnender Ausdruck trat in seine Augen und er leckte sich über seine aufgesprungenen Lippen.

Jack merkte, dass sein Auge zuschwoll, trotzdem sah er, dass Mary zitternd ihren Beutel nahm, den sie wohl schon gepackt hatte, und ohne ein weiteres Wort weinend das Zimmer verließ.

Ihre Schritte waren noch auf der Treppe zu hören, als O'Sullivan sich Jack zuwandte.

„Und nun zu dir, du verlorener Sohn. Wo hast du dich so lange rumgetrieben?" Er ging vor Jack in die Hocke und zog seinen Kopf an den Haaren zu sich hoch. „Du schuldest mir für jeden Tag, den du fort warst...", er grinste böse, „egal, ich runde auf: ein Pfund, mein Junge! Dann könnte ich vielleicht vergessen, dass du abhauen wolltest!" Er beugte sich noch näher und Jack konnte den fauligen Atem riechen, den O'Sullivan ausdünstete. „Du weißt, was kleinen Jungen passiert, die mich hintergehen wollen?", zischte er. Jack nicke.

Oh ja, er wusste ganz genau, was passierte, wenn man O'Sullivan verärgerte. Die Narben auf seinem Rücken erinnerten ihn jeden Tag daran, zu was dieser Mann fähig war. Unvermittelt ließ O'Sullivan ihn los und stand auf. Er trat Jack in die Seite und der verbiss sich ein Stöhnen. Wenn der Boss irgendetwas noch mehr hasste als Ungehorsam, dann war das Schwäche. Jack riss sich zusammen und kam schwankend auf die Füße. Er hielt den Kopf gesenkt, weil er O'Sullivan nicht weiter reizen wollte und kramte in seiner Hosentasche herum. Dann hielt er ihm die Pfundnote hin, die der Marquess ihm gegeben hatte. Er hatte sich schon bildlich vorgestellt, wie viele saftige Pasteten er davon auf dem Markt in der Brick Lane kaufen könnte. Oder vielleicht ein neues Paar Schuhe, ohne geflickte Sohle und aus weichem Leder, oder... Allerdings erschien es ihm im Augenblick klüger, auf all das zu verzichten und sich von seinen Träumen und dem Geld zu verabschieden. Wenn er das hier ohne weitere Misshandlungen überstehen wollte, war es wichtiger, O'Sullivan gnädig zu stimmen. Der beäugte indes erst Jack, dann die Pfundnote misstrauisch.

„Wo hast du die her?" Selbst für einen Mann wie ihn war es eine stattliche Summe. Seine beste Hure brachte es gerade einmal auf ein paar Schillinge pro Tag.

„Ich musste ein paar Tage untertauchen, Boss", nuschelte er und blickte vorsichtshalber zu Boden. O'Sullivan mochte es nicht, wenn man ihm in die Augen sah und außerdem konnte Jack so vermeiden, dass der Mann ihm seine kleine Lüge schon an den Augen ablas. „Hatte den Falschen beklaut, einen echten Lord oder so. Hat ein riesiges Trara veranstaltet und nach dem Konstabler gerufen, da bin ich weg. Wollte nich' hierhin kommen, für den Fall, dass sie mich doch noch erwischen." Das war zwar nicht die ganze Wahrheit, aber doch immerhin nahe dran. Jack zog die Nase hoch und ignorierte die Schmerzen und die

172

Übelkeit, die in ihm hochstiegen. Eine ganze Weile sagte O'Sullivan nichts, musterte den Jungen vor ihm nur argwöhnisch. Dann spuckte er auf den Boden und sagte zu Jack: „Gut, ich glaube dir. Vorerst. Edwin hat dich mit einem Konstabler gesehen. Wir dachten schon, du hast die Seiten gewechselt!" Nun lachte er dröhnend. „Aber das würdest du ja nicht wagen, nicht wahr, mein Junge?!" Sein Lachen verstummte so plötzlich, wie es gekommen war und seine Stimme nahm einen drohenden Tonfall an. „Dass ich dir erlaube, wieder unter meinem Dach zu schlafen, heißt nicht, dass ich dir vertraue. Für den Anfang verlässt du das Haus nur, wenn ich es dir erlaube, verstanden?" Jack nickte. Was sollte er auch sonst tun. O'Sullivan hatte die Macht, ihn im Staub zu zertreten. Leider hatten sich seine Chancen, sich unauffällig nach dieser Frau zu erkundigen, die der Marquess suchte, schlagartig verschlechtert. Er konnte nur hoffen, hier im Hurenhaus etwas von den Freiern aufzuschnappen, oder von den Huren selber. Er hatte sie oft genug darüber reden hören, was ihnen die geilen Böcke im Vertrauen alles erzählten, wenn sie zwischen ihren Beinen lagen.

„Für heute habe ich eine kleine Aufgabe für dich. Ich bekomme morgen ein neues Mädchen. Edwin holt sie gegen Mitternacht von Baxter ab. Ich will kein Aufsehen, verstehst du?" Nein, Jack verstand nicht. O'Sullivan war das Gesetz in Whitechapel. Selbst die wenigen Konstabler kuschten vor ihm. Wenn sie sich überhaupt nach Whitechapel wagten, was nur sehr selten vorkam. Warum wollte er also Aufsehen vermeiden? Dann dämmerte es ihm. Baxter war der Aufseher in Bedlam. Die Neue kam also von dort. In

Bedlam saßen die Verrückten und es wäre dem
Geschäft nicht zuträglich, wenn die Freier wüssten,
dass O'Sullivan ein Mädchen von dort geholt hatte. Sie
würden die Neue aus Angst, sich womöglich mit dem
Irrsinn anzustecken, meiden, und dann wäre es nichts
mit dem neuen Stern vom gelben Haus!
„Ich sehe, du verstehst, Junge. Geh' in die Küche und
lass' dir von Kitty das Fläschchen mit Mohnsaft geben.
Dann gehst du zu Baxter und gibst es ihm. Er soll es
der Kleinen rechtzeitig geben, damit sie kein Theater
macht, wenn Edwin sie abholt."
Jack nickte und war froh, endlich von hier
verschwinden zu können, wenn auch nur für kurze Zeit.
„Ach, und sag' Kitty, sie soll hochkommen und den
Saustall hier saubermachen. Neues Bettzeug, Boden
schrubben und so weiter. Ich hab' schon den ersten
Kunden für die Kleine und der zahlt gut für sie. Ich
will, dass hier alles blitzt und blinkt, hast du
verstanden?"
Jack nickte noch einmal und ging dann zu Kitty, um das
Fläschchen zu holen. Er wusste, dass O'Sullivan immer
einen Vorrat von dem Zeug im Haus hatte. Er gab es
den Mädchen, wenn sich die Freier wieder einmal
vergessen und die Huren schlimm zugerichtet hatten.
Bedlam lag etwas außerhalb in den Moorfields und er
brauchte eine Weile, bis er dort ankam und an die
schlichte, aber massive hölzerne Tür klopfen konnte,
die auch gut das Tor zur Hölle hätte sein können. Jack
hatte sich das Höllentor immer spektakulärer
vorgestellt, irgendwie mit Flammen und Hörnern, aber
wenn man die Insassen fragen würde, jedenfalls soweit
sie noch halbwegs bei Verstand waren, würden alle

174

bestätigen, dass man sich von dem äußeren Schein nicht trügen lassen sollte. Bedlam war die Hölle! Jack selber war nur wenige Male dort gewesen, wenn O'Sullivan ihn mitgenommen hatte, um ihm zu verdeutlichen, wohin sein Weg führen würde, wenn er auch nur im Entferntesten daran denken würde, sich ihm zu widersetzen oder ihn zu hintergehen. Aber diese wenigen Besuche hatten ausgereicht, um Jack zu bestätigen, dass das biblische Fegefeuer, das die Pfaffen von der Kanzel verkündeten, nicht erst nach dem Tod auf die Sünder wartete. Für die Insassen war es hier und jetzt schon Realität und der Tod bedeutete sehr wahrscheinlich das Ende aller Qualen und nicht deren Anfang.

„Ah, Jack." Baxter hatte den massiven Riegel zurückgeschoben und grinste ihn an. Dann bedeutete er ihm, einzutreten.

„O'Sullivan schickt das hier", sagte er und reichte dem Mann das Fläschchen. „Edwin holt das Mädchen gegen Mitternacht ab. Sie sollen dafür sorgen, dass sie keinen Ärger macht."

„Is' schon gut. Ich weiß, was ich zu tun habe."

In dem Moment erklang ein lautes Poltern, gefolgt von derben Flüchen und Geheule. Jack lief es eiskalt den Rücken herunter. Die Laute gehörten eher zu einem Tier als zu einem Menschen.

„Hergott, halt die Klappe, Weib!", schrie Baxter in Richtung der Treppe, die in den Keller führte, in dem die Zellen für die Insassen lagen. Aber das Heulen und Jammern wurde nur noch lauter, gefolgt von blechernem Klirren und Scheppern.

„Muss da mal eben nach dem Rechten sehen, Jack. Die Königin von Saba macht wieder mal Ärger." Damit

stapfte er die Treppe hinunter. Obwohl Jack
fürchterliche Angst vor den Menschen da unten hatte,
siegte seine Neugier. Er war zwar schon ein paar Mal
mit O'Sullivan hier in Bedlam gewesen, aber erst
einmal da unten und da auch nur in der kleinen Stube
des Aufsehers. Die beiden hatten zusammen gebechert
und Jack hatte sich nicht getraut, die kleine Kammer zu
verlassen, weil das Gestöhne und Gejammere, das
hysterische Lachen und Schreien ihn erschreckt hatten.
Aber da war er noch ein kleiner Junge gewesen. Jetzt
war er groß. Und neugierig. Und hatte... kaum noch
Angst. Also jedenfalls keine große Angst. Leise schlich
er Baxter hinterher und spähte in den dunklen Gang.
Ein Geräusch verriet ihm, dass er sich nach rechts
wenden musste. Dort sprach Baxter auf
irgendjemanden ein. Er hatte die Tür zu der Zelle einen
kleinen Spalt breit geöffnet und füllte den Rahmen fast
vollständig aus. Jack spähte an ihm vorbei. Dort in dem
dreckigen, stinkenden Stroh, nur mit einem
fadenscheinigen Hemd bekleidet, kniete eine Frau. Ihr
kurz geschorenes Haar gab den Blick auf eine
verschorfte Kopfhaut frei, rote, entzündete Flohbisse
hatten sich auf ihren Armen zu einer einzigen Fläche
zusammengefunden und ihre Lippen waren blutig, als
ob sie ständig darauf herumkauen würde. Aber so sehr
Jack dieser Anblick auch erschreckte, das Schlimmste
an ihr war der seelenlose Ausdruck in ihren Augen. Sie
starrte Baxter an, ohne ihn wirklich zu sehen.
„Wir haben zur Zeit hohen Besuch hier, Jack", sagte
Baxter, als er Jack entdeckte. „Darf ich vorstellen. Das
ist die Königin von Saba!" Ironisch verbeugte er sich
vor der Frau, die ihren Oberkörper vor und zurück

wiegte. Dann spuckte er vor ihr aus und schloss die Tür.

„Nebenan sitzt die Lady, die Edwin morgen zu euch ins Hurenhaus bringen soll. Ganz hoher Adel, Jack. Die Schwester eines Earls!" Wieder entrang sich ihm sein gackerndes Lachen, das den Spott und Hohn, den er für die Menschen hier empfand, nur allzu deutlich machte. Jack brauchte einen Augenblick, bis sich Baxters Worte in seinen Verstand schlichen.

„Die... die Schwester eines Earls?", fragte er vorsichtshalber nach. Der Marquess suchte doch nach genau so einer Lady! Konnte es wirklich sein, dass... Nein, so viel Glück konnte er gar nicht haben!

„Na ja, sie is' genau so wenig eine Lady wie die da drüben." Er wies mit dem Kinn auf die Zelle der Frau, die glaubte, die Königin von Saba zu sein.

„Die sind beide irre, Jack. Oder würdest du mir glauben, wenn ich behaupte, der Prinzregent zu sein?" Er wollte sich schon zum Gehen wenden, aber Jack musste sich unbedingt Gewissheit verschaffen. Wenn das Mädchen wirklich irre war, nun gut. Aber wenn sie vielleicht tatsächlich die Frau war, die gesucht wurde?

„Ich... äh... O'Sullivan hat gesagt, ich soll sie mir mal angucken." Auf die Schnelle fiel ihm nichts Besseres ein. „Ich... ich soll mich davon überzeugen, dass sie... also dass sie..."

Baxter spuckte aus. „Glaubt dieser Bastard O'Sullivan, dass ich ihn bescheißen will?" Wütend packte er Jack am Kragen seines Hemdes.

„Ähh... ich weiß nicht, Mister, aber... ich soll.. also..." Jack schluckte die Angst hinunter, die ihm der bullige Kerl einflößte.

„Schon gut, Junge. Kannst ja nichts für deinen... für

O'Sullivan." Er ließ Jack los und fingerte einen Schlüssel von seinem Bund, mit dem er die Zelle aufschloss. Jacks Herz klopfte vor Aufregung. Was sollte er tun, wenn sie es war? Wenn sie tatsächlich die gesuchte Lady war? Und wie konnte er überhaupt herausfinden, ob sie es sein *könnte*?

Baxter stieß die Tür auf und wies auf die zusammengekauerte Gestalt, die am anderen Ende des winzigen Raumes lag. Leider konnte Jack so gut wie nichts sehen, da sie mit dem Rücken zu ihm lag. Immerhin schienen ihre Haare blond zu sein, jedenfalls waren sie nicht dunkel. Eher stumpf und verdreckt, aber eher blond als braun.

„Haste genug gesehen?" Baxter wollte die Tür schon wieder schließen, da ertönte erneut lautes Schreien und geradezu animalisches Knurren aus der Zelle nebenan. „Herrgott es reicht!" Er ließ Jack einfach stehen und schloss die Tür zu der benachbarten Zelle wieder auf. Während er die Frau anschrie und den Lauten nach, die Jack vernahm, wohl auch schlug, schlich er sich zu der zierlichen Gestalt im Stroh.

„Hallo?", versuchte er es vorsichtig, aber die Frau reagierte nicht. Nebenan tobte die Irre noch immer, aber Jack wusste, dass er sich beeilen musste, wenn er etwas aus der Frau herausbekommen wollte.

„Kennen Sie...", er überlegte fieberhaft. Wie hieß der Marquess nochmal? Es fiel ihm nicht ein, und er erinnerte sich auch nicht daran, wie ihr Bruder heißen sollte. Aber wenn sie es war, dann hieß sie Violet. Er hatte sich den Namen gemerkt, weil er ihn so... schön fand. Niemand, den er kannte, hieß Violet. *Veilchen.*

„Heißen Sie... Violet?", flüsterte er schnell.

Er sah, wie sie erstarrte. Dann drehte sie sich ruckartig zu ihm herum. „Ja, ja, ich heiße Violet!", rief sie, aber Jack bedeutete ihr schnell, still zu sein. „Schscht! Und Ihr Bruder ist..."

„Der Earl of Banbury!", stieß sie atemlos hervor. Jack sah sie genauer an, und auch bei ihr war schon die Verwahrlosung zu erkennen, die jeden hier unten über kurz oder lang heimsuchte. Und auch ihr Blick war schon... abgestumpft, aber als sie ihn jetzt ansah, erkannte er, dass so etwas wie Hoffnung darin aufkeimte. Und er erkannte auch, dass unter dem ganzen Dreck und ihren Verletzungen eine schöne Frau steckte. Ganz so, wie der Marquess es erwähnt hatte.

„Hören Sie, wir haben nich' viel Zeit!" Die Frau nebenan schien sich beruhigt zu haben und Baxters schwere Schritte verrieten, dass er auf dem Weg zurück zu ihnen war.

„Baxter wird Ihnen morgen was geben, das Sie auf keinen Fall schlucken dürfen! Trinken Sie nix, hören Sie?! Aber sie müssen so tun, als wenn Sie ohnmächtig sind. Ich versuche, Ihnen zu helfen!"

Baxter stand plötzlich in der Tür.

„Was machst du da, Junge?" Misstrauisch besah er sich die Szene, die sich ihm bot. Jack stand auf. Er wusste nicht, ob Violet ihn verstanden hatte, aber er musste es dabei belassen.

„Ich wollte sie nur mal ansehen. O'Sullivan hat gesagt, sie wird das neue Aushängeschild des *Gelben Hauses*. Und wenn sie erst da ist, wird sie kaum mehr dazu kommen, ihr Zimmer zu verlassen!" Jack versuchte ein dreckiges Grinsen, aber es fiel schief aus und er hoffte, Baxter würde es nicht bemerken. Aber der lachte nur und klopfte ihm auf die Schulter. „Biste dafür nich'

179

noch 'n bisschen jung, Kleiner?" Jack wurde bis unter die Haarwurzeln rot, erwiderte aber nichts.

Sie verließen den Trakt mit den winzigen Zellen und stiegen wieder hinauf.

Den Rückweg über grübelte Jack darüber nach, wie er dieser Frau helfen konnte. Er hatte nicht viel Zeit. Schon morgen gegen Mitternacht würde Edwin sie abholen. Und so wie es aussah, würde er keine Gelegenheit bekommen, das Haus ungesehen zu verlassen, dafür würde O'Sullivan sorgen.

Stadthaus der Aylesburys

Ava hörte einen markerschütternden Schrei und fuhr zusammen. Es war noch früh am Morgen und sie war gerade dabei, ihr Haar zu einem einfachen Chignon zu frisieren. Wieder hatte sie nur wenig geschlafen. Immer und immer wieder hatte sie daran denken müssen, wie Nicholas sie geküsst hatte. Und sie ihn. Und welche Gefühle diese Küsse in ihr ausgelöst hatten. Sie hatte noch nie so etwas gefühlt. Dieses Herzklopfen, das Prickeln ihrer Haut und dieses Verlangen nach mehr. Niemals hätte sie es für möglich gehalten, dass sie sich einmal wünschen würde, von einem Mann gehalten und liebkost zu werden, und mehr...

Wieder ein Schrei, dieses Mal noch lauter und verzweifelter. Ava ließ den Kamm fallen und trat hinaus auf den Flur. Dort kam ihr schon Sophie entgegen.

Völlig aufgelöst klammerte sie sich an Ava und schluchzte und weinte. Ava verstand kein Wort von dem, was Lady Aylesburys Zofe stammelte, und schließlich schüttelte sie die junge Frau ein wenig, um sie zur Vernunft zu bringen.

„Mylady... Lady Aylesbury... sie... sie ist...“

„Sophie, bitte, beruhigen Sie sich. Was ist passiert?“

„Ich weiß es nicht... ich... sie ist...tot!“

Eine eiskalte Hand griff nach Avas Herz. Lady Aylesbury tot? Gestern noch war sie bei bester Gesundheit gewesen als Ava nach Hause gekommen war. Sie hatte von dem Besuch des Doktors erzählt, der sie wieder einmal mit einer unerquicklichen Massage gequält hatte und von dem Gläschen Portwein, das sie sich danach gegönnt hatte. Und nun sollte sie tot sein?! Das war unmöglich. Ava stürmte in das Schlafzimmer der alten Dame. Lady Aylesbury lag in ihrem Bett und sah aus, als wenn sie schliefe. Ein leichtes Lächeln umspielte ihre Mundwinkel, aber der bläuliche Schimmer ihrer Lippen und die fahle Gesichtsfarbe bestätigten Sophies Vermutung. Trotzdem trat Ava an das Bett und ergriff das Handgelenk der alten Frau. Inzwischen zitterte sie selbst so sehr, dass es ihr kaum möglich war, den Puls zu fühlen. Aber es gab auch nichts zu fühlen.

„Sophie, wir müssen... Lord Turnbridge verständigen. Und den Pfarrer und... und zuallererst Dr. Barnes!“

Jetzt entrang sich auch ihrer Kehle ein raues Schluchzen. Sie schlug sich die Hand vor den Mund und schloss für einen Moment die Augen. Dann legte sie die faltige, kalte Hand zurück auf das Laken und strich noch einmal leicht darüber. Ihr letzter Gruß an die Lady, die sie in der letzten Zeit sehr lieb gewonnen

hatte. Sie sprach in Gedanken ein kurzes Gebet, dann
wandte sie sich zu Sophie um, die immer noch blass
und zitternd in der Tür stand.

„Kommen Sie, Sophie, hier können wir nichts mehr
tun. Lassen Sie uns das Personal verständigen und bei
Mrs. Riley in der Küche auf Lord Turnbridge warten."
Die folgenden Stunden waren geprägt durch eine
angespannte Stille. Dienstboten huschten mit gesenkten
Köpfen durch das Haus und niemand schien genau zu
wissen, was er tun sollte. Schließlich erschien Lord
Turnbridge fast gleichzeitig mit Dr. Barnes und beide
verschwanden im Schlafzimmer, das seit dem Morgen
niemand mehr betreten hatte. Kurze Zeit später
verabschiedete sich der Arzt mit einer tiefen
Verbeugung von Lady Aylesburys Enkel und eilte
davon, um den Totenschein auszustellen.

Ein wenig wunderte Ava sich, dass Lord Turnbridge
sich in die Bibliothek seiner Großmutter
zurückgezogen hatte und nacheinander das gesamte
Personal kommen ließ. George, Lady Aylesburys
persönlicher Butler und Frederick, der Kutscher,
verließen die Bibliothek mit versteinerten Gesichtern,
und zuletzt kam Sophie heraus, die sogar haltlos
schluchzte und sich eiligen Schrittes entfernte.
Schließlich betrat Ava auf Aufforderung die Bibliothek.
Lord Turnbridge saß in einem bequemen Sessel und
hatte ein Glas Brandy vor sich stehen. Seine Haare
waren zerzaust, sein Halstuch nur lässig gebunden und
insgesamt machte er einen verschlafenen Eindruck,
aber sein Blick war wach und entschlossen. Beim
Näherkommen roch Ava ein schweres Frauenparfüm.

„Ich möchte Ihnen ein Angebot unterbreiten, Miss

Prescot", kam er ohne Umschweife zur Sache.
„Da meine geschätzte Großmutter sich nun endlich
entschlossen hat, diese Welt zu verlassen", er nahm
einen Schluck Brandy und seine Wort ließen Ava
frösteln, „gehört dieses Haus ab jetzt mir."
Fassungslos runzelte Ava die Augenbrauen. Lady
Aylesbury war gerade erst gestorben, da konnte er doch
nicht... Aber als hätte er ihre Gedanken erraten,
schnalzte er missbilligend mit der Zunge und fuhr fort.
„Nicht doch, Miss Prescot! Sie haben doch nicht
wirklich gedacht, dass ich der alten Schachtel auch nur
eine Träne nachweine! Es hat schon gereicht, dass ich
so lange gute Miene zu bösem Spiel machen musste."
Er stand auf und trat vor Ava, die reflexartig einen
Schritt zurückwich. „Meine Großmutter war
bedauerlicherweise sehr freigebig mit ihrem Geld. Nur
leider nicht mir gegenüber. Das hat jetzt ein Ende!"
„Ich verstehe nicht..."
„Das glaube ich Ihnen gerne, Miss Prescot! Meine
Großmutter war immer sehr... großzügig zu ihrem
Personal. Ich dagegen musste ihr jedes Pfund abbetteln.
Mein Vater, der Earl of Mansfield, ist nicht gerade
vermögend, mein Großvater war leider zu oft Gast in
den Spielhöllen Londons. Und das leider glücklos. Die
alte Schachtel hat in zweiter Ehe den Earl of Aylesbury
geheiratet, einen stinkreichen alten Kerl. Der ist ohne
weitere Erben verstorben, weswegen meine Großmutter
danach in Geld nur so schwamm. Nur mir gegenüber
war sie knauserig. Ich musste mir überall Geld leihen,
um...", er strich sich erregt die Haare nach hinten. Dann
atmete er einmal tief durch und schien sich zu
sammeln. „Egal! *Erwachsen und verantwortungsvoll
werden,* hat sie es genannt. *Lernen, mit Geld*

umzugehen. Ich bitte Sie! In meiner gesellschaftlichen Position muss man Geld haben, sonst gehört man nicht dazu!"

„Aber Ihr Vater, Mylord..."

„Ist ein armer alter Narr, der sich auf unserem Landgut verschanzt hat und mir hoffentlich bald den Gefallen tut, sich ein Beispiel an meiner Großmutter zu nehmen! Jetzt, wo Geld da ist, könnte ich als Earl..."

„Mylord!" Ava war entsetzt. Sie hatte Lord Turnbridge nie besonders gemocht, aber so viel Pietätlosigkeit hätte sie ihm nun auch nicht zugetraut!

Er trat noch einen Schritt näher. Leider hatte Ava nun das zierliche Chippendalesofa im Rücken, so dass sie nicht weiter zurückweichen konnte.

„Das liebe ich so an Ihnen, Ava! Ihr Temperament und Ihre... unkonventionelle Art! Es gehört sich für eine Angestellte nicht, mich zurechtweisen zu wollen, und doch tun Sie das gerade!" Er hob seine Hand und strich ihr über die Wange. In Ava erwachte wieder das altbekannte Monster der Angst. Ihr Herz schlug unregelmäßig und ihr Atem wurde flacher.

„Das bringt mich zu meinem Angebot, Ava." Er strich mit den Lippen über ihren Hals. „Deine Anstellung als Gesellschafterin meiner Großmutter ist nun hinfällig, das wird dir ja wohl bewusst sein", flüsterte er ihr ins Ohr. „Aber ich biete dir eine Alternative an, Ava. Ich will dich schon lange, aber du zeigst mir immer nur die kalte Schulter. Du kannst dein Zimmer behalten und weiter hier wohnen, wenn..." Seine Hände wanderten von ihrer Wange über ihren Hals zum Ausschnitt ihres Kleides, an dem er mit dem Zeigefinger entlangstrich, „...du dich ein wenig erkenntlich zeigst!"

Ava war viel zu schockiert um den Sinn seiner Worte sofort zu verstehen. Ihr Schweigen ermunterte ihn offensichtlich, denn er zerrte an ihrem Ausschnitt und drückte seine heißen Lippen auf den Ansatz ihrer Brüste. Warum es dieses Mal anders war, konnte Ava nicht sagen, aber die Angst, die sie bisher immer gelähmt hatte, war plötzlich verschwunden. Sie fühlte Wut in sich aufsteigen, Wut auf die Männer, die sich nehmen wollten, was sie nicht bereit war, zu geben. Wut auf den Mann, der ihr vor drei Jahren alles genommen hatte, Wut auf den dreckigen Kerl in der Gasse von Whitechapel und... Wut auf diesen Mann, der gerade hier vor ihr stand und sie in sein Bett zwingen wollte! Und all die angestauten Gefühle, die sie die ganzen Jahre über verdrängt und ignoriert hatte, brachen sich jetzt und hier Bahn. Sie stieß Lord Turnbridge so heftig vor die Brust, dass er nach hinten taumelte. Er sah verdutzt aus, stellte Ava fest, wahrscheinlich war er es nicht gewohnt, von Frauen abgewiesen zu werden, aber sie würde eher sterben als seine Mätresse zu werden!

„Ich werde nicht Ihre Hure, Lord Turnbridge! Ich verabscheue Sie! Wie können Sie es wagen...", sie hatte die Hand erhoben, um ihn zu ohrfeigen, aber er bekam ihr Handgelenk zu fassen, bevor sie zuschlagen konnte. Schmerzhaft drückte er zu und Ava stöhnte auf.

„Lassen Sie mich sofort los!", verlangte sie, aber er zog sie nur näher zu sich heran.

„Ich will nur sichergehen, dass du mich richtig verstanden hast, Weib! Wenn du dich weigerst, mich in dein Bett zu lassen, dann musst du gehen", zischte er. „Und zwar jetzt sofort!"

Ava schluckte. Zwar hatte sie das erwartet, aber dass er

ihr noch nicht einmal Zeit ließ, sich etwas Neues zu suchen...

„Wenn ich gehen soll, müssen Sie mich schon loslassen, *Mylord!*" Sie versuchte, das Zittern in ihrer Stimme zu unterdrücken, was ihr kaum gelang. Entschlossen entriss sie ihm ihre Hand und ging hoch erhobenen Kopfes zur Tür.

„Geben Sie mir eine halbe Stunde, Mylord. Guten Tag!" Ava schaffte es gerade noch bis in ihr Zimmer, als sie die Tränen, die ihr schon den ganzen Tag in den Augen brannten, nicht mehr zurückhalten konnte. Trauer um Lady Aylesbury und Wut auf ihren Enkel, Verzweiflung und Zukunftsangst wechselten sich ab und während sie ihre wenigen Habseligkeiten in die alte Ledertasche stopfte, mit der sie in London angekommen war, lösten sich wahre Sturzbäche aus ihren Augen. All die Tränen, die sie schon seit Jahren heruntergeschluckt hatte, weil sie stark für sich und vor allem für Lizzy hatte sein müssen, weinte sie und als sie keine Tränen mehr hatte, fühlte sie sich so gut wie seit Jahren nicht mehr. Wieder einmal stand sie am Anfang eines Weges, der ihr noch unbekannt war. Ein Zitat von Lady Aylesburys Lieblingsdichter Shakespeare aus der Komödie *Was ihr wollt*, kam ihr in den Sinn: *Wenn man nicht weiß, wohin man will, kommt man am weiteste*n.

Whitechapel

Jack war zurück im Bordell und zermarterte sich den Kopf, wie er es anstellen sollte, der Lady zu helfen. So wie es aussah, hatte O'Sullivan Edwin angewiesen, auf ihn aufzupassen und ihn im Besonderen daran zu hindern, das Haus zu verlassen. Somit hatte er keine Chance, diesen Marquess oder Miss Prescot um Hilfe zu bitten. Und alleine würde er die Lady ganz sicher nicht retten können!

Edwin saß auf seinem Stuhl hinter der Theke und kassierte von den vereinzelt eintretenden Freiern die Summe, die sie für die jeweils gewünschte Leistung der Frauen im Obergeschoss entrichten mussten. Er ließ sich ihre Vorlieben schildern, dann nannte er ihnen eine Zimmernummer. Das garantierte, dass sie auch an eine Hure gerieten, die auf ihre Wünsche spezialisiert war. Gelangweilt warf er die Münzen in eine Holzkiste und machte dann einen Strich hinter dem jeweiligen Namen der Frau, die der Freier aufsuchte. Weil er weder lesen noch schreiben konnte, hatte er sich hinter jeden Frauennamen ein Zeichen gemacht, anhand dessen er erkennen konnte, zu wem er die Männer jeweils schickte. Jetzt machte er einen Strich hinter dem Namen mit dem Kreuz. Jack wusste nicht, was das Kreuz bedeutete, und er wollte es auch lieber nicht wissen.

„Die Mary, das war schon eine Gute", sagte Edwin jetzt wie zu sich selbst. Er starrte auf die Wand hinter Jack, der sich in eine Ecke auf eine Bank zurückgezogen hatte. „Er hätt' sie nich' rausschmeißen dürfen. Hat immer gutes Geld verdient, die Mary." In seinen Augen erkannte Jack so etwas wie Bedauern.

„Hast sie auch gemocht, nich' wahr?" Er sah Jack jetzt an und kratzte sich am Kopf. Jack nickte nur und ein Kloß bildete sich in seinem Hals. Er selbst hatte Mary viel zu verdanken. Sie war mehr als einmal dazwischen gegangen, wenn O'Sullivan ihn wieder mal in seinem Zorn zusammengeschlagen hatte. Oft hatte sie dafür büßen müssen. Auf die ein oder andere Weise. Anfangs hatte Jack nicht verstanden, was O'Sullivan meinte, wenn er Edwin angewiesen hatte, heute nur spezielle Kunden zu ihr zu lassen. Morgens war sie dann oft nicht in der Lage gewesen, ihr Frühstück zu sich zu nehmen. Sie hatte zugeschwollene Augen gehabt und oft waren ihre Lippen aufgeplatzt gewesen, so dass sie nichts hatte essen können. Und doch war sie immer wieder für Jack eingetreten. Tränen stiegen ihm in die Augen. Zwar wusste er nicht genau, was jetzt mit Mary geschehen würde, aber er lebte schon zu lange auf der Straße, um es sich nicht vorstellen zu können. Und dass sie nichts von dem, was ihr passieren könnte, verdient hatte, wusste er auch. Aber er konnte es nicht ändern, weder hier in Whitecgapel noch sonst wo.

Plötzlich krachte Edwins Faust auf den Tresen und Jack zuckte zusammen.

„Sie. Hat. Das. Nicht. Verdient!", zischte er. Dann sah er Jack an und schien einen Entschluss zu fassen.

„Komm mal her, Junge." Er winkte ihn heran, öffnete dann die Holzkiste, die als Kasse diente und entnahm ihr ein paar Schillinge. Sorgfältig zählte er die Münzen ab und gab sie Jack. Dann kratzte er mit einem Messer vorsichtig drei Striche hinter den Namen der Huren weg.

„Wenn du auch nur ein Wort zum Boss sagst, mach' ich dich kalt, hast du verstanden!" Er gab Jack die Münzen. „Geh zu Mary und gib ihr das Geld."

Jack schaute von den Münzen in seiner Hand zu Edwin und dann wieder zurück.

„Äh Edwin, ich darf hier nich' weg, das weißt du doch."

„Ich deck' dich, wenn der Boss nach dir fragt. Ich sag'...", er kratzte sich wieder am Kopf und überlegte, „... ich sag' einfach, ich hätte dich im Keller eingesperrt, weil ich hier im Trubel nich' richtig auf dich aufpassen kann!" Er nickte Jack zu. „Ja, das sag' ich. Wird hier gleich wirklich voll, dann glaubt er das bestimmt. Wenn er überhaupt nach dir fragt."

Jack konnte Edwins Begeisterung über diese Ausrede nicht so richtig teilen, aber immerhin löste sie sein Problem, wie er es anstellen sollte, von hier weg zu kommen.

„Und wo soll ich nach Mary suchen?"

„Weiß' nich'." Er schien zu überlegen. „Sie hat keine Familie, das wüsste ich." Edwin runzelte die Stirn, dann glitt ein schiefes Lächeln über sein zerfurchtes Gesicht. „Sie hat nix und kann nix, außer... äh, also außer", er deutete vielsagend auf die obere Etage, „du weißt schon. Und so schnell wird sie nix anderes finden. Und da wird sie wohl erst mal betteln müssen." Er stach Jack seinen Zeigefinger in die Brust. „Und wo bettelt man hier? Natürlich da, wo viele Menschen sind! In der Nähe des Marktes!" Triumphierend grinste er den Jungen vor ihm an.

„'Nen Versuch is' es wert!" Jack konnte sein Glück gar nicht fassen. Schnell wandte er sich zur Tür.

„Grüß sie schön von mir, hörst du?!", rief Edwin ihm
noch nach, aber Jack war schon draußen. Er hatte es
mehr als eilig, aber erst würde er tatsächlich Mary
suchen, das war er ihr schuldig!

„Ich nehme die Wohnung. Lassen Sie die Papiere
vorbereiten und wenden Sie sich an Mr. Dempsey, das
ist der Notar unserer Familie. Ich werde ihn über diesen
Kauf in Kenntnis setzen und ihm alle notwendigen
Vollmachten bezüglich der Auszahlung des Kaufpreises
erteilen." Nicholas nickte dem Mann zu, der ihm die
Wohnung gezeigt hatte, die zum Verkauf stand.
Der nickte eilfertig und verbeugte sich ein ums andere
Mal ehrerbietig vor Nicholas.
„Wollen Mylord vielleicht heute schon die
Schlüssel...", er verneigte sich zum gefühlt hundertsten
Mal vor Nicholas, „... ich meine, Mylord sind natürlich
über jeden Zweifel erhaben, was die Zahlung des
Kaufpreises angeht, also ich meine, der Rest sind nur...
äh... Formalitäten!" Wahrscheinlich dachte er, Nicholas
wolle sie für seine Mätresse haben, denn er hatte
durchblicken lassen, dass er es eilig mit dem Erwerb
hatte, aber das machte ihm nichts aus. Er wollte nur
weg aus dem Haus seines Vaters. So schnell wie
möglich.
Mit einem kurzen Nicken nahm Nicholas den Schlüssel
190

an sich. Das hatte besser geklappt als er gedacht hatte. Die Wohnung war möbliert, was ihm sehr zugute kam, obwohl ihm das schwülstige Ambiente der oppulenten Teppiche und Vorhänge nicht gefiel. Alles war in rotem Samt gehalten, sogar die schweren Vorhänge vor dem riesigen Himmelbett mit den gedrechselten Pfosten. Die Teppiche waren dick und die floralen Muster ließen eindeutig auf weiblichen Geschmack schließen. Wahrscheinlich war diese Wohnung mit ihrem Interieur wirklich vorher die Wohnung der Mätresse eines reichen Mannes gewesen. Er würde die Wohnung neu einrichten, aber das hatte Zeit. Im Augenblick waren rote Samtvorhänge das kleinere Problem. Sein Vater war das Größere. Er bestand noch immer darauf, dass er Victoria heiraten sollte. *Familienehre, Wortbruch* und *Skandal* waren seine neuesten Lieblingswörter. Und leider war auch Victoria nach einem ersten Wutausbruch dazu übergegangen, so zu tun, als ob ihre Verlobung mit ihm weiterhin kurz bevor stünde. Sie hatte einige kostbare Vasen und Teetassen nach ihm geworfen, nachdem er ihr mitgeteilt hatte, dass er nicht daran dachte, sie zu heiraten, aber dann hatte sie sich erstaunlicherweise gefasst. Sie schien ernsthaft zu glauben, sie könne seinen Willen ignorieren und so tun, als ob er nur ein wenig Zeit bräuchte, um wieder zur Besinnung zu kommen. Dabei war er nie so klar in seiner Meinung gewesen, wie jetzt. Seit er Ava kannte, beschäftigte sie seine Gedanken. Er dachte morgens beim Aufwachen an sie, wenn er mittags alleine seinen Lunch einnahm, und vor allem abends, wenn er allein in sein Bett schlüpfte und sich nicht einmal wünschte, eine andere Frau als sie an seiner Seite zu haben. Es war vollkommen verrückt, aber er konnte es nicht ändern. Er kannte sie erst so kurze Zeit, wusste oder ahnte zumindest, dass sie etwas vor ihm verbarg, und alles, an das er denken konnte, waren ihre weichen Lippen und ihre wundervollen grauen Augen. Er wusste nichts über sie, sie war überdies nur eine Bürgerliche, aber er *wollte* sie! Was ihm Angst machte war die vage Ahnung, dass es nicht nur ihr Körper war, der ihn interessierte. Bisher hatten seine sämtlichen Beziehungen nur den einen Zweck gehabt: körperliche Befriedigung ohne Verpflichtungen. Es war genau das, was er immer gewollt hatte, aber er war sich zunehmend sicher, dass ihm das mit Ava nicht reichen würde. Sie hatte irgendetwas an sich, das ihn faszinierte. Er wollte ihre Widersprüchlichkeit ergründen, wollte wissen, warum sie den Mut aufbrachte, allein nach Whitechapel zu gehen, einem der gefährlichsten Viertel in London, wenn sie doch gleichzeitig Angst vor den Menschen zu haben schien, die ihr in einem sicheren Umfeld wie der Soiree des *Tons* begegneten. Er wollte wissen, warum sich ihre Lippen so weich und nachgiebig anfühlten, wenn ihre Worte ihm gegenüber doch so stachelig waren wie Rosenzweige.

Nicholas seufzte. Erst musste er das Rätsel um Violets Verschwinden lösen, dann könnte er sich näher mit seinen Gefühlen für Ava Prescot befassen. Und dann waren da auch noch diese geheimnisvollen Opiumpartys, die, wie er soeben von Konstabler Burns erfahren hatte, weiterhin stattfanden. Leider war es Nicholas bis jetzt noch nicht gelungen, eine Einladung zu einer der Partys zu bekommen, obwohl er bei *White's* mehrfach sein Interesse bekundet hatte. Diskret natürlich, aber nicht von Erfolg gekrönt. Und wenn er ehrlich war, hatte er diese Nachforschungen auch nicht mit dem gebotenen Eifer betrieben. Violets Schicksal zu ergründen hatte für ihn nun einmal Priorität. Das hatte er Mr. Burns auch gesagt, der zwar Verständnis dafür geäußert, ihm aber noch einmal die Dringlichkeit seines eigenen Anliegens erläutert hatte. Und so hatte Nicholas sich schließlich bereit erklärt, sich so schnell wie möglich nach Wycombe zu begeben, um dort vor Ort weitere Nachforschungen anzustellen.

Die weitaus größere Überraschung hatte er in der Bank bei seinem Termin mit Mr. Thornton erlebt. Resigniert und in der Erwartung neuerlicher Forderungen hatte er gegenüber dem distinguiert wirkenden Mann in den Fünfzigern Platz genommen. Auf das, was der Banker ihm dann eröffnet hatte, war er nicht gefasst gewesen.

„Lord Stanford, ich habe Sie gebeten, mich aufzusuchen, weil ich von Ihnen wissen muss, wie wir weiter mit ihren Aktien verfahren sollen."

„Aktien? Was für Aktien?", hatte er verwirrt nachgefragt. Er erinnerte sich beim besten Willen nicht daran, jemals Aktien erworben zu haben. Mr. Thornton hatte daraufhin seinerseits verwirrt die Augenbrauen zusammengezogen.

„Äh... ich rede von einem Aktienpaket, das", er hatte in seinen Unterlagen nach dem entsprechenden Datum gesucht, „beginnend mit dem fünfzehnten Juni des Jahres 1801 in Ihren Namen gekauft wurde. Es handelt sich um Aktien verschiedener Unternehmen, angefangen mit Anteilen an der East India Trade Company, dann wären da noch Anteile an verschiedenen Kohleminen..."

Das Datum war in etwa identisch mit dem Beginn

seiner Tätigkeit in Frankreich und Nicholas hatte sich dunkel daran erinnert, dass er dem damaligen Verwalter seines Vaters eine Verfügungsvollmacht über seine jährliche Apanage gegeben hatte. Er hatte ihn gebeten, das Geld sinnvoll anzulegen, weil, solange er in Frankreich weilte, alle Kosten von Konstabler Burns übernommen wurden, der diese wiederum von seinem Auftraggeber erstattet bekam. Allerdings hatte er nach seiner Rückkehr erfahren, dass sein Vater diesen Verwalter entlassen hatte, weil er angeblich Geld veruntreut hatte. Und nachdem auch seine eigenen Konten leer gewesen waren, war er selbstverständlich davon ausgegangen, dass dieser Mann sein Geld ebenfalls veruntreut hatte. Aber ganz offensichtlich hatte er ihm damit unrecht getan.

„Warum melden Sie sich erst jetzt bei mir, Mr. Thornton?", hatte Nicholas den Redefluss des Bankers, der sich immer noch in Details der einzelnen Geldanlagen verlor, unterbrochen.

„Äh... wie meinen, Mylord?" Verwirrt hatte der Mann ihn angesehen.

„Die Anlagen wurden doch in den Jahren zwischen 1801und 1808 gekauft, wenn ich das richtig sehe." Als Mr. Thornton zustimmend genickt hatte, hatte Nicholas ergänzt: „Damit erfolgte der letzte Kauf vor etwa drei Jahren. Genauso lange bin ich wieder hier in England. Warum haben Sie mich nicht sofort kontaktiert?"

„Weil... äh...", Mr. Thornton hatte hektisch in seinen Unterlagen geblättert und dann innegehalten und auf eine eng beschriebene Seite gedeutet.

„Da haben wir es. Mr. Cavendish, Ihr damaliger Verwalter, hat unter dem Punkt: Besondere Vermerke angegeben, dass man Sie erst kontaktieren soll, wenn die Anlagen die Summe von 100.000 Pfund übersteigen. Das ist mit dem Datum von... äh...,", er hatte weiter geblättert, „... also das war vor vier Tagen der Fall und da habe ich Ihnen unverzüglich eine Nachricht zugesandt!"

Nicholas' Blut war durch seine Adern und seinen Kopf gerauscht. Dunkel hatte er sich erinnert, dass er damals in jugendlicher Überheblichkeit und aus der Wut heraus, es seinem Vater ohnehin niemals recht machen zu können, tatsächlich so etwas gesagt hatte. Natürlich hatte er niemals wirklich daran geglaubt, dass dabei eine solche Summe zusammen kommen würde.

„100.000 Pfund?!", hatte er gekrächzt.

„Um genau zu sein: 105.000 Pfund mit dem heutigen Tag."

Nachdem er sich von seiner ersten Überraschung erholt hatte, hatte er sich sofort an die Immobilienabteilung gewandt und sich Wohnungen zeigen lassen, die zu erwerben waren. Sein dringlichster Wunsch war es, der ständigen Nähe und den permanenten Vorwürfen seines Vaters zu entfliehen.

Und so war er stolzer Besitzer dieses Appartements in der Berkeley Street geworden.

Leider hatte insbesondere der Termin bei der Bank und danach die Besichtigung der Wohnung viel mehr Zeit in Anspruch genommen, als er eingeplant hatte, weswegen er es jetzt eilig hatte, in das Haus seines Vaters zurückzukehren. Zum einen wollte er so schnell wie möglich seinen Umzug veranlassen, zum anderen allerdings wollte er wissen, ob sich Jack mit Neuigkeiten gemeldet hatte.

Bedlam

Violet wusste nicht, ob sie die Begegnung mit dem Jungen nur geträumt hatte. Hier unten, in dem alles verschlingenden Dunkel, waren Traum und Wirklichkeit nicht wirklich voneinander zu unterscheiden. So wie Tag und Nacht hier keine Bedeutung hatten, Leben und Tod sich so nahestanden, dass die Grenze fließend war. Vielleicht war sie wirklich schon verrückt und der Wunsch, die Welt da draußen hätte sie nicht vergessen, war zur fixen Idee geworden, und ließ sie Bilder und Menschen sehen, die es gar nicht gab?

Schritte von schweren Stiefeln hallten durch den Keller aber Violet ignorierte sie. Meistens hielten sie nicht vor ihrer Tür. Nur wenn sie ein wenig schimmeliges Brot und abgestandenes Wasser gereicht bekam, öffnete sich die Tür zur Welt da draußen. Und das war nur unregelmäßig der Fall. Wesentlich öfter besuchte der Aufseher die Frau in der Zelle neben ihr. Und das war ihr mehr als recht. Denn die eindeutigen Geräusche ließen wenig Spielraum, zu welchem Zweck der Kerl dorthin ging. Da war es ihr doch lieber, wenn er sie ignorierte.

Heute aber hielten die Schritte vor ihrer Tür und als der schwere Eisenriegel zurückgeschoben wurde, fing Violet automatisch an zu zittern. Es war eine Reaktion ihres Körpers, die sie nicht steuern konnte.

„Komm, Prinzessin, hier ist 'was zu essen und zu trinken." Er blieb an der Tür stehen und stellte einen Holzteller mit frischem Brot und etwas Käse ab. Violet riss die Augen auf. Alleine der Geruch des Brotes ließ ihr das Wasser im Mund zusammenlaufen. Wie lange war es her, seit sie das letzte Mal etwas anderes als hartes Brot und abgestandenes Wasser bekommen hatte? Und in dem Becher, den er ihr hinstellte, war das etwa... Sie blickte den Mann misstrauisch an.

„Komm schon, hier ist frisches Brot und etwas verdünnter Wein für dich. Wirst deine Kraft brauchen, wenn du erst bei O'Sullivan bist." Er verstummte, dann kniete er sich vor sie hin. „Hier, trink." Er hielt ihr den Becher an die Lippen. *Trinken Sie nichts, hören Sie?!* Das hatte der Junge doch gesagt, oder? Der Gedanke, etwas anderes als abgestandenes Wasser zu bekommen, war verlockend, sehr verlockend. Dennoch zögerte sie. Was, wenn sie sich nicht einbildete, dass jemand bei ihr gewesen war? *Ich versuche, Ihnen zu helfen! Trinken sie nichts!* Mit dem letzten bisschen Willen, den sie aufbringen konnte, presste sie ihre Lippen zusammen. Da packte der Kerl ihr Kinn und zwang sie mit brutalem Druck, den Mund zu öffnen. Panisch versuchte Violet sich dagegen zu wehren, aber sie hatte keine Chance zu verhindern, dass er ihr einen Großteil der Flüssigkeit einflößte. Zurückblieb ein bittersüßer Geschmack in ihrem Mund. Eindeutig schwerer Wein und... noch etwas anderes. Violet keuchte entsetzt auf. Während der Mann zufrieden ihre Wange tätschelte, konnte Violet ihren Herzschlag bis in die Ohren hören. *Trinken Sie nichts, hören Sie?!,* war alles was sie denken konnte.

Etwa zur gleichen Zeit kuschelte Ava sich an den kleinen, weichen Körper ihrer Tochter. Lizzy hatte sich einen Daumen in den Mund gesteckt und lutsche sich zufrieden in den Schlaf, begleitet von Avas leisem Summen. Und obwohl der Tag soviel Unerfreuliches mit sich gebracht hatte, erfüllte Ava doch eine tiefe innere Ruhe. So hier bei Lizzy zu liegen und sie so nah bei sich zu spüren war etwas, das sie in den vergangenen zwei Jahren nur selten hatte erleben dürfen. Schon kurz nach Lizzys Geburt, sie hatte sich noch kaum von den Komplikationen erholt, hatte sie hier in London eine Anstellung suchen müssen. Und als sie dann bei Lady Aylesbury als Gesellschafterin engagiert worden war, hatte sie Lizzy zwar nachholen können, aber ein Zusammenleben wie es zwischen Mutter und Tochter hätte geben sollen, war nicht möglich gewesen. Für Ava war es keine Frage gewesen, wohin sie sich nach der fristlosen Kündigung und dem Rauswurf aus Lady Aylesburys, jetzt Lord Turnbridges' Haus, hatte wenden können. Das Waisenhaus in Whitechapel war ihr alternativlos erschienen. Und so lange sie noch keine neue Anstellung hatte, konnte sie hier vielleicht für wenig Geld wohnen und Mrs. Scott etwas zur Hand gehen. Lange würden ihre Ersparnisse nicht reichen, das war ihr klar. Aber eine neue Anstellung ohne Empfehlung und Zeugnis zu bekommen, war so gut wie unmöglich. Zudem hatte sie nur ihre eigenen Kleider mitgenommen, sie wollte sich nicht nachsagen lassen, irgendetwas angenommen zu haben, das Lady Aylesbury ihr außerhalb des ihr zustehenden Lohnes geschenkt hatte. Nicht nach dem, was Lord Turnbridge ihr vorgeworfen hatte.

Mrs. Scott hatte sie jedenfalls, wenn auch zunächst irritiert, aber dennoch mit offenen Armen aufgenommen. Bei einer Tasse Tee hatte Ava ihr erzählt, was vorgefallen war. Natürlich hatte sie ausgespart, was Lord Turnbridge ihr vorgeschlagen hatte. Mrs. Scott hatte sie tröstend in den Arm genommen und ihr versichert, dass sie so lange bleiben könne, wie sie wolle und dass ihr Avas Hilfe mehr als nur willkommen wäre. Und so hatte sie der alten Frau dabei geholfen, die Kinder zu füttern, zu waschen und schließlich in dem Schlafsaal zu Bett zu bringen. Und dann hatte sie sich in dem winzigen Zimmer mit dem wackeligen Bettgestell eingerichtet und lag nun hier mit ihrer Tochter im Arm auf der unbequemen Pritsche. Aber Ava fühlte sich dennoch so zufrieden wie selten zuvor. Wenigstens heute Abend wollte sie sich keine Gedanken um ihre Zukunft machen und nur die Zeit mit Lizzy genießen.

Sie war wohl selbst etwas eingeschlafen, als sie von einem vorsichtigen Rütteln an ihrer Schulter geweckt wurde. Verschlafen und zunächst orientierungslos blickte sie sich in dem dunklen Zimmer um, konnte aber nichts erkennen. Lizzy schlief tief und fest und gab kleine, zufriedene Laute von sich.

„Miss Prescot, bitte wachen Sie auf!", flüsterte eine leise Stimme. Augenblicklich war Ava hellwach.

„Jack, zum Teufel, was machst du denn hier?" Sie versuchte, sich aus Lizzys Umarmung zu winden, ohne das kleine Mädchen zu wecken, aber wie alle Kinder hätte Lizzy noch nicht einmal ein Erdbeben wecken können.

„Bitte kommen Sie. Schnell. Ich weiß, wo die Lady ist. Aber wir müssen uns beeilen. Edwin wird sie gleich abholen!"

„Welche Lady?", fragte Ava verwirrt nach.

„Na die, die der Marquess sucht. Diese Lady Violet."

Avas Verstand nahm endlich seine Arbeit wieder auf.

„Jack, beruhige dich. Wer ist Edwin und wieso holt er Lady Violet ab? Und von wo und wohin bringt er sie?"

„Hölle und Teufel, Miss Prescot! Kommen Sie schnell. Ich hab' keine Zeit, Ihnen das alles jetzt zu erklären. Ich sag's Ihnen unterwegs." Er zerrte ungeachtet der Schicklichkeit an Avas Arm. „Wir müssen uns beeilen, wenn wir sie retten wollen!"

„Dreh dich um, Jack. Ich muss mir wenigstens etwas anziehen. In der Zeit kannst du mir alles erzählen."

Und so erfuhr sie, dass man Lady Violet in Bedlam gefangen hielt und dass sie noch heute Nacht in das Bordell dieses O'Sullivan gebracht werden sollte. Und trotzdem es sich vollkommen irrwitzig anhörte, was er ihr erzählte, glaubte sie Jack. Nur als sie ihn fragte, wie er sich die Rettung dieser Lady vorstellte, blieb er zunächst stumm und kaute an seiner Unterlippe.

„Weiß ich auch nicht, Miss. Ich hab' sie schon gefunden, vielleicht können Sie ja auch mal nachdenken!", sagte er schließlich und blitzte sie trotzig an.

„Hast du Nic... Lord Stanford schon verständigt? Und die Konstabler?"

„Nee, also ja, aber er war nich' da. Hab' diesem Go..God... also seinem Diener gesagt, was ich rausgefunden habe. Er wollt's ihm ausrichten, aber ob er's wirklich macht, weiß ich nicht. Hat mich angesehen wie eine Schmeißfliege auf einem..."

„Jack! Das reicht. Er kommt also nicht." Resigniert band Ava sich ihren Stiefel zu.

„Und was ist mit den Konstablern?"

„Miss, es gibt hier im Viertel keinen Konstabler, den ich verständigen könnte! Das Gesetz hier ist O'Sullivan!" Er sah sie an als ob sie ebenfalls nach Bedlam gehörte, weil sie keine Ahnung von den Gepflogenheiten in Whitechapel hatte..

„Na wunderbar. Dann sind wir also auf uns gestellt!"

„Nich' ganz! Mary hilft uns!" Triumphierend blickte er sie an.

„Wer ist denn jetzt schon wieder Mary?" Leise schlichen sie sich aus dem Zimmer.

Während Jack ihr erklärte, wer Mary war und dass sie helfen wollte, weil sie sich an O'Sullivan rächen wollte und, wenn es kein neues Mädchen gab, in ihr altes Zimmer zurückkehren konnte, spürte Ava eine heilige Angst in sich aufsteigen. Dieser O'Sullivan war offensichtlich ein brutaler Mann ohne Skrupel. Wenn ihr Plan, den sie ja noch nicht einmal hatten, schief ging, dann würden sie alle den morgigen Tag wohl nicht mehr erleben, das war ihr klar. Hier in Whitechapel waren sie auf sich gestellt. Ein Zehnjähriger, eine Hure und eine Frau, die bei Gefahr meistens zur Salzsäule erstarrte. Wenn sie es realistisch einschätzen sollte, waren ihre Chancen, Lady Violet zu retten, in etwa so hoch wie die Möglichkeit, den Mond zu berühren!

„Jetzt kommen Sie schon!", drängelte Jack und zog sie am Arm zur Tür. Ava schüttelte ihre Bedenken ab. Es half nichts. Sie wollte die junge Frau unbedingt vor dem retten, was ihr selber passiert war. Zu präsent waren die Erinnerungen an die Scham und den Schmerz und an das, was danach mit ihr passiert war. Und wenn sie es nicht schaffen würden, Lady Violet zu befreien, wollte sie es wenigstens versucht haben. Das war sie sich und ihr schuldig.

Jack schlich wie ein unsichtbarer Schatten durch die dunklen Gassen von Whitechapel und umkurvte geschickt die wenigen Menschen, die hier nachts unterwegs waren. Nachts waren die Straßen hier noch gefährlicher als tagsüber und die Menschen, die sich um diese Uhrzeit hier herumtrieben, waren der Grund dafür. Sie legten die Strecke bis nach Moorfields in schnellem Tempo zurück und Ava geriet ziemlich außer Atem.

Kurz bevor sie Bedlam erreichten, hielt Jack an, sah sich vorsichtig um und zog Ava dann in einen Hauseingang. „Mary, wir sind's!", rief er leise in die Dunkelheit. Leise Schritte erklangen und die Gestalt einer Frau tauchte in einem dunklen Gang auf. Ava konnte nicht viel erkennen, nur dass die Frau etwa so groß wie sie selbst war, aber ihr Gang war schleppend und ihre Gestalt gebeugt.

„Ihr seid spät dran." Mehr sagte sie nicht, aber ihre Stimme klang gepresst, so, als ob sie Schmerzen hätte.

„Ging nich' eher." Jack zog Ava weiter in den Gang hinein.

„Und was machen wir jetzt?", flüsterte Ava in die Dunkelheit. Ein abfälliges Schnauben erklang aus Richtung der Frau.

„Na was denken Sie denn, Miss? Wir können ja schlecht anklopfen und sagen: *Gib das Mädchen raus,* oder?!" Ava schüttelte den Kopf aber dann wurde ihr klar, dass die beiden es ja wahrscheinlich nicht sehen konnten.

„Nein", sagte sie deshalb kleinlaut.

„Ich hab' mir was überlegt. Edwin wird die Kleine ja nun nicht nachts durch die Gassen tragen, also kommt er mit O'Sullivans altem Karren. Wenn er sie aufgeladen hat, lenke ich ihn ab. Dann holt ihr sie da runter und versteckt sie, bis Hilfe kommt."

Ava konnte ein hysterisches Lachen gerade noch unterdrücken. Was machte sie hier nur?! Ein Mädchen von einem Karren zerren, verstecken bis Hilfe kam... Nichts leichter als das!

„Und wo verstecken wir sie?" Jacks Stimme klang ebenso entschlossen wie eifrig.

„Ich hab' hier im Keller einen kleinen Verschlag entdeckt, da kann sie rein."

„Mary, du bist klasse!" Begeistert klatschte Jack in die Hände.

„Moment!" Ava wollte kein Spielverderber oder Feigling sein, aber das hier... das war... Irrsinn! Unmöglich, totaler Humbug!

„Was denn? Haben Sie einen besseren Plan, Miss?" Jack klang beleidigt.

„Ich habe *gar keinen* Plan! Aber das hier ist... das kann doch nicht klappen! Wie wollen Sie diesen... Edwin denn ablenken? Und wenn das tatsächlich klappt und wir Lady Violet dann von dem Karren befreien können... man wir doch nach ihr suchen! Und damit wird man genau hier anfangen!" Ava tippte sich an die Stirn um zu verdeutlichen, was sie von dem Plan hielt.

„Solange Sie keine bessere Idee haben, machen wir's so!" Jack klang entschlossen. „Und wenn sie nach der

203

Lady suchen, dann doch nicht hier! Wär' doch bekloppt, wenn sie sich hier verstecken würde, oder?" Ava hörte an dem Klang seiner Worte, dass er grinste. Ihrer Auffassung nach konnte man das so oder so sehen. Vielleicht hatte er recht, vielleicht auch nicht. „Pssst, ich höre einen Karren!" Die Frau drängte sich an ihr vorbei, trat an den Eingang und spähte hinaus. „Ich hab' die Luke nach unten schon auf. Ihr müsst den Gang durch bis zur Treppe, daneben ist rechts eine Luke, die führt nach unten in den Keller. Ich mach' sie später zu und leg' was drüber!"

Ava seufzte. So wie es aussah, war ihr Schicksal besiegelt. Sie war Teil eines wahnwitzigen Planes, dessen Scheitern sehr wahrscheinlich war und damit ihrer aller Schicksal besiegeln würde. Aber jetzt war es zu spät, darüber nachzudenken, was man besser machen könnte.

Draußen waren jetzt flüsternde Stimmen zu hören, unterdrücktes Lachen und dann war zu hören, wie etwas unsanft auf Holz auftraf. Mary wartete einen Augenblick, dann trat sie auf die Gasse, ging direkt auf Edwin zu und sprach ihn an. Ava konnte nicht hören, was sie sagte, aber offensichtlich war Mary sehr überzeugend, denn nach einer kurzen Unterhaltung stieg Edwin vom Kutschbock und folgte Mary in einen dunklen Hauseingang. Zwar sah er sich mehrmals unsicher um, das konnte Ava immerhin erkennen, aber dann waren die beiden verschwunden. Jack schoss aus seinem Versteck hervor und lief, immer die Deckung der Hauswand ausnutzend, zu dem Karren. Er schlug die Plane hoch und sie hörte ihn etwas sagen, aber dann winkte er sie hektisch heran. Ava versuchte ebenso unauffällig wie Jack den Karren zu erreichen, aber sie hatte den Eindruck, dass sie vor Angst schwankte.

„Sie müssen mir helfen, Miss. Sie ist bewusstlos! Dabei hatte ich ihr doch gesagt..." Er schnaufte und ächzte während er versuchte, den Körper der Frau von der Ladefläche zu wuchten. Schließlich fuhr er Ava, die reglos vor Angst nur da stand, an: „Nun helfen Sie schon mit, Himmel und Hölle! Ich schaff's alleine nicht!" Endlich löste sich Avas Starre. Aber da die Bewusstlose nicht mithelfen konnte, war sie viel schwerer als ihre zierliche Statur es erwarten ließ. Schließlich schafften sie es mit vereinten Kräften doch, aber sehr weit würden sie Lady Violet nicht tragen können. Ava begann, dem Plan etwas abzugewinnen. Die junge Frau *weit weg* zu bringen, war schlichtweg nicht möglich! Beide unterdrückten ein Keuchen und Ava packte Violet unter den Armen, während Jack ihre Beine nahm. So gelang es ihnen schließlich, den Hauseingang zu erreichen und sie den Gang entlang bis zu der offenen Luke zu tragen. Das nächste Problem war, Violet da hinunter zu bekommen.   „Ich gehe vor und du bugsierst sie mit den Füßen voran an die Stiege. Ich fange sie dann unten auf!" Entschlossen stieg Ava in der Dunkelheit die schmalen Holzsprossen hinab. Hier unten war es noch dunkler, aber das war nun nicht zu ändern. Jack tat, wie ihm geheißen und zu Avas Überraschung war es einfacher als gedacht. Sie fing Violet auf, ohne dass die irgendwo anstieß, allerdings konnte sie das Gewicht nicht halten und so landete die junge Frau auf ihr.

„Alles klar?", flüsterte Jack und Ava nickte. Dann erinnerte sie sich daran, dass er es ja nicht sehen konnte. „Ja, ich glaube schon. Was machen wir jetzt?"

„Na, ich mach' die Luke zu und dann hol' ich Hilfe!"
Sie hörte ein Ächzen und Knarren, dann fiel die
schwere Holzlade zu.

„Jack!" Ava kroch eine Gänsehaut den Rücken hinauf.

„Jack!!" Nichts. Nur Dunkelheit und Stille. Panisch
atmete Ava mehrmals tief ein und aus. Dann tastete sie
in der Schwärze nach Violet. Sie fühlte an deren
Handgelenk nach dem Puls, aber der war kräftig und
regelmäßig. Immerhin. Langsam beruhigte sich Avas
Atmung, aber ihre Beklemmung ließ nicht nach. Sie
saß hier unten fest.

Stadthaus des Dukes of Ashford

„So wie ich das sehe, Vater, hast du keine andere
Wahl." Nicholas saß in demselben Stuhl vor seinem
Vater wie vor einigen Tagen, aber seine Position war
nicht mehr dieselbe. Jetzt stellte er die Bedingungen.

„Nicholas..."

„Du kennst meine Forderungen. Entweder akzeptierst
du oder du wirst über kurz oder lang wegen deiner
Schulden ins Gefängnis wandern." Nicholas konnte
nicht sagen, was ihm mehr Genugtuung verschaffte:
endlich die Familiengeschäfte übernehmen zu können
oder seinem Vater bewiesen zu haben, dass er doch zu
etwas taugte.

„Nun?" Nicholas schob seinem Vater einige Papiere
hin. „Unser Anwalt hat alles vorbereitet. Mit deiner

Unterschrift erklärst du dich einverstanden, dass ich ab sofort alle Vollmachten bezüglich der Abwicklung der Familiengeschäfte bekomme, während du sie verlierst. Im Gegenzug begleiche ich deine Verbindlichkeiten. Entscheide dich." Nicholas ließ seinen Vater nicht aus den Augen. Er sah den dünnen Schweißfilm auf dessen Stirn, das unruhige Flackern in den braunen Augen, aber es berührte ihn nicht, seinen Vater so zu sehen. Er hatte mit seinen Gefühlen für diesen Mann abgeschlossen, und das schon vor langer Zeit. Vielleicht hatte er als Kind noch unter der Herabsetzung durch diesen Mann gelitten, aber jetzt fühlte er... nichts. Noch nicht einmal Mitleid.

Mit zittrigen Fingern griff der Duke of Ashford nach dem Stift, der neben den Papieren lag. Dann hielt er inne. „Warum tust du das?"

Nicholas antwortete ihm nicht. Vielleicht, weil er es selbst nicht wusste. Vielleicht, weil er beweisen wollte, dass er mehr Verantwortungsgefühl hatte als sein Erzeuger. Vielleicht, weil er sich dann endlich keine Vorhaltungen mehr anhören musste.

Als sein Vater merkte, dass er keine Antwort bekommen würde, griff er erneut nach dem Stift und setzte seine Unterschrift auf das Papier.

„Bist du jetzt zufrieden?" Die Stimme seines Vaters klang bitter.

„Vater..."

In diesem Moment wurde die Tür aufgestoßen und ein Junge platzte herein.

„Jack?!" Nicholas starrte ihn erstaunt an.

„Mylord, es... es tut mir leid...", stammelte Godric mit schmerzverzerrtem Gesicht. Er humpelte etwas und versuchte, Jack am Kragen zu packen.

„Mister... äh, Mylord, Sie müssen sofort mitkommen. Wir haben sie", keuchte Jack und versuchte, sich aus dem Griff des Dieners zu winden. Der zerrte den sich wehrenden Jungen unerbittlich und unter verhaltenem Fluchen zur Tür.

„Bitte, Sie müssen mitkommen. Miss Prescot und Lady Violet..."

„Lassen Sie ihn los, Godric." Nicholas stand auf und ging auf die beiden zu. Sein Diener löste seine Hand von Jacks Kragen, blieb aber in der Tür stehen.

„Mylord?!"

„Schon gut. Ich kenne ihn. Ich...", wollte Nicholas ausführen, aber Jack unterbrach ihn.

„Haben Sie eine Pistole?"

„WAS?"

„Na, haben Sie eine oder nich'? Wär' besser, Sie hätten eine..."

Eine kalte Hand griff nach Nicholas Herzen. Was war passiert? „Jack, was ist los? Was soll ich mit einer Pistole?"

„Na, ich hab' dem da", er deutete auf Godric, „gestern schon gesagt, dass wir die Lady gefunden haben. Sie sollten mitkommen, aber sie waren ja nich' da. Da haben wir, also die Miss und Mary und ich, die Lady selbst befreit. Und jetzt sitzen sie da im Keller und warten darauf, dass wir sie da raus holen!"

Nicholas verstand kein Wort. „Stimmt es, dass der Junge gestern schon mal hier war?", fuhr er Godric an. Der zog den Kopf ein. „Ja, Mylord, aber ich dachte... also..."

Nicholas stieß seinen Diener zur Seite. „Komm Jack, du kannst mir unterwegs alles erzählen." An Godric gewandt befahl er: „Lassen Sie die Kutsche anspannen. Sie soll in der Parker Lane auf mich warten. Ich nehme mein Pferd, das geht schneller. Sorgen Sie dafür, dass es gesattelt wird. Und beeilen Sie sich." Er rannte die Treppe hinauf in sein Zimmer und zog eine Schublade auf. Er *hatte* eine Pistole und wenn Ava in Gefahr war, würde er nicht zögern, sie zu benutzen! Während er sich eine Weste überzog überprüfte er seine Pistole, die er seit seiner Zeit in Frankreich nicht mehr benutzt hatte. Jack hatte seinen Bericht beendet, allerdings hatte Nicholas noch immer nicht alle Einzelheiten verstanden, nur so viel, dass Ava mit Violet zusammen in einem Keller in Whitechapel saß und darauf wartete, dass man sie da schnellstmöglich herausholte. Und er hatte ebenfalls verstanden, dass O'Sullivan sehr wahrscheinlich ebenfalls zumindest nach Violet suchte, womit auch Ava in Gefahr war, sollte er sie vor ihm finden. Ihm wurde bewusst, dass er alleine, auch wenn er eine Waffe hatte, wenig gegen diesen Mann ausrichten konnte. So viel hatte er verstanden, dass O'Sullivan der heimliche Herrscher über Whitechapel war und ganz sicher eine kleine private Armee von Männern hatte, die ihm gehorchten. Er hielt Jack auf, der bereits aus dem Zimmer stürmen wollte. „Warte, Jack. So geht das nicht." Er ging zu seinem Schreibtisch und fischte einen Zettel hervor. Er schrieb eine kurze Nachricht auf und reichte sie Jack. „Du gehst damit sofort zu Mr. Burns, das ist ein Konstabler in der Church Street. Lass dich nicht abwimmeln, zur Not wirf ein Fenster ein oder mach anders auf dich aufmerkam, falls er zu dieser frühen Stunde noch niemanden empfangen will! Sag ihm, dass ich dich schicke und gib ihm die Nachricht. Und jetzt erklär mir genau, wo Violet und Ava sind."

Ava wusste nicht, wie lange sie schon hier unten ausharrten. In der Dunkelheit verlor sich jegliches Zeitgefühl. Irgendwann war Violet aufgewacht, hatte panisch um sich geschlagen und geschrien. Nur mit Mühe hatte Ava sie beruhigen können, hatte ihr so gut es ging erklärt, wer sie war und warum sie nun hier unten waren, und schließlich hatte die junge Frau sich zitternd und weinend an Ava geschmiegt, auf der Suche nach Trost und Zuversicht. Nur konnte Ava ihr leider nichts davon bieten, zu sehr war sie selbst in einer Spirale aus Angst und Zweifeln gefangen. Und so klammerten sie sich aneinander, jeder mit seinen eigenen Gedanken beschäftigt, sich an den Händen haltend und auf ein gutes Ende hoffend, bis Violet schließlich in einen unruhigen Schlaf fiel. Ava beneidete sie ein wenig, denn ihre Gedanken kamen nicht zur Ruhe. Aus Verzweiflung begann sie, Shakespeare zu zitieren und als das auch nicht half, erzählte sie einfach irgendetwas, zusammenhanglos, nur um eine Stimme zu hören, in dem verzweifelten Versuch, sich abzulenken.
Irgendwann musste sie wohl eingeschlafen sein, denn Violets unterdrücktes Keuchen weckte sie. Die junge Frau drückte so fest Avas Hand, dass es schmerzte und

dann hörte Ava es auch. Feste Schritte von derben Stiefeln ertönten über ihnen. Laute Rufe und undefinierbares Scheppern und Klirren war zu hören. Dann wieder Stille. Ava wollte schon aufatmen, als wieder Schritte zu hören waren, diesmal ganz nah und fast genau über ihnen. Sie vernahm mehrere Männerstimmen, das Weinen und Jammern einer Frau, dann wurde die schwere Holzlade über ihnen langsam hochgezogen. Mit jedem Zoll, den sie sich öffnete, stieg ein wenig mehr Panik in Ava hoch. Violet hatte sich panisch an sie geklammert und zitterte vor Angst. Schließlich schlug die Klappe ganz um und Ava konnte, obwohl nur schwach, Tageslicht ausmachen. Dann wurde ein Gaslicht über die Öffnung gehalten und in dem flackernden Schein blickte sie in das zerfurchte, grobschlächtige Gesicht eines ihr unbekannten Mannes. Neben ihr keuchte Violet entsetzt auf, während sich die Lippen des Mannes zu einem spöttischen Grinsen verzogen.

„Da ist ja mein Täubchen! Und ein Zweites noch dazu! Wenn das nicht mein Glückstag ist!"

„Ich würde sagen, das hängt ganz entscheidend von der Definition ab!"

Nicholas! Ava hätte die Stimme unter Tausenden erkannt!

„Wenn du es als Glück empfindest, den Tag vielleicht zu überleben, dann stimme ich dir zu! Wenn du es darauf beziehst, die beiden Frauen in deine Finger zu bekommen, würde ich es eher als Pech bezeichnen! Und jetzt weg von der Luke!"

Ava konnte hören, wie jemand den Hahn einer Pistole spannte. Das Gesicht über ihr verschwand aus ihren Gesichtsfeld.

„Du glaubst doch nicht wirklich, dass du damit durchkommst, oder?!" Überhebliches Lachen drang zu ihr herunter. Dann brach über ihr ein Tumult los. Schreie, Poltern, dann ein Schuss. Avas Magen verkrampfte sich. Entschlossen kletterte sie die schmale Stiege nach oben und versuchte, in dem herrschenden Durcheinander etwas zu erkennen. Mehrere Männer wälzten sich am Boden, hieben aufeinander ein und brüllten sich an. Eine Frau, Mary, lag mit einer blutigen Kopfwunde in gekrümmter Haltung unter der Treppe. Dann sah sie Nicholas, der seine Pistole auf den Mann gerichtet hielt, der sie entdeckt hatte. Inmitten dieses ganzen Chaos, keinen Blick an den Kampf verschwendend, der um sie herum tobte, standen sich die beiden gegenüber wie zwei Felsen in der Brandung. Keine Regung war zur erkennen, kein Blinzeln, stattdessen fixierten sie sich gegenseitig in einem wortlosen Duell. Da Nicholas seine Waffe nicht so schnell hätte nachladen können, nahm Ava an, dass nicht er es gewesen war, der geschossen hatte, denn eine ungeladene Pistole auf einen Mann zu richten, um ihn in Schach zu halten, machte keinen Sinn.

Fast im gleichen Augenblick sah sie aus den Augenwinkeln, wie sich eine Gestalt aus dem Schatten schälte und näher auf die beiden Männer zutrat. Im Halbdunkeln konnte sie erkennen, dass er den Arm ausstreckte und auf die beiden Männer zielte. Da beide ihm seitlich zugewandt waren, konnte Ava genau erkennen, auf wen er die Pistole richtete. Nicholas! Denken und handeln war eins, als sie sich mit einem beherzten Satz in Richtung des Mannes bewegte, der mit gespanntem Hahn auf den Mann zielte, der ihr mehr bedeutete als er hätte dürfen. Alles ging so entsetzlich schnell, dass sie keine Zeit hatte, sich über die Konsequenzen ihres Tuns bewusst zu werden. Nur eines wusste sie: Wenn sie jetzt nicht handelte, würde er sterben! Sie erreichte den Mann, bevor er abdrücken konnte und stieß so hart gegen ihn, dass er taumelte und der Schuss, der sich löste, sein eigentliches Ziel verfehlte. Sie konnte gerade noch sein wutverzerrtes Gesicht erkennen, dann hob er die Pistole und schlug sie ihr hart auf den Kopf.

Ava hatte fürchterliche Kopfschmerzen, als sie erwachte. Die Zunge klebte an ihrem Gaumen und wieder umgab sie Dunkelheit. Ganz offensichtlich war sie neuerdings ihr ständiger Begleiter. Sie hatte Schwierigkeiten, den Blick länger auf eine Stelle zu fokussieren und so konnte sie kaum Einzelheiten ihrer Umgebung erkennen. Erst nach einer ganzen Weile konnte sie das himmlische Gefühl einordnen, weich und warm zu liegen. Ein richtiges Bett, nicht die Pritsche, auf der sie bei Mrs. Scott hatte nächtigen müssen. Und ganz langsam erkannte sie auch Umrisse in ihrer Umgebung. Sie lag in einem riesigen Himmelbett in einem großen Raum. Dunkle Vorhänge waren vor die zwei Fenster gezogen und hielten das Tageslicht fern. Durch die schmalen Ritzen konnte sie erkennen, dass es heller Tag sein musste. Als sie versuchte, sich aufzurichten, schoss ein solcher Schmerz durch ihren Kopf, dass ihr übel wurde. Sie stöhnte und legte sich wieder hin. Wo war sie? Was war geschehen? Das Letzte, an das sie sich erinnerte, war, dass sie den Mann mit der auf Nicholas gerichteten Pistole umgestoßen hatte. Dann war da nichts mehr.

Ein leises Geräusch kam von der Tür und Ava sah, wie jemand eintrat. Ein Mann kam auf das Bett zu und als er sah, dass ihre Augen geöffnet waren, lächelte er sie an.

„Miss Prescot, wie schön, dass Sie wach sind. Sie haben zwei Tage verschlafen!" Er nahm behutsam ihr Handgelenk, fühlte ihren Puls und kontrollierte ihre Pupillen. „Ich bin Dr. Livingston. Lord Stanford hat mich gebeten, nach Ihnen zu sehen."

„Wo bin ich? Was ist passiert?" Verwirrt starrte Ava den Mann mit den freundlichen Augen an. Der tätschelte ihre Hand und nickte dann in Richtung Tür.

„Da ist jemand, der es gar nicht erwarten kann, dass Sie wieder aufwachen. Er wird Ihnen alles erklären!"

Als Ava den Kopf vorsichtig zur Seite drehte, machte ihr Herz einen freudigen Hüpfer. Nicholas kam herein, eine Mischung aus Besorgnis und Erleichterung in seinen Zügen.

„Ich muss Sie bitten, das Gespräch nur sehr kurz zu halten, Mylord. Miss Prescot muss sich noch erholen." Nicholas nickte dem Mann zu, dann setzte er sich vorsichtig zu ihr aufs Bett.

„Ava, mein Gott, wie froh ich bin, dass du wieder bei Bewusstsein bist! Ich... hatte solche Angst!" Er nahm vorsichtig ihre Hand in seine und die Wärme, die von

214

ihm ausging, hatte etwas zutiefst Beruhigendes. Ganz gleich, was passiert war, Nicholas war hier und sie hatte das Gefühl, dass ihr nichts geschehen konnte, solange er nur bei ihr war. Vorsichtig strich er ihr eine verirrte Strähne aus dem Gesicht.

„Du bist die mutigste Frau, die ich kenne!" Zärtlich drückte er einen Kuss auf ihre Hand und Ava wurde rot bei dem Gedanken, dass sie seine Lippen lieber auf ihren gespürt hätte als auf ihrer Hand. Als er kurz darauf aufblickte, schien er etwas ähnliches zu denken, denn ganz langsam beugte er sich zu ihr hinunter und küsste sie behutsam auf den Mund. Vorsichtig, leicht wie ein Luftzug zunächst, berührte er ihre Lippen. Dann wurde er mutiger, erhöhte den Druck und bat um Einlass, den sie ihm stöhnend gewährte. Er neckte sie, zog sich zurück, nur um dann so intensiver mit ihrer Zunge zu spielen und Ava verlor sich in diesem intimen Augenblick. Es war egal, wo sie war, was passiert war und was noch passieren würde, hier und jetzt genoss sie das offensichtliche Begehren des Mannes, der ihre Gedanken beherrschte wie noch nie jemand zuvor. Schließlich löste er sich widerstrebend von ihr.

„Es tut mir leid, ich habe... die Beherrschung verloren. Du musst dich ausruhen und ich...", begann er, aber Ava zog ihn erneut zu sich hinunter. Sie wollte, dass er sie küsste, mit einer Verzweiflung, die ihren Verstand ausschaltete. Sie wollte seine Wärme, seine Kraft und seine Nähe spüren, brauchte ihn in diesem Augenblick so sehr wie ein Ertrinkender die Luft zum Atmen. Es war fast so, als flöße er ihr mit seinen Küssen neue Kraft ein, und als er sich schließlich erneut von ihren Lippen löste, empfand sie plötzlich eine unendliche Leere. Als sie die Augen öffnete und Nicholas ansah, schimmerten seine braunen Augen fast schwarz. Sie konnte den Ausdruck nicht genau deuten, aber das, was sie sah, machte ihr keine Angst. Es weckte stattdessen eine Sehnsucht in ihr, die sie nicht einordnen konnte. Ein Prickeln breitete sich in ihrem Körper aus, als sie sich bewusst wurde, dass es Begehren sein könnte. Und dass sie das zum ersten Mal in ihrem Leben ebenfalls fühlte! Zum ersten Mal in ihrem Leben *wollte* sie einen Mann! Wollte erfahren, wie es wäre, wenn er sanft und rücksichtsvoll mit ihr umging. Sie küsste und streichelte, bis die schrecklichen Erinnerungen, die sie lähmten, keinen Raum mehr in ihrem Denken und Fühlen haben würden, sondern durch neue, lustvolle Erfahrungen ersetzt würden.

Zärtlich nahm er eine Strähne ihres wirren Haares und strich sie ihr aus dem erhitzten Gesicht.

„Weißt du, dass ich mich bei unserem ersten Aufeinandertreffen gefragt habe, welche Farbe wohl dein Haar hat?", sprach er mehr zu sich. Versonnen rieb er die seidige Locke zwischen seinen Fingern. „Ich wusste schon damals, dass, ganz gleich ob es rot oder schwarz oder blond wäre, es perfekt zu dir passen würde. Zu der anziehendsten Frau, die ich je getroffen habe."

„Nicholas ich...", verlegen entwand sie ihm die Strähne. „Das mit dem Kuss gerade... ich weiß nicht, was ich mir dabei gedacht habe..."

„Das ist dein Problem. Du denkst! Weißt du, was *ich* denke? Das war die wahre Ava, die Frau, die du so gerne verstecken möchtest. Ich frage mich nur, warum?" Er sah sie ernst an, aber Ava schloss schnell die Augen. Sie hatte Angst, er könnte ihre Gefühle darin lesen. Dass er nämlich recht mit seiner Vermutung haben könnte, dass sie einfach in dem Augenblick nur sie selbst gewesen war. Und das machte ihr mindestens ebenso Angst wie das Flattern in ihrer Brust, das sie jedes Mal fühlte, wenn er in ihrer Nähe war. Beides war nicht gut, denn sie würde nie haben können, was sich ihr Herz erhoffte. Zu unterschiedlich waren ihre Welten, zu groß die Last ihres Geheimnisses.

Als sie weiterhin schwieg, strich er sanft mit dem Finger über ihre Wange und schon diese kleine Berührung sorgte dafür, dass ein wohliges Gefühl von ihr Besitz ergriff, das ebenso fehl am Platz war wie das brennende Begehren, das sie fühlte, wenn er sie küsste. „Ich bin müde", flüsterte sie, nur um der Situation zu entkommen. Es war eine Flucht vor den Gefühlen, die sie nicht gebrauchen konnte, eine Flucht vor der Wahrheit und eine Flucht vor ihm. Und obwohl sie die Augen geschlossen hatte, fühlte sie, wie er sie eine ganze Weile intensiv musterte, bevor er sich erhob. „Wir reden später über alles. Jetzt musste du ein wenig schlafen, sonst bekomme ich Ärger mit Dr. Livingston." Er küsste sie noch einmal zärtlich, dann stand er auf und ging zur Tür. Avas Kopf pochte wieder, aber ob die Schmerzen von dem Schlag oder der über sie hereingebrochenen Entwicklung der Dinge herrührten, konnte sie nicht sagen.

Als sie das nächste Mal erwachte, fühlte sie sich schon viel besser. Ihr Kopf tat nicht mehr weh und sie konnte sich, ohne dass ihr übel wurde, aufsetzen. Auf einem zierlichen Nachttisch stand eine Karaffe mit frischem Wasser und als sie sich etwas davon in ein Glas goss und trank, fühlte sie sich erfrischt und für das Gespräch mit Nicholas gewappnet. Sie wollte endlich wissen, was genau passiert war und wo sie hier war.

Ein leises Klopfen erklang und kurz darauf wurde die Tür geöffnet. Ein junges Mädchen steckte den Kopf zur Tür hinein. „Oh, Miss Prescot, Sie sind wach." Leise schloss sie die Tür. „Möchten Sie jetzt etwas zu essen haben? Oder lieber zuerst ein Bad nehmen?"

Ava blinzelte verwirrt. Wer war die junge Frau? Sie hatte das Mädchen noch nie gesehen?

„Oh, entschuldigen Sie, Miss Prescot, ich habe mich noch gar nicht vorgestellt." Sie deutete einen Knicks an. „Mein Name ist Sarah. Lord Stanford hat mich angestellt, damit ich mich um Sie kümmere."

Lord... Nicholas hatte ein Mädchen angestellt, das sich um sie kümmern sollte? Und wo war er? Mehr als ein Bad oder eine Mahlzeit wünschte sie sich, zu erfahren, was passiert war.

„Äh... ich würde gerne zuerst mit Lord Stanford reden." Überrascht zog Sarah die Augenbrauen hoch, enthielt sich aber eines Kommentars. Leicht verlegen deutete sie auf Ava. „Miss, ich meine, vielleicht... also..." Sie wurde rot. „Also vielleicht sollten Sie sich vorher

etwas...überziehen?" Erst jetzt wurde Ava bewusst, dass sie ein Nachthemd trug. Nur ein Nachthemd!
Flammende Röte färbte ihre Wangen und sie sah Sarah entsetzt an. Wer hatte sie aus- und ihr das Nachthemd angezogen? Doch wohl nicht...
Sarah bemerkte ihre Unsicherheit und beeilte sich zu versichern: „Oh, ich habe... also ich hoffe, es ist Ihnen recht, dass ich Sie...äh... umgezogen habe?" Jetzt war es an Sarah, unsicher zu lächeln. Wahrscheinlich war sie keine ausgebildete Zofe oder Magd, da sie nicht zu wissen schien, dass Hilfe beim An- oder Ausziehen durchaus zu den Aufgaben einer Zofe gehörte.
„Oh nein, vielen Dank. Ich bin nur etwas... überrascht."
Das war eine handfeste Untertreibung. Ava wusste im Moment nicht, wie ihr geschah. Es wurde Zeit, dass es ihr jemand erklärte!
„Ich hole rasch Ihr Kleid, Miss Prescot." Damit eilte Sarah hinaus. Vorsichtig schwang Ava die Beine aus dem Bett und beobachtete die Reaktion ihres Körpers. Nun, vielleicht etwas schwach und wackelig, aber ansonsten schien alles so zu sein wie immer. Sie versuchte ein paar Schritte. Auch das klappte.
Neugierig sah sie sich in dem Zimmer um. Es war ein großes Zimmer mit einem riesigen Bett. Die zugezogenen Vorhänge waren von schwerer Qualität, Samt, in einem sinnlichen Bordeauxrot. Sinnlich? Wie kam sie nur darauf? Weil alles in diesem Zimmer sinnlich war, erkannte sie mit einem irritierten Blick. Die Tapeten waren in einem Goldton gehalten, mit dunkelrotem floralen Muster. In einer Ecke des Raumes stand, neben einem marmornen Kamin, ein zierlicher Sekretär mit vergoldeten Löwenfüßen und feuervergoldeten Beschlägen. Dazu passend lud eine

Chaiselongue auf der anderen Seite zum Verweilen ein. Der ebenfalls bordeauxrote Samtbezug mit den feinen goldenen Stickereien war... feminin, sie konnte es nicht anders bezeichnen. Das hier war das Schlafzimmer einer Frau, eindeutig. Kein Mann würde sich so einrichten. Eine Tür neben dem Kamin führte wahrscheinlich in ein Ankleidezimmer, aber bevor sie sich das ansehen konnte, öffnete sich die Tür nach einem leisen Anklopfen wieder. Sarah trat herein, auf dem Arm trug sie ein einfaches aber elegantes Tageskleid aus dunkelblauem Musselin. Feine silberne Stickereien an den Ärmeln und am Ausschnitt ließen es trotz der zurückhaltenden Farbgebung außergewöhnlich erscheinen. Sarah legte das Kleid vorsichtig auf dem Bett ab, legte ein Unterkleid aus weicher Baumwolle und passende Strümpfe dazu und stellte dann noch ein paar Schuhe dazu, die Ava ebenfalls nicht kannte.

„Lord Stanford hofft, die Sachen passen, Miss Prescot. Es war nicht viel Zeit, Ihnen eine neue Garderobe zu besorgen."

„Äh... neue Garderobe? Das ist nicht nötig, wirklich nicht. Wo ist mein...", beinahe hätte sie *altes* Kleid gesagt, aber auch wenn das stimmte - es *war alt!* - schämte sie sich etwas vor Sarah, „... das Kleid, das ich anhatte als... ich hierher kam?"

Sarah sah sie unsicher an. „Ich... weiß nicht, Miss. Mylord hat mir nur das hier gegeben."

Ava wollte sie nicht in Verlegenheit bringen. Sie würde das später mit Nicholas klären. Eifrig half Sarah ihr beim Ankleiden, dann knickste sie und sagte: „Der Marquess wartet auf Sie im Salon." Irritiert sah Ava ihr nach. Wo war der Salon? Warum zeigte Sarah ihr nicht, wohin sie sich wenden sollte? Ganz offensichtlich dachte das Mädchen, dass sie sich hier auskannte. Bei dieser Erkenntnis schoss Ava erneut in das Blut in die Wangen. Sie dachte... also Sarah dachte doch wohl nicht... dass Ava Nicholas *Mätresse* wäre?! Als ihr klar wurde, dass das Mädchen genau das dachte, wurde sie ärgerlich. Wie konnte Nicholas es wagen, diesen Eindruck zu erwecken oder wenigstens ihn nicht zu korrigieren?! Oder war es das, was er von ihr wollte und er hatte die Situation deswegen nicht erklärt? Wütend riss sie die Tür auf und sah den Gang hinunter. Da es sich um eine Stadtwohnung handelte, gab es nicht so viele Zimmer, die der Salon hätten sein können. Für gewöhnlich lag das Zimmer, in dem Besuch empfangen wurde, nahe der Eingangstür, um dem Bewohner in seinen Schlafräumen, die sich weiter hinten befanden, Privatsphäre zu verschaffen. Entschlossen wandte sie sich also nach links. Der Gang war nicht sehr lang und schon stand sie vor einer verschlossenen Tür, die sie ohne anzuklopfen aufriss. Sie war wütend, enttäuscht und...

Nicholas saß auf einem gemütlichen Ledersofa, die Beine lässig übereinandergeschlagen. Sein Hemd war blütenweiß, allerdings nicht hoch geschlossen und er trug auch kein Halstuch. Der Blick auf den Ansatz seiner muskulösen Brust und den dunklen Haaransatz, den sie erhaschte, ließ sie kurz schlucken. Er sah verwegen aus, seine dunklen Haare fielen ihm wirr ins Gesicht und der Hauch eines Bartschattens betonte seine Konturen. Als er sie anblickte, flackerte ein Feuer in seinen Augen, das Avas Herz flattern ließ. Er erinnerte sie in diesem Augenblick an die Helden der Romane, die sie früher - natürlich verbotenerweise, denn die Tochter eines Viscounts hatte etwas Erbauendes zu lesen wie die Bibel oder Gedichtbände, aber keine Piratengeschichten! - verschlungen hatte. Genau so hatten alle Helden in ihrer Vorstellung ausgesehen. Verwegen, auf betörende Weise männlich, selbstsicher... Sie räusperte sich und zwang ihre Gedanken wieder in die Wirklichkeit.

„Ava, wie froh bin ich, dass es dir wieder besser geht!" Er war aufgesprungen und trat einen Schritt auf sie zu. Sie las aufrichtige Sorge in seinen Augen, und - Interesse. Etwas in ihr rüttelte an dem Schmerz, den sie so lange in sich begraben hatte. Nach so langer Zeit interessierte es jemanden, wie es ihr ging! Die letzten fast drei Jahre hatte sich niemand darum geschert, wie es ihr ging, oder wie sie sich fühlte. Ihre Wut auf ihn fiel in sich zusammen. Seine Nähe und Sorge taten ihr gut, in gleichem Maße wie sie sie verwirrten. Aber das war schließlich nicht seine Schuld. Und auch, wenn man sie nun für seine Geliebte hielt, war das nicht seine Schuld. In seiner Welt gab es für Männer nur zwei Sorten von Frauen: Ehefrauen oder Geliebte. Und da es vollkommen ausgeschlossen war, dass sie ersteres sein konnte, hielt man sie eben für letzteres.

„Mir geht es gut, Mylord." Ihre Stimme klang müde, aber das war nicht ihrem Zustand geschuldet sondern der Erkenntnis, dass er ein aufmerksamer, zärtlicher Mann war. Und leider einer, den sie lieben könnte, aber niemals lieben durfte!

„Mylord? Ich dachte, über dieses Stadium wären wir hinaus?" Er trat noch einen Schritt auf sie zu, so dass sie jetzt seinen herben, männlichen Geruch wahrnehmen konnte. Sandelholz und Bergamotte. Ihr wurde etwas schwindelig und sie schloss die Augen. Nie hätte sie gedacht, dass ein Mann jemals eine solche Wirkung auf sie haben könnte. Seine Präsenz, die Entschlossenheit, die von ihm ausging, gepaart mit seiner Sorge um...*sie*! Es war ihr in diesem Augenblick ganz gleich, was andere von ihr denken könnten. Sie hatte die schmerzhafte Erfahrung gemacht, dass sie das ohnehin nicht beeinflussen konnte. Sie hatte damals versucht, ihren Eltern, den Menschen, die sie am besten kennen sollten, zu erklären, was passiert war, aber alles, was ihr entgegengeschlagen war, war Ablehnung. Es hatte nur gezählt, dass sie fortan beschädigte Ware war, die, wenn sie überhaupt eine Chance auf einen Ehemann haben sollte, nur mit einer über die Maße erhöhten Mitgift zu vermitteln gewesen wäre. Und das war ihr Vater nicht bereit gewesen zu zahlen. Man hatte ihr unterstellt, unangemessen mit einem Herren getändelt zu haben und ihr erklärt, nun die Konsequenzen tragen zu müssen.

Ava leckte sich über die trockenen Lippen. Diese Erinnerungen führten zu nichts, das wusste sie, aber es war schwer, sie zu vergessen.

Sie hörte, wie sich ein undefinierbarer Laut seiner Brust entrang. Dann zog er sie an sich und küsste sie. Sein Kuss war ungestüm, hart und fordernd, aber Ava gefiel das. Sie hätte nie gedacht, dass es so verschiedene Küsse geben könnte! Dann wurde er zärtlicher, leckte und knabberte an ihrer Unterlippe und bat sie um Einlass. Sie konnte nicht anders als sich ihm zu öffnen. Und sie wollte es auch nicht. Vielleicht war das hier ihre einzige Chance, jemals zu erfahren, wie es war, begehrt zu werden. Und es war ihr auch egal, was er darüber dachte, dass sie sich so... willig gab. Oder was

223

andere darüber denken könnten. Ihr Ruf war so oder so ruiniert, für ihre Eltern war sie ein Flittchen und wenn bekannt würde, dass sie eine uneheliche Tochter hatte, würde sie das auch für alle anderen sein.

„Weißt du noch, was ich dir in der Kutsche gesagt habe?", hauchte er an ihrem Ohr. Er wartete ihre Antwort nicht ab, knabberte an ihrem Ohrläppchen und fuhr dann ihren schlanken Hals hinunter bis zu ihrem Schlüsselbein. Die Gewalt der Signale, die ihr Körper aussandte, erschreckte sie. Ihre Brustwarzen richteten sich auf und scheuerten unangenehm gegen den Stoff ihres Unterkleides. Ihr Herz pochte, das Blut rauschte in ihren Ohren. Aber das war nichts gegen das Ziehen und Kribbeln zwischen ihren Beinen.

„Ich will dich, Ava. Ich wollte dich vom ersten Moment an, als wir uns trafen." Seine Stimme war ein heiseres Flüstern und ein wohliger Schauer rann ihr die Wirbelsäule hinab.

„Ich will dich auch." *Hatte sie das gerade wirklich gesagt?* Ihr Verstand setzte aus als er sie auf die Arme nahm und in Richtung des Schlafzimmers trug. Unter stetigem Küssen drückte er mit dem Ellenbogen die Klinke herunter und trat auf das breite Bett zu. Vorsichtig und ohne sich von ihr zu lösen, legte er sie auf die weiche Decke. Dann ließ er von ihr ab und sah ihr in die Augen. Er verlor sich in dem silbernen Funkeln, das vor Lust wie flüssiges Quecksilber anmutete. Und Ava wollte in die Schwärze seines Blickes eintauchen, wollte von ihm über die Klippe gestoßen werden, die die Gesellschaft für Frauen wie sie errichtet hatte und wollte anschließend nichts anderes als fallen. Fallen bis jemand sie auffing... oder sie zu Tode stürzte. In diesem Augenblick war es ihr egal, was danach passierte. Einmal in ihrem Leben wollte sie tun, was *sie* wollte, ungeachtet der Konventionen. Morgen, morgen könnte sie wieder Miss Prescot sein, aber heute wollte sie seine Geliebte sein! Er löste sanft das Band, das ihre Haare hielt und breitete die dunkle Fülle auf dem weißen Laken aus. Eine ganze Zeit lang betrachtete er sie nur und Ava bekam Angst, dass sie ihm nicht gefiel. Sie hatte keinerlei Erfahrung mit *diesen Dingen* und wusste nicht, was er von ihr erwartete.

Dann setzte er sich auf. „Dreh dich um, damit ich dein Kleid öffnen kann." Sie hatte ganz vergessen, dass sie eines von diesen vornehmen Kleidern trug, die hinten geknöpft waren und somit nicht von ihr selbst zu öffnen waren. Bisher hatte sie immer nur einfache Kleider getragen, praktisch und vorne verschlossen, denn Gesellschafterinnen hatten niemanden, der ihnen half. Gehorsam drehte sie sich um. Seine Berührungen prickelten auf ihrer Haut und er ließ sich quälend lange Zeit, bis er ihr endlich das Kleid über die Schultern streifen konnte. Er zog auch ihr Unterkleid etwas herunter und küsste die nackte Haut ihrer Halsbeuge. Sie keuchte, weil diese Zärtlichkeiten sich direkt auf die Stelle zwischen ihren Beinen auswirkten. Er lachte leise, dann nahm er sie bei der Hand und zog sie hoch. Er sah ihr noch einmal tief in die Augen, hatte Angst, dass sie einen Rückzieher von ihrer eigenen Courage machen könnte. Aber sie stand nur abwartend da und sah ihn stumm an. Aber sie... *glühte*. Anders konnte er nicht beschreiben, wie sie auf ihn wirkte. Er hatte so etwas noch nie bei einer Frau wahrgenommen. Langsam befreite er sie von ihrem Kleid und dem

Unterkleid. Schließlich stand sie nackt vor ihm, nur mit Strümpfen bekleidet und er glaubte, noch nie etwas Erotischeres gesehen zu haben. Sie blinzelte und versuchte, ihre Brüste und ihre Scham zu verdecken, aber er hielt ihre Hände fest.

„Bitte nicht. Du bist so schön." Sie zitterte leicht und schloss die Augen. Dann leckte sie sich wieder über die Lippen und er verfluchte sich, weil er sich kaum noch zurückhalten konnte. Stöhnend riss er sich das Hemd vom Leib, Hose und Strümpfe folgten, dann drückte er sie sanft auf das Bett. Sie riss die Augen auf und kurz glaubte er, einen Anflug von Panik zu entdecken, aber dann schloss sie die Augen wieder. Sie presste die Lippen zusammen, atmete einmal tief durch und spreizte die Beine. Dann zog sie ihn auf sich. Er spürte ihr Herz flattern wie einen Schmetterlingsflügel. Ein leichter Schweißfilm bildete sich auf ihrer Oberlippe, aber sie hielt die Augen geschlossen. Er wollte sie, aber nicht *so*! Er hatte das dumpfe Gefühl, dass sie doch Angst vor dem hatte, was sie vorgab zu wollen.

„Ava, mach die Augen auf." Zärtlich nahm er ihr Gesicht in die Hände und strich mit dem Daumen über ihre Lippen. Sie blinzelte, dann sah sie ihn an. Sturmgrau, wie der Nordseehimmel an einem Gewittertag. „Ava, vor was hast du Angst?" Er sah sie aufmerksam an und bemerkte das Flackern in ihren Augen.

„Vor... nichts. Ich will mit dir schlafen. Macht... macht man das nicht so?" Verlegen knabberte sie an ihrer Unterlippe. Eine bezaubernde Röte kroch über ihre Wangen und machte sie noch verführerischer. Er stützte sich auf seinen Ellenbogen. „Doch, irgendwie schon,

aber..." Ernst sah er sie an. „Ava, bist du noch
Jungfrau?" Wenn das möglich war, wurde sie noch
roter. „Nei... nein." Hatte er damit gerechnet, dass sie es
war? Oder darauf gehofft, dass sie es nicht mehr war?
Er hatte keinerlei Erfahrungen mit Jungfrauen, er hatte
sich stets nur mit Witwen oder seinen Mätressen
eingelassen. Aus ihrer Reaktion schloss er, dass ihre
Erfahrungen mit Männern wohl eher flüchtiger und auf
jeden Fall unbefriedigender Natur gewesen sein
mussten. Überhaupt begann er sich zu fragen, warum
sie nicht verheiratet war, wenn sie doch bereits... Oder
hatte der Schuft ihr vielleicht die Ehe versprochen und
sie dann sitzenlassen?
„Was ist jetzt?", flüsterte sie und unterbrach seine
Gedanken. Er riss sich zusammen. Ganz gleich, was sie
erlebt hatte, er würde es sie vergessen lassen. Er beugte
sich wieder zu ihr hinunter und küsste sie. Ihr
Geschmack war Ambrosia für ihn und er würde nie
genug davon bekommen. Er arbeitet sich weiter
hinunter und ihre Haut schien an den Stellen, die sein
Mund berührte, zu brennen. Er streichelte ihre Brüste,
zog eine nasse Spur von einer zu anderen und begann
schließlich, ihre wunderbaren Brustwarzen zu
umkreisen. Er saugte und knabberte an ihnen und Ava
krallte ihre Finger in sein Haar. Ihr heiseres Stöhnen
bestätigte ihn in seinem Tun und er wagte sich weiter
hinunter, umkreiste ihren Bauchnabel mit seiner Zunge
und erreichte schließlich ihre intimste Stelle. Ava
keuchte erneut auf, eine Mischung aus Entsetzen und
Verzücken. Er lächelte in sich hinein. Dieser Moment
gehörte ihr, ihr ganz alleine. Er stieß seinen Finger
vorsichtig in sie hinein, ängstlich auf ihre Reaktion
bedacht, aber da war nichts als Nässe und Verlangen. Er

gab sich eine ganze Weile diesem intimen Spiel hin, immer darauf bedacht, ihr höchsten Genuss zu bescheren. An dem Zucken ihrer Muskulatur und ihrem hektischen Atmen erkannte er, dass sie gleich ihre Erfüllung finden würde und als es soweit war, überließ er sie kurz ihrem Empfindungen, bevor er sich langsam hochschob und sie abermals zärtlich küsste. Er schluckte ihre Erregung wie ein Aphrodisiakum und labte sich an ihrer Lust. Als ihre Augen sich langsam klärten und auch ihre Atmung sich beruhigt hatte, nahm er ihr Gesicht in seine Hände und sah ihr in die Augen. „Willst du mehr, Ava? Wir müssen nicht..." Aber sie zog ihn zu sich hinunter und küsste ihn nun ihrerseits mit einem Hunger, den er ihr nicht zugetraut hätte. Sie schlang die Beine um ihn und er konnte nicht anders, als ihr Angebot anzunehmen. Er glitt vorsichtig in sie hinein und dann übernahm ein uralter Instinkt ihrer beider Bewegungen. Tief und heftig stieß er in sie, ihre kleinen Seufzer mit seinen Lippen verschlingend. Er konnte nicht genug von ihr bekommen und der Höhepunkt kam für ihn viel zu schnell. Er konnte sich gerade noch aus ihr zurückziehen, denn er wollte nicht riskieren, sie zu schwängern.

Schwer atmend lagen sie danach beide nebeneinander. Nicholas zog sie in seine Arme und niemals hatte es sich besser angefühlt, neben einer Frau zu liegen, so vollkommen eins mit sich. Ava hatte ihm etwas gegeben, was er bisher unbewusst vermisst hatte. Er hatte oft mit Frauen geschlafen und immer war er befriedigt aus deren Betten gestiegen, aber das hier war anders. Ava hatte eine Seite in ihm zum Klingen gebracht, von der er dachte, dass es sie nicht gab. Sie hatte seine Sehnsucht nach Nähe geweckt, und das nicht im körperlichen Sinn. Sie berührte seine Seele und er wünschte sich, dass dieser Augenblick der Vertrautheit niemals zu Ende gehen würde.

Ava beendete seine Träumereien, indem sie aufstand, sich säuberte und dann nach ihren Kleidern suchte.

„Ava, was machst du da?" Irritiert und des warmen Gefühls beraubt, das er eben noch empfunden hatte, stützte er sich auf seinen Ellenbogen.

„Ich... ziehe mich an, Nicholas. Das war... es war wunderschön und ich bereue nichts, aber es darf sich nicht wiederholen, verstehst du?" Sie sah ihn nicht an und er argwöhnte, dass sie im Nachhinein doch Unbehagen über ihr Tun verspürte.

„Warum nicht? Wenn es dir gefallen hat..."

„Du hast keine Ahnung, was passiert, wenn man merkt, dass ich... dass wir..." Sie sah ihn traurig an. „Du musst dir deinen Lebensunterhalt nicht verdienen, Nicholas. Ich schon. Ich bin darauf angewiesen, dass mein Ruf nicht... beschädigt wird. Also eher, dass niemand bemerkt, dass er das schon ist... also..." Sie unterbrach sich und zog sich einen Strumpf über. „Könntest du bitte die Knöpfe an meinem Kleid schließen?"

Er stand auf und schloss die Knöpfe in ihrem Rücken.

„Was ist eigentlich mit meinem alten Kleid geschehen? Ich würde es vorziehen, es gegen dieses hier zu tauschen. In Whitechapel macht sich so ein elegantes Kleid nicht gut."

„Whitechapel? Was willst du in Whitechapel? Wenn du dieses Waisenhaus..."

„Ich wohne dort. Jedenfalls vorübergehend." Sie drehte sich zu ihm um und sah ihn traurig an.

„Du bist doch bei Lady Aylesbury angestellt."

„Nicht mehr. Sie ist... gestorben. Man hat mir gekündigt." Sie funkelte ihn an. „Und ich diskutiere das nicht, Mylord. Ich wohne vorübergehend im Waisenhaus!" Er zuckte zusammen. Warum war sie so wütend? Bereute sie es so sehr, mit ihm geschlafen zu haben? Er zuckte die Schultern. Das Thema war für ihn noch lange nicht erledigt, aber für den Augenblick ließ er es dabei bewenden. Er schwang sich ebenfalls aus dem Bett und begann, sich wieder anzuziehen. Er wollte ihr Zeit geben, sich mit der Situation anzufreunden, dass sie in seinem Bett gelandet war und dass das nicht das letzte Mal gewesen war, wenn es nach ihm ging.

„Ava, wir werden jetzt erst einmal etwas essen, dann würde ich dich bitten, mit mir zum Landsitz der Banburys zu fahren. Violet ist dort, sie erholt sich gerade und hat mich inständig gebeten, dich dorthin zu begleiten, damit ihr dort eure Aussage machen könnt. Sie möchte nicht in die Stadt, sie... ist noch ziemlich verstört."

„Unsere Aussage?" Ava zog fragend ihre Augenbrauen in die Höhe.

„Oh ja, äh... das hatte ich ganz vergessen, dir zu sagen, so *abgelenkt* war ich." Er grinste diabolisch. „Konstabler Burns hat die Ermittlungen übernommen. Immerhin handelt es sich bei Lady Violet um die Schwester eines Earls und darüber, dass sie entführt wurde, kann man in ihrem Fall nicht einfach hinwegsehen."

Ava dachte an die anderen Mädchen, die in Whitechapel verschwunden waren und um deren Schicksal sich kein Konstabler scherte.

Sie gingen in den Salon, wo bereits eine dienstbare Seele einen kleinen Imbiss vorbereitet hatte und während sie aßen, erzählte Nicholas ihr, was passiert war. Es herrschte eine unangenehme Spannung zwischen ihnen, obwohl beide sich bemühten, unbefangen miteinander umzugehen.

„Ava, wenn du es doch bereust, dass wir... also, wenn du...", versuchte er schließlich zu ergründen, was in ihr vorging. Aber sie hob abwehrend die Hände.

„Ich bereue nichts. Es war... schön, aber das war es auch. Ich habe nicht vor, es zu wiederholen. Und ich würde es vorziehen, wenn du... Sie das akzeptieren würden, Mylord." Er konnte das leichte Zucken um ihre rechtes Auge bemerken, das kurze Aufflackern in ihrem Blick, das ihre Worte Lügen strafte, aber er nickte. „Wir werden sehen, Ava. Für den Moment belassen wir es dabei." Er stand auf und rief nach seinem Diener. Als Godric den Salon betrat, begann Ava sich zu fragen, wer wohl noch alles hier wohnte. Und wer womöglich mitbekommen hatte, dass sie mit Nicholas geschlafen hatte. Aus eigener Erfahrung wusste sie, dass es kaum etwas gab, das der Dienerschaft verborgen blieb. Godric band ihm das Halstuch zu einem komplizierten Knoten, reichte ihm dann einen dunkelblauen Gehrock und half ihm hinein. Er strich mit der Hand ein paar imaginäre Fussel weg und verbeugte sich dann. Sarah kam ebenfalls herein, reichte Ava einen Mantel aus feinem Wollstoff in der gleichen Farbe, die auch ihr Kleid hatte und half ihr ebenfalls hinein. Ava hatte erfahren, dass Madame Angelique schnell eines ihrer Modelle auf ihre Figur abgeändert und einen passenden Mantel dazu ausgesucht hatte. Laut Nicholas war ihr altes Kleid nicht mehr zu retten gewesen, so dass sie wohl oder übel nicht umhin kam, dieses Kleid hier so lange zu tragen, bis sie ins Waisenhaus kam, wo ihr zweites Kleid in ihrer Reisetasche lagerte.

Nicholas griff nach ihrem Ellenbogen und dirigierte sie zur Tür.

„Warten Sie nicht auf mich. Es könnte spät werden." Dann nahm er seinen Hut und schob sie nach draußen, wo vor der Tür bereits eine Kutsche wartete.

Landsitz des Earls of Banbury

Die Fahrt bis zum Landsitz des Earls of Banbury verlief schweigend. Es lag eine fast greifbare Spannung in der Luft. Ava fühlte, dass Nicholas sie musterte, aber sie sah stoisch aus dem Fenster und ignorierte ihn. Ihre Gefühle waren in Aufruhr und sie wollte vor ihm möglichst verbergen, dass... ja, was? Dass sie sich in ihn verliebt hatte? Ja, wenn sie näher darüber nachdachte, war es wohl so. Sie hatte es nicht gewollt, hatte sich lange dagegen gewehrt, aber irgendwie war es doch passiert. Nicholas war der Mann, den sie sich immer erträumt hatte, und wenn sie nicht... Es hatte keinen Sinn, über Vergangenes nachzudenken, denn sie konnte nicht ändern, was passiert war. Und wenn sie an Lizzy dachte, wollte sie es auch gar nicht.

Aber die vergangenen Stunden hatten ihr die Augen geöffnet. Für das, was sie wollte, das, was sie nicht haben konnte, aber auch für das, was sie aus ihrem Leben machen *könnte*. Sie wollte mit Lizzy zusammen sein, immer, jede Stunde und jeden Tag, jeden Augenblick mit ihr genießen. Viel zu lange waren sie getrennt, weil sie immer gedacht hatte, es wäre das Beste so und sie hätte keine andere Wahl. Aber war es das Beste? Und hatte sie wirklich keine andere Wahl? Wenn sie genug Geld zusammen hätte, um ihren Traum von einer Schule auf dem Dorf zu verwirklichen, wäre Lizzy wahrscheinlich schon eine junge Frau. Das wollte und konnte sie nicht riskieren. Sie wollte Lizzy aufwachsen sehen und ihr eine richtige Mutter sein und nicht nur ein Gast in ihrem Leben. Sie würde ihren Plan, als Gesellschafterin in London Geld zu verdienen, überdenken müssen. Ganz sicher gab es eine Alternative. Vielleicht auf dem Land, wo die Sitten und Moralvorstellungen nicht ganz so rigide waren. Sie musste sich nur neu erfinden. Vielleicht konnte sie vorgeben, eine junge Witwe zu sein?

Sie verbat sich die Sehnsucht, die sie bei dem Gedanken an den Mann, der ihr gegenüber saß und sie schweigend musterte, überkam. Es war vollkommen unmöglich, davon zu träumen, dass sie für ihn als Ehefrau in Betracht kommen könnte. Er würde eines Tages den Titel eines Dukes tragen, einen Sitz im Oberhaus haben und eine Frau brauchen, die einen tadellosen Ruf besaß und mit ihm seinen Stand repräsentierte. Und wenn das noch nicht reichte, um eine solche Verbindung unmöglich zu machen, dann kam hinzu, dass sie nicht die war, die zu sein sie vorgab. Ihr Ruf war schlimmer als der einer unbescholtenen Gesellschafterin, sie war eine gefallene Frau, in den Augen ihres Vaters gar eine Hure. Es tat weh, aber so hatte er sie genannt.

Nein, Nicholas zu lieben konnte sie nicht verhindern, aber sie konnte verhindern, dass sich das, was zwischen ihnen passiert war, wiederholte. Schon aus eigenem Interesse. Sie wollte und konnte nicht riskieren, erneut schwanger zu werden. Es war schwer genug, Lizzy und sich selbst durchzubringen, aber noch ein weiteres Kind? Oh, sie hatte sich immer viele Kinder gewünscht, einen Mann und eine Familie. Aber leider war es anders gekommen und in ihrem jetzigen Leben war kein Platz für derartige Wünsche. Und schon gar nicht für einen Marquess, der einmal ein Duke sein würde.

Die Kutsche kam zum Stehen und Ava wurde aus ihren Gedanken gerissen. Sie hatten etwa eine Stunde Fahrt hinter sich und sie war so in Gedanken versunken gewesen, dass sie nicht bemerkt hatte, wie die Zeit vergangen war. Die Tür wurde geöffnet und eine kleine Treppe als Aussteigehilfe herausgeklappt. Nicholas stieg zuerst aus und hielt ihr dann die Hand hin, um ihr behilflich zu sein. Sie wollte seine Hand nicht ergreifen, wollte ihm am liebsten nie wieder nahe kommen, aus Angst, ihn noch näher an sich heranzulassen, aber sie wusste, dass das albern war. Sie war eine erwachsene Frau und er ein erwachsener Mann, ein äußerst gutaussehender, verwegen attraktiver Mann, aber das durfte keine Rolle spielen. Nicht für sie. Also ergriff sie seine Hand und biss die Zähne zusammen, als er sanft mit seinem Daumen über ihren Handrücken strich. Schnell entzog sie sie ihm, um die Erregung, die sie selbst bei dieser kleinen Geste ergriff, zu verscheuchen. Wieder sah er sie so prüfend an, als

234

wolle er ihre geheimsten Gedanken erkunden.
Schließlich nickte er ihr zu und wandte sich dem
Gebäude zu, vor dem sie standen. Es war ein prächtiges
Landhaus, einem Schloss nicht unähnlich mit den
beiden Türmen, die seine Seite flankierten und der
breiten Treppe, die auf ein mit Löwenstatuen und
Blumensäulen geschmückten Vorplatz führten. Ava
konnte sich nicht erinnern, jemals ein so prächtiges
Anwesen gesehen zu haben. Sie selbst war in der Nähe
von Wales aufgewachsen, zwar auch auf einem
Landgut, aber das war bei weitem nicht so elegant und
gut in Schuss gewesen wie dieses Anwesen. Sie kam
nicht dazu, sich weiter umzusehen, denn die
zweiflügelige Tür wurde wie von Geisterhand geöffnet,
noch bevor sie das Plateau erreicht hatten. Ein livrierter
Bediensteter erschien und verbeugte sich
formvollendet.
„Mylord, herzlich willkommen auf Banbury Hall."
Dann wandte er sich an Ava. „Auch Ihnen ein
herzliches Willkommen, Miss." Er nahm Nicholas
Mantel und Hut ab und half auch Ava, ihr Cape
abzulegen.
„Danke, Preston. Ist Lord Banbury anwesend?"
„Ich bedaure, Mylord. Er wurde heute morgen wegen
einer dringenden Angelegenheit abberufen. Aber Lady
Violet ist hier und auch Lady Victoria."
Ava merkte, wie ein Ruck durch Nicholas' Körper ging
und seine Augen sich verdunkelten. Victoria? Ob das
die Frau war, mit der sie ihn bei dem Ball gesehen
hatte? Ganz sicher, damals in der Kutsche hatte er
jedenfalls von einer Frau dieses Namens gesprochen.
Als hätte sie auf ihren Auftritt gewartet, erschien eine
atemberaubend schöne, blonde Frau oben auf der

Treppe. Ava hatte Zeit, sie zu studieren, während sie damenhaft langsam die Treppe hinunter stieg. Sie hatte die Haltung einer Königin und sie sah auch so aus. Ihr Kleid war aus reiner Seide und raschelte bei jedem Schritt. Der blassgelbe Ton hätte jede andere Frau blass und krank aussehen lassen, bei ihr jedoch unterstrich es ihre Zerbrechlichkeit und Blässe nur aufs Vorteilhafteste. Als sie die letzte Stufe genommen hatte, ging sie strahlend auf Nicholas zu.

„Nicholas, mein Lieber, als ich hörte, dass du heute hier erscheinen wirst, habe ich mich sofort auf den Weg gemacht, um dich hier zu treffen. Du hast dich in der letzten Zeit ziemlich rar gemacht." Sie machte einen Schmollmund und sah ihn von unten herauf beleidigt an. Dann glitt ein strahlendes Lächeln über ihr Gesicht. Offenbar konnte sie ihren Gesichtsausdruck sekundenschnell ändern, was Ava eher an ein Schauspiel denn an echte Emotionen glauben ließ. Sie zupfte Nicholas am Ärmel, was auf Ava einen ziemlich vertrauten Eindruck machte, ebenso wie die vertrauliche Anrede, und ein kleiner Stich der Eifersucht stahl sich in ihr Herz. Gleich darauf schalt sie sich eine Närrin. Sie hatte kein Recht, eifersüchtig zu sein. Sie sah, dass Nicholas seinen Arm zurück zog und sich versteifte.

„Victoria, darf ich dir Miss Prescot vorstellen, sie..."

„Ach, die *Klavierspielerin*!" Sie kräuselte die Lippen. Aus ihrem Mund klang das abwertend und das sollte es wohl auch sein. Nicholas bedachte Victoria mit einem kalten Blick, beließ es aber dabei.

„Sie ist hier, weil sie mit Violet zusammen eine Aussage machen soll. Ist Mr. Burns schon eingetroffen?"

„Oh, dieser Konstabler? Ja, er wartet im Salon auf *sie*."
Sie deutete mit dem Kinn auf Ava. Man musste sich
nicht auf dem gesellschaftlichen Parkett auskennen, um
zu bemerken, dass dieses Verhalten einer Beleidigung
gleichkam. Aber Ava ignorierte ihr unfreundliches
Verhalten. Sie wollte so schnell wie möglich hier fertig
werden und wieder nach London zurück. Zu Lizzy. Sie
hatte ihre Tochter jetzt drei Tage nicht gesehen und sie
sehnte sich sehr danach, sie wieder in ihre Arme
schließen zu können. Sie wusste, dass Lizzy bei Mrs.
Scott in den besten Händen war, aber sie vermisste ihre
Tochter mit jede Stunde mehr.
Lady Victoria deutete auf eine Tür rechts von der
Eingangshalle.

„Dort drüben ist der Salon." Wieder ein Affront, denn
die Höflichkeit hätte geboten, sie wenigstens bis zur
Tür zu begleiten oder einen Diener zu rufen, das zu tun.
Ava straffte sich. Sie war an die Spitzen der feinen
Gesellschaft gewöhnt. Sie nickte Lady Victoria zu und
ging auf die genannte Tür zu. Aus den Augenwinkeln
bemerkte sie, dass Nicholas ihr folgen wollte, aber von
Victoria aufgehalten wurde.

„Komm schon, Nicholas, begleite mich ein wenig in
den Garten. Wir haben auch etwas Wichtiges zu
besprechen. Mr. Burns will das Gespräch unter sechs
Augen führen. Violet hat übrigens auch darum
gebeten." Ava hatte die Tür erreicht und nach einem
Klopfen trat sie ein. Der Raum war elegant möbliert,
aber sie hatte auch nichts anderes erwartet. Mr. Burns
saß mit überschlagenen Beinen in einem bequemen
Stuhl und Lady Violet auf einem kleinen Sofa neben
einem Tischchen aus Mahgoni, auf dem ein Tablett mit

Sandwiches und Tee stand. Bei ihrem Eintreten erhob Mr. Burns sich und nickte ihr zu. Auch Violet stand auf und bedeutet ihr, sich neben sie zu setzen. Sie sah müde aus, war blass und hatte dunkle Schatten unter den Augen. Sie wirkte zerbrechlich, aber sie hielt sich tapfer.

„Ich dachte, Sie sind vielleicht hungrig nach der langen Fahrt, Ava." Violet deutet auf die belegten Weißbrotscheiben und tatsächlich knurrte Avas Magen undamenhaft.

„Das ist sehr freundlich, Lady Violet. Aber ich möchte zuerst diese Befragung hinter mich bringen." Ava setzte sich mit etwas Abstand zu Violet hin aber die rutschte gleich neben sie und nahm ihre Hand.

„Oh bitte, nennen Sie mich doch einfach Violet. Und darf ich Sie Ava nennen?" Unsicher sah sie Ava an und als die nickte, drückte sie dankbar deren Hand.

Mr. Burns räusperte sich vernehmlich. „Also wenn Sie nichts dagegen haben, würde ich Ihnen jetzt ein paar Fragen stellen. Danach muss ich noch mit Lord Stanford reden, auch das ist dringend." Er stand auf und ging zu einem Sekretär, der näher bei den beiden Frauen stand und auf dem sich Papier und eine Schreibfeder befanden.

Eine ganze Weile beantworteten sie Mr. Burns' Fragen und Ava wurde bei Violets Schilderung der Dinge, die ihr passiert waren, übel. Was diese junge Frau alles hatte erleiden müssen! Immer wieder fühlte sie, wie Violet ihre Hand drückte, wenn sie über ihre Zeit in Bedlam berichtete, manchmal stockte sie und brauchte eine Weile, bis sie sich gefangen hatte. Aber Mr. Burns war ein geduldiger Mann und wartete stets, bis sie sich soweit im Griff hatte, dass sie weitersprechen konnte. Avas Sympathie für diese tapfere junge Frau stieg mit jeder Minute, die sie in ihrer Gegenwart verbrachte. Fast schien es ihr, als hätte die Zeit in diesem Keller aus ihnen Seelenverwandte gemacht und plötzlich sehnte sie sich nach einer Freundin, mit der sie über ihre Sorgen und Nöte sprechen konnte. Wenn die Dinge anders lägen, könnte vielleicht Violet diese Freundin sein, aber Ava machte sich keine Illusionen. Gesellschafterinnen und Ladys ihres Standes wurden keine Freundinnen!

Irgendwann bedankte Mr. Burns sich bei den beiden Frauen für ihre Offenheit und die gemachten Auskünfte und stand auf. Als er den Raum verlassen hatte, herrschte für einen Moment Schweigen. Dann sah Violet Ava an. „Ich danke Ihnen von ganzem Herzen, dass Sie mir beigestanden haben. Heute und auch in... dem Keller." In ihren Worten und ihren Augen war so viel Aufrichtigkeit und Wärme, dass Ava schlucken musste. „Ich... das war doch...", begann Ava, dann räusperte sie sich verlegen.

„Selbstverständlich? Nein, meine Liebe, das war es bei weitem *nicht!* Wenn Sie nicht gewesen wären..." Sie ließ den Satz unvollendet, aber es brauchte auch keine Worte, um sich auszumalen, was dann gewesen wäre. In gewisser Weise hatte sie Violet vor dem Schicksal gerettet, dass ihr selbst widerfahren war, und sie war froh darüber. Es blieb nur zu hoffen, dass nicht bereits die Tatsache, dass sie in Bedlam gewesen und wie sie überhaupt dorthin gekommen war, einen Skandal heraufbeschwören würde, würde das bekannt. Wieder sagte eine Weile niemand etwas. Dann nahm Violet ein Sandwich mit Gurke vom Tablett, legte es auf einen

Teller und reichte ihn Ava.

„Entschuldigen Sie, aber ihr Magen knurrt so laut..."
Sie brachte ein etwas schiefes Lächeln zustande und
Ava wurde rot. Das hatte sie gar nicht bemerkt.
Dankbar nahm sie den Teller und biss herzhaft in das
Sandwich.

„Wie geht es Ihrer Tochter? Lizzy ist ihr Name, nicht
wahr?"
Ava blieb der Bissen im Hals stecken. Sie keuchte,
dann hustete sie, bis sie fast keine Luft mehr bekam.
Woher zum Teufel...

„Woher wissen Sie...", brachte sie hervor, bevor sie
erneut zu husten begann. Violet zog erstaunt die
Augenbrauen in die Höhe.

„Sie haben mir viel erzählt da unten. Und auch, dass
Sie eine Tochter haben. Sie muss ein entzückendes
Kind sein." Violet sah sie ernst an und legte ihre Hand
auf Avas. „Sie haben auch erzählt, dass sie... nun...
unehelich ist und Sie ihre Existenz verheimlichen
müssen, weil..."; sie brach ab. „Machen Sie sich keine
Sorgen. Ich werde es niemandem erzählen. Im
Gegenteil: Ich bewundere Sie dafür, wie Sie mit der
Situation umgehen." Es lag so viel Aufrichtigkeit in
Violets Blick, dass Ava erneut schlucken musste.
Allerdings dieses Mal, um den Kloß in ihren Hals
herunterzuschlucken.

„Was... was habe ich Ihnen denn noch erzählt?",
flüsterte sie entsetzt. Sie war sich nicht bewusst
gewesen, so viel geredet zu haben und schon gar nicht
über *was*, und auch nicht, dass Violet offenbar nicht die
ganze Zeit geschlafen und stattdessen alles gehört hatte.
Deutlich erinnerte sie sich allerdings an das Gefühl,dort

unten lebendig begraben gewesen zu sein und der Gedanke an den Tod hatte sie wahrscheinlich dazu verführt, sich alles von der Seele zu reden, was sie belastete. Fast wie eine Beichte, nur dass sie seit fast drei Jahren nicht mehr an einen Gott glaubte.

„Äh, alles?" Das war weniger eine Frage als vielmehr eine Feststellung. Violet beobachtete aufmerksam Avas Reaktion. Die schloss die Augen und als sie sie wieder öffnete, stand das pure Entsetzen in ihnen.

„Auch dass...?" Sie konnte es nicht aussprechen. Dieses Mal rutschte Violet näher zu ihr und nahm sie vorsichtig in den Arm.

„Oh Ava, es tut mir so leid!" Mehr nicht, aber diese wenigen Worte in Verbindung mit der Umarmung brachen in Ava etwas auf, dass sie lange in ihrem Inneren versteckt hatte. Verbraben unter Schuldgefühlen, sich vielleicht nicht genug gewehrt zu haben, sich nicht sofort ihren Eltern anvertraut zu haben. Aus Scham, aber immerhin wären dann die blutunterlaufenen Male an ihrem Hals noch zu sehen gewesen, die sie so lange unter ihren Schals und Tüchern versteckt hatte, bis sie verblasst waren.

Endlich konnte sie die Tränen weinen, die sie so lange heruntergeschluckt hatte. Eine ganze Weile hielt Violet Ava einfach nur in ihren Armen, strich ihr über den Rücken und ließ sie weinen. Als Ava sich etwas gefangen hatte, reichte sie ihr ein Taschentuch.

„Wenn ich irgendetwas für Sie tun kann, Ava, lassen Sie es mich wissen. Bitte. Ich bin Ihnen mehr als einen Gefallen schuldig. Also zögern Sie nicht, sollten Sie meine Hilfe benötigen."

„Ich danke Ihnen." Beide wussten in stillem Einverständnis, dass sich der Dank auf viel mehr als nur das Angebot, zu helfen, bezog.

„Kann ich... wäre es wohl möglich, dass ich Ihre Tochter, dass ich Lizzy einmal kennenlerne?"

„Oh, ich glaube schon, dass sich das einrichten ließe. Ich..."

„Miss Prescot, Mr. Burns und Nicholas", Victoria betonte seinen Namen in einer Weise, die ihre Vertrautheit mit ihm verdeutlichen sollte, „wünschen Sie in der Halle zu sprechen."

Ava fuhr herum. Sie hatte Lady Victoria nicht hereinkommen hören. Wie lange stand sie wohl schon dort? Und was hatte sie von ihrem Gespräch mit Violet mitbekommen? Sie schluckte und versuchte, sich ihre Angst nicht anmerken zu lassen. Hastig stand sie auf und warf Violet einen dankbaren Blick zu.

„Ich danke Ihnen für alles, Violet."

„Lady Victoria." Sie nickte der Frau zu, die mit verschränkten Armen neben der Tür stand und ging hinaus.

„Miss Prescot, würde es Ihnen etwas ausmachen, wenn wir Mr. Burns in unserer Kutsche mit nach London nehmen könnten? Das Pferd, mit dem er hierher kam, ist lahm." Nicholas Stimme klang irgendwie ärgerlich und Ava zog die Brauen hoch. Was war geschehen? Hatte sein Unmut mit dem zu tun, was er und Burns besprochen hatten oder war seine Unterhaltung mit Lady Victoria Ursache seiner schlechten Laune?

„Natürlich nicht, Mylord." Knapp beantwortete sie seine Frage, die wohl auch mehr rhetorischer Natur gewesen war. Ava war nicht in der Stimmung, ein längeres Gespräch zu führen und so verlief die Rückfahrt größtenteils so wie die Hinfahrt. Nur dass

Nicholas sie nicht mehr insgeheim musterte. Dieses Mal sah er aus dem Fenster.

„Ava, du bleibst hier! Wir müssen reden!" Nicholas hielt sie am Arm fest. Wie selbstverständlich hatte er die Kutsche zu seiner Stadtwohnung fahren lassen und ging - ebenfalls wie selbstverständlich - davon aus, dass sie ihm dorthin folgte.
Ava war wütend. Sie wollte so schnell wie möglich zu Lizzy. Und in Ruhe darüber nachdenken, wie es nun weitergehen sollte.
Sie bedachte ihn mit einem wütenden Blick.
„Sie können mich nicht zwingen, mit Ihnen zu gehen."
„Genau darüber will ich mit dir reden, Ava. Darüber, dass du mich immer noch nicht Nicholas nennst. Darüber, was wir machen, falls du... also falls du schwanger bist, nachdem... Verdammt. Nicht hier auf offener Straße", zischte er und schob sie unsanft durch die Tür.
„Schwanger?" Fassungslos sah sie ihn an.
„Wir reden oben darüber." Widerstandslos ließ sie sich nun doch mitziehen.
„Aber wie... ich meine, du hast doch... es kann doch nicht...", stammelte sie fassungslos als sie endlich im Salon angekommen waren. Nicholas ging zu der kleinen Anrichte und goss Brandy in zwei Gläser. Eines reichte er ihr.
„Ava, ich habe mich vorher zurückgezogen, aber ganz

243

sicher ist diese Methode nicht."

Als er sah, dass sie kalkweiß im Gesicht wurde, befahl er: „Trink!" Gehorsam nahm sie einen großen Schluck, aber das Brennen, das sich daraufhin durch ihre Kehle fraß, ließ sie husten. Ihre Augen begannen zu tränen, aber sie unternahm nichts, um die Tränen wegzuwischen.

„Ava, wusstest du das nicht?" Er trat zu ihr und hob ihr Gesicht mit zwei Fingern an um ihr in die Augen sehen zu können. Wie Regenwolken vor einem Gewitter, bleigrau und bereit, ihre nasse Fracht zu entladen.

„Nein, ich dachte... also wenn ich gewusst hätte..." Sie nahm verzweifelt einen weiteren Schluck. Das war schlichtweg gelogen. Wenn jemand wusste, dass man beim ersten Mal schwanger werden konnte, dann doch wohl sie! Sie hatte es schlichtweg verdrängt. Was machte sie also so wütend und fassungslos? Sie musste sich eingestehen, dass ein Großteil ihrer Wut sich gegen sie selbst richtete. Sie hatte sich trotz der Gefahr mit einem Mann eingelassen, der ihr niemals Sicherheit bieten konnte! Aber es tat gut, dieses Mal jemanden für ihre Misere verantwortlich machen zu können! Auch, wenn das ungerecht war, immerhin hatte sie ihn nicht daran gehindert, mit ihr zu schlafen, ganz im Gegenteil.

„Die Methode ist ziemlich sicher, Ava. Ich will nur sichergehen, was wir tun, wenn du wirklich ein Kind erwarten würdest." Er küsste ihre Tränen fort, aber sie wich vor ihm zurück.

„Was *wir* dann tun?", fauchte sie ihn an. „*Wir?* Die Frage ist doch, was *ich* dann tue!" Sie stieß ihm ihren Zeigefinger vor die Brust. „Was glaubst du, was ich dann tun werde? Was ich tun kann?" Wieder schossen ihre Augen diese schwefelgelben Blitze, die er nun schon so gut kannte. Und die er so erotisch und unvergleichlich fand.

„Ava, bitte. Beruhige dich. Ich muss heute noch einmal weg, und ich werde über Nacht fort sein. Aber ich verspreche dir, wenn ich zurück bin klären wir das." Er sah ihr in die Augen und die Blitze hatten sich hinter einer undurchsichtigen Nebelwand verzogen. Ava blickte an ihm vorbei, durch ihn hindurch, aber wenn er sich nicht irrte, versteckte sie hinter ihrer scheinbaren Wut auf ihn eine große Portion Angst. Verdenken konnte er ihr das nicht, denn eine ungewollte Schwangerschaft würde sie vor eine Menge Probleme stellen. Wenn er nicht... ja, was? Bereit wäre, für sie zu sorgen? Sie zu... heiraten? Er wartete auf die Panikattacke, die ihn sonst bei dem Gedanken an eine Ehe überkam. Überraschenderweise blieb sie aus. Es war vollkommen lächerlich, dass er gleich an eine Heirat dachte, noch dazu mit einer Frau, die gesellschaftlich so weit unter ihm stand, aber es fühlte sich richtig an. Er räusperte sich. Er würde nichts überstürzen, er wollte sich erst vollkommen sicher sein. Schließlich war das eine Entscheidung, die weitreichende Konsequenzen für sein weiteres Leben haben würde.

Er trat einen Schritt von ihr zurück.

„Ich bitte dich nur um zwei Tage, Ava. Lass uns übermorgen über alles reden. Wir werden eine Lösung finden." *Ich werde dich heiraten!,* wollte er sagen, aber noch traute er seinen Gefühlen nicht. Ava nickte nur.

„Ja, ich glaube, ich kenne die Lösung, die dir vorschwebt." Sie sah ihn an als erwarte sie, dass er etwas dazu sagen würde. Dann wandte sie sich zur Tür. „Ich werde jetzt gehen." Ihre Worte klangen neutral, kühl, aber er konnte die unterschwellige Hoffnung heraushören, dass er etwas sagen würde. Irgendetwas, aber er blieb stumm.

Dann war sie fort und erst da bemerkte er die Leere, die ihre Abwesenheit hinterließ. Ausgerechnet jetzt musste er nach Wycombe! Burns und er hatte alle Erkenntnisse zusammengetragen, die sie unabhängig voneinander gewonnen hatten und beide waren sich sicher, dass die nächste Zusammenkunft dieser geheimnisvollen Gilde kurz bevorstand, Genaugenommen gingen sie davon aus, dass es morgen Abend der Fall sein würde. Und ihr Plan war, dass Nicholas sich irgendwie unter die Gäste mischen sollte um herauszufinden, wer alles dazu gehörte. Überdies ließen Violets Aussagen im Zusammenhang mit den anderen verschwundenen Mädchen und dem, was er auf Lady Aylesburys Soiree gehört hatte, den Schluss zu, dass beides irgendwie zusammenhing. Und dann würde es nicht mehr nur um Opiummissbrauch gehen, sondern um Entführung oder sogar... Mord. Er fühlte sich Burns gegenüber verpflichtet, zu lange hatte er wegen Violet seine Ermittlungen in dieser Sache schleifen lassen. Und jetzt, wo sie wieder zuhause war, wollte er diese unschöne Sache zu Ende bringen. Und dann würde er sich mit seinen Gefühlen für diese Frau beschäftigen!

West Wycombe

Heute Nacht würde er versuchen, seine Schuld zu tilgen. Er konnte die toten Mädchen nicht wieder zum Leben erwecken, aber er konnte verhindern, dass weitere sterben würden. Morgen würden die Gäste kommen, aber der *Abt* war schon heute angereist. Er wusste das, weil er das Landgut schon eine ganze Weile beobachtete. Und er wusste auch, dass Bruder Beau im Morgengrauen mit einer jungen Frau eingetroffen und mit ihr dann im Haus verschwunden war. Was er nicht wusste, war, wohin er das Mädchen gebracht hatte, aber auch diese Möglichkeit hatte er in seinen Plan miteinbezogen und die Lösung dafür befand sich in der Innentasche seines Mantels. Er tastete nach der Pistole, glatt und kühl lag sie in seiner Hand. Sie würde die Zungen der Männer schon lockern. Und dann würde er dem teuflischen Treiben ein höllisches Ende bereiten. Er hatte lange überlegt, wie er es anstellen sollte, aber für ihn gab es letztlich nur eine Lösung. Feuer! Alles verzehrendes, läuterndes Fegefeuer! Er würde jetzt seinen Posten verlassen, um alles vorzubereiten. Es durfte nichts schiefgehen. Es stand viel auf dem Spiel, nicht nur für ihn!

Nicholas stieg von seinem Pferd und warf die Zügel einem herbeieilendem Knecht zu. Dann stapfte er in das Wirtshaus, das direkt an der Straße lag, die durch den kleinen Ort Wycombe führte. Er wollte nur etwas essen und versuchen, ein paar nähere Informationen aus dem Wirt herauszubekommen, dann würde er sich auf dem Weg zum Anwesen des Earls of Mansfield machen. Er hatte zunächst nur vor, sich umzusehen und herauszufinden, wie er sich Zutritt zu der Veranstaltung verschaffen könnte, die, wie er vermutete, morgen stattfinden würde. Seine Aufgabe war es, aufzudecken, wer an diesem Treffen teilnahm. Den Rest würde Burns dann übernehmen. Er ließ sich nicht in die Karten schauen, denn offiziell anklagen würde man die Männer nicht, die hierherkamen. Jedenfalls dann nicht, wenn sie Mitglieder des Oberhauses und damit des Parlaments waren. Aber er zweifelte nicht, dass Burns Mittel und Wege finden würde, sie in Zukunft von ihrem Tun abzuhalten. Anders sah es aus, wenn sich bestätigen würde, dass die Mädchen womöglich hierher gebracht und ermordet worden waren. Würde man das einem oder mehreren Teilnehmern anhängen können, würden diese wahrscheinlich ohne großen, aufsehenerregenden Prozess auf ein Schiff gebracht und in die Kolonien verbannt werden.

Er setzte sich an einen freien Tisch und bestellte sich ein Bier, eine Portion Roastbeef und Yorkshirepudding. Während er aß, schweiften seine Gedanken immer wieder zu Ava. Er wurde sich immer mehr bewusst, dass er es vermasselt hatte. Er hätte ihr gleich sagen sollen, dass er sie liebte. Und heiraten wollte. Das war ihm mit jeder Sekunde mehr bewusst geworden, die er von ihr getrennt war. Rückblickend konnte er seine Zurückhaltung nicht verstehen, aber er würde alles nachholen, wenn er erst wieder in London war. Jetzt war es erst einmal wichtig, dass er die Namen der Männer herausfand, die hier so hemmungslos feierten. Als es zu dämmern begann, ließ er sich sein Pferd satteln und machte sich auf den kurzen Weg nach West Wycombe Park. Er kannte das Landgut von früher. Der Landsitz seiner Familie befand sich nicht weit entfernt und sein Vater hatte dem jetzigen Earl des öfteren Besuche abgestattet, sie waren zusammen jagen gewesen und hatten sogenannte Männerabende veranstaltet. Aber seit der Earl of Mansfield die meiste Zeit bettlägerig war und sein Sohn, der Viscount of Turnbridge, hier das Zepter übernommen hatte, war der Kontakt weitestgehend eingeschlafen. Nicholas kannte den Viscount kaum, denn bis auf ein paar belanglose Unterhaltungen auf gesellschaftlichen Veranstaltungen hatten sie nicht viel miteinander zu tun. Allerdings hatte Nicholas bei diesen wenigen Treffen bemerkt, dass der Mann überheblich und selbstverliebt war, schlecht mit dem Personal umging und jeder Frau nachstellte, unabhängig von ihrem Stand. Er mochte solche Männer nicht. Dann fiel ihm ein, dass Turnbridge der Enkel von Lady Aylesbury war und somit musste Ava ihn kennen. Wenn er sie auch belästigt hatte, würde er ihn zum Duell fordern oder vielleicht auch eigenhändig erwürgen!

Inzwischen tauchte die weitläufige Parkanlage des

Anwesen vor ihm auf. Er hielt sein Pferd an und stieg ab. Wenn er sich recht erinnerte, führte der Weg links zwischen den Bäumen zum Haupthaus, während man über den Weg rechts zu den Ställen und Wirtschaftsgebäuden gelangte. Er band den Braunen an einem Ast fest und da es inzwischen fast dunkel war, brauchte er sich nicht besonders um Deckung zu kümmern. Er ging in Richtung des Wohnanwesens und prägte sich jedes Detail seiner Umgebung ein. Zu wissen, wo mögliche Fluchtweg waren, Stellen, die seine Anwesenheit verbergen könnten, war im Notfall überlebenswichtig. Ganz sicher würden weder der Earl noch der Viscount erfreut sein, wenn er hier herumschnüffelte und dass letzterer diese Treffen hier organisierte, daran hatte Nicholas keinen Zweifel mehr. Eine Bewegung ließ ihn innehalten. Bei näherem Hinsehen erkannte er eine dunkle Gestalt, die sich von der anderen Seite ebenfalls dem Anwesen näherte. Nicholas verbarg sich hinter einem aufwändig zu einer Pyramide gestutzten Buchsbaum und beobachtete das weitere Geschehen. Die Gestalt schlich geduckt an dem Wohnhaus vorbei und verschwand dann. Nicholas beeilte sich, ihr zu folgen und herauszufinden, was hier vorging. Ganz sicher war das keiner der Männer, die hier morgen feiern würden. Dann hätte er sich nicht verbergen müssen. Er durchquerte den gepflegten Rosengarten, sprang über eine niedrige Buchsbaumhecke und folgte dem Unbekannten zum hinteren Teil des Gebäudes. Er war nicht überrascht, hier einen weiteren Eingang zu finden. Die meisten Häuser dieser Größe hatten mehr als nur einen Eingang, wenn diese auch meistens verwaisten und deren Türen verrostete Schlösser hatten. Zu seinem Erstaunen war das hier nicht der Fall. Der Eingang schien öfter genutzt zu werden. Er war weder von Unkraut überwuchert noch waren die Scharniere oder der Riegel verrostet. Vorsichtig drückte Nicholas gegen die Tür und sie gab nach, ohne einen Laut zu verursachen. Modrig riechende Dunkelheit empfing ihn. Er hatte keine Fackel oder ähnliches dabei, also musste er sich wohl oder übel vortasten. Er wusste nicht, was zu finden er erwartete, aber er war neugierig, denn vor sich hörte er leise Schritte. Also war der Unbekannte ebenfalls hier. Sein Fuß ertastete einen Absatz, dann noch einen. Eine Treppe. Als sich seine Augen langsam an die Dunkelheit gewöhnten, meinte er, an deren Fuß einen schwachen Lichtschimmer zu erkennen. Behutsam setzte er einen Schritt nach dem anderen, denn die Treppe erwies sich als rutschig und uneben. Der Lichtschein wurde mit jeder Stufe nach unten heller und schließlich erreichte Nicholas einen schmalen Gang, von dem mehrere Kammern abzweigten. In eisernen Haltern flackerten Fackeln und beleuchteten eine gespenstische Szenerie. Ein leiser Singsang lockte ihn zu einer nur halb angelehnten Tür. Oben am Türbalken konnte er eine Inschrift ausmachen und ihm stockte kurz der Atem. *Fay ce que vouldras! Tu, was du willst!* Ein Zitat, das von dem berühmten französischen Humanisten Francois Rebelais stammte. Und angeblich das Motto einer Vereinigung war, die sich Brotherhood of St. Francis of Wycombe nannte. Man munkelte, dass die Mitglieder sexuell ausschweifende Orgien abhielten. Er hatte bereits gerüchteweise einmal in anderer Sache davon gehört, es aber bisher für reine Spekulation gehalten, dass es eine solche Vereinigung gab. Vorsichtig spähte er in den Raum. Ein Mann mit schwarzem Umhang, dem eines Geistlichen nicht unähnlich, war dabei, leise summend mehrere Eisenschalen mit irgendwelchen wohlriechenden Ingredienzen zu füllen, die er aus einem an seinem Gürtel befestigten Beutel entnahm. Jedenfalls roch es nach Weihrauch. Nicholas versuchte zu ergründen, wonach es noch, weitaus weniger ansprechend, roch. Kalter Schweiß und... ein Hauch von etwas Verbranntem? Er machte in dem schummrigen Dämmerlicht auch einen großen, schwarzen Block aus, der erhaben mitten in dem Raum stand. Nicholas konnte eingeritzte Zeichen am Kopfende ausmachen, deren Bedeutung er nicht kannte, aber ganz sicher gingen hier Dinge vor sich, die weit über das reine Konsumieren von Opium und Alkohol hinausgingen! Wenn er an die verschwundenen Mädchen dachte und den Gedanken zuließ, dass sie hierher gebracht worden waren, lief ihm angesichts der Bilder, die vor seinem geistigen Auge aufflackerten, ein kalter Schauer über den Rücken.

Nicholas beobachtete den Mann noch einen Augenblick, dann dämmerte es ihm, dass er viel kleiner und dicker war als die Gestalt, die er hierhin verfolgt hatte. Er war hin und her gerissen. Sollte er hier bleiben und weiter beobachten, was passierte, oder sollte er versuchen, den Unbekannten aufzuspüren? Er war sich nicht sicher, ob beide sich kannten, aber da er keine Stimmen gehört hatte, vermutete er, dass sie sich zumindest nicht begegnet waren. Er entschloss sich, weiter zu gehen. Er war sich bewusst, dass er einen eisernen Grundsatz brach, indem er diesem Mönch oder was auch immer er war, den Rücken zuwandte, wenn er weiter in das Gebäude hineinging. Aber manchmal war das unumgänglich.

Am Ende des Ganges führte eine Treppe wieder hinauf und wenig später stand er vor einer Tür, die ebenfalls unverschlossen war. Entweder man ging hier sehr locker mit der Sicherheit um oder er war auf der richtigen Spur und der Unbekannte hatte sie vor ihm geöffnet. Vorsichtig schob Nicholas die schwere Holztür ein kleines Stück auf. Alles war dunkel und er konnte nicht erkennen, wo genau er sich befand.

Ein lautes Poltern über ihm erklang und er zuckte zusammen. Wieder ein Krachen, dann meinte er, Stimmen zu vernehmen. Kurz wunderte er sich, dass die Geräusche so deutlich zu vernehmen waren, denn die Mauern waren dick, aber dann vernahm er einen Luftzug. Er tastete sich an der Wand voran und seine Finger stießen auf eine Öffnung, die er als Kamin identifizierte. Offenbar gab es hier eine Verbindung zu dem Raum darüber. Er konnte nicht verstehen, was gesprochen wurde, aber es waren zwei Männer, die sich offenbar stritten. Nicholas konnte sich gerade noch in eine Nische neben dem Kamin drücken, als die Tür zum Keller mit einem lauten Krachen aufflog. Der Mann, den er vorhin in der Kammer beobachtet hatte, lief, ein Gaslicht in der Hand, durch den Raum auf eine Treppe zu, die in das obere Stockwerk führte. Als er verschwunden war, rief Nicholas sich den Grundriss ins Gedächtnis, den er im Schein des Gaslichts hatte ausmachen können und folgte ihm in das Obergeschoss. Ein Lichtschein wies ihm den Weg zu einem Raum, aus dem die Stimmen und das Gepolter kamen. Die hell erleuchtete Szenerie, die sich ihm bot, als er einen Blick in den Raum warf, war bizarr. Der Unbekannte, den er am Anfang verfolgt hatte stand, eine Pistole im Anschlag, mitten im Raum und bedrohte einen Mann, der, mit aufgerollten Hemdsärmeln an einem Sekretär saß und Nicholas den Rücken zudrehte. Den dritten Mann konnte er zunächst nicht sehen, aber kurz darauf betrat er den Raum. Mit sich zerrte er ein junges Mädchen, das nur mit einem dünnen Hemd bekleidet war und panisch um sich blickte.

„Hier ist sie. Und was willst du jetzt tun? Du glaubst doch nicht, dass du damit durchkommst?!" Der Mann, der mit der Pistole bedroht wurde, klang spöttisch.

„Und ob ich damit durchkomme! Du wirst kein weiteres Mädchen mehr opfern, Turnbridge", presste der Unbekannte heraus.

Nicholas konnte gerade noch verhindern, dass sich ihm ein Knurren entrang. Turnbridge, dieser verdorbene Dreckskerl! Jetzt ergaben alle Puzzleteile einen Sinn und eine vage Vermutung wurde zur Gewissheit. Hier wurden nicht nur Opiumpartys veranstaltet, sondern auch junge Mädchen getötet!

„Bruder Beau, wenn du die Güte hättest, unseren *Abt* an seinen Stuhl zu fesseln?!"

„Was?" Unruhig trat der Angesprochene von einem Fuß auf den anderen.

„Du hast mich sehr gut verstanden. Fessle ihn!" Jetzt richtete der Mann seine Pistole auf den Bruder Beau Genannten.

„Ich habe nur einen Schuss, das weißt du. Ich kann dich jetzt erschießen, dann kommt Turnbridge wahrscheinlich lebend davon. Aber du bist tot. Und ich und die Kleine auch, weil der Schuft uns ganz sicher nicht am Leben lassen wird. Oder du tust, was ich sage und wir beide verschwinden mit dem Mädchen. Es muss niemand erfahren, was hier passiert ist. Ich will nur, dass dieses unsinnige Töten aufhört. Du weißt so gut wie ich, dass wir uns nicht gegenseitig beschuldigen können, ohne dass alles auffliegt und wir ruiniert sind!"

Der Angesprochene schien einen kurzen Kampf mit sich auszufechten, dann nahm er ein bereit liegendes Sein und begann, den sich wehrenden Turnbridge an den Stuhl zu fesseln.

„Das... das kannst du nicht machen! Wage es nicht! Ich werde dich... euch vernichten!", schrie der aufgebracht, aber den Kräften des Mannes, der gekonnt das Seil um ihn wand, hatte er nichts entgegenzusetzen.

„Und jetzt? Wenn wir ihn am Leben lassen, wird er sich rächen! Du weiß, dass er uns in der Hand hat!" Bruder Beau war zurückgetreten und sah den Mann an, der jetzt seine Pistole wegsteckte.

„Du nimmst das Mädchen und verschwindest und ich sorge dafür, dass er nichts mehr verraten kann!"

Nicholas wurde es übel. Der Mann hatte vor, Turnbridge umzubringen! Und auch, wenn der ein Schwein war und es im Grunde genommen verdient hätte, zu sterben, konnte er das nicht zulassen. Burns würde ihn verhören wollen, um an die Namen derer zu kommen, die zu dieser Vereinigung gehörten. Und dann würde er ein Exempel an ihm statuieren, das auf der Grundlage und im Einklang mit den herrschenden Gesetzen war.

Dann ging alles ganz schnell. Nicholas verbarg sich hinter der Tür, die nach außen aufschwang und Bruder Beau eilte mit dem Mädchen an ihm vorbei.

„Und jetzt brenne im Höllenfeuer!", hörte er den Mann zischen, der noch mit Turnbridge im Zimmer war. Dann eilte auch er aus dem Zimmer. Als er die Tür schließen wollte, fiel sein Blick auf Nicholas und er erstarrte. „Stanford!" Seine Augen wurden schmal und er griff in seine Jackentasche. Dann richtete er die Pistole auf ihn. „Ich habe nicht gewollt, dass jemand anderes zu Schaden kommt als der Hurensohn da drin." Er zielte. Das alles geschah so schnell, dass Nicholas kaum reagieren konnte.

„Aber manchmal kann man Kollateralschäden nicht verhindern!" Nicholas warf sich zur Seite, aber der Schuss traf ihn dennoch. Brennender Schmerz durchzuckte ihn und im gleichem Moment brach er zusammen. Dann wurde alles schwarz um ihn herum.

Waisenhaus in Whitechapel

Ava ließ den Brief sinken, den sie gerade erhalten hatte. Er bestätigte, was ihr Verstand ihr seit nunmehr zwei Wochen sagte, ein winzig kleiner Teil ihres törichten Herzens allerdings nicht hatte wahrhaben wollen. Es war nun fast zwei Wochen her, seit sie Nicholas das letzte Mal gesehen hatte. *Ich bitte dich nur um zwei Tage, Ava!,* hatte er gesagt. Inzwischen waren fast vierzehn daraus geworden und er hatte sich nicht bei ihr gemeldet. Gott sei Dank hatte sich wenigstens ihre Befürchtung, vielleicht doch schwanger zu sein, nicht bestätigt. Aber was wäre gewesen, wenn? Er hatte sie mit ihrer Unsicherheit und Angst allein gelassen und jetzt wusste sie auch, warum. Er war ein Feigling. Und sie war eine Närrin, weil sie tatsächlich mit einem noch nicht gefühllosen Teil ihres Herzens gehofft hatte, er könnte sich bei ihr melden, weil es ihm nicht gleichgültig war, wie es ihr ging und was aus ihr wurde. Einen Tag, zwei, eine ganze Woche hatte sie die Erkenntnis in den hintersten Winkel ihres Verstandes verdrängt, dass er sie nur ins Bett hatte bekommen wollen, dabei hätte sie es gleich wissen müssen. Diese Wohnung war viel zu feminin eingerichtet, um sein dauerhaftes Domizil sein zu können. Es war die Wohnung einer Frau. Einer Mätresse für die reichen, von ihren Frauen gelangweilten Herren der Gesellschaft.

Und wahrscheinlich hatte er dort schon bessere Frauen im Bett gehabt als sie.

Auch nicht besser als mit einer Hafenhure! Sie musste unwillkürlich an die Worte dieses Mannes denken, der ihr so Grausames angetan hatte.

Und nun dieser Brief, der ihr schwarz auf weiß bestätigte, dass sie für Nicholas nur eine kurzweilige Abwechslung gewesen war, etwas Verfügbares, als ihn die körperliche Lust an diesem Morgen überkommen hatte.

Verschwinden Sie aus unserem Leben! Bisher habe ich die Affairen meines zukünftigen Gatten still geduldet, solange sie diskret blieben. Nun aber hat Nicholas sich endlich entschieden, den schon von unseren Vätern ausgehandelten Ehevertrag zu erfüllen. Unsere Hochzeit wird in Kürze stattfinden und als seine Gattin werde ich weitere Indiskretionen nicht dulden.

Wenn Sie nicht wollen, dass jemand von Ihrer Tochter erfährt, dann verlassen Sie London so schnell wie möglich.

Unterschrieben waren die wenigen Zeilen mit *Lady Victoria Newton, zukünftige Marchioness of Stanford.* Beigelegt war diesem Brief eine aus der Times ausgeschnittene Verlobungsanzeige:*Der Duke of Ashford ist hocherfreut, die Verlobung seines Sohnes, des Marquess of Stanford, mit der liebreizenden Lady Victoria Newton bekannt zu geben...*

Es hätte nicht dieser Anzeige als Beweis gebraucht, um Avas Herz endgültig zu brechen. Ihr Leben lag wieder einmal in Scherben vor ihr und wie schon einmal wusste sie nicht, wie sie die kläglichen Reste ihrer Gefühle ordnen und ein neues Leben beginnen sollte. Dass Lady Victoria von Lizzy wusste und ihr drohte, war dabei nur ein kleiner Teil. Viel mehr schmerzte, dass sie dieses Mal von einem Menschen enttäuscht worden war, in den sie sich wider besseres Wissen verliebt hatte. Und sie wusste auch, dass es keinen Ort in ganz England gab, der weit genug von London entfernt wäre, um all das zu vergessen.

Sie wusste nicht, wohin sie gehen sollte, nur, dass sie gehen *musste*. Nicht nur wegen Nicholas, sondern auch, weil Lady Victoria dafür sorgen würde, dass sie hier nie wieder eine Anstellung finden würde. Ihr Gespartes würde für eine kurze Weile reichen, für eine Fahrt mit der Postkutsche für sie und Lizzy, vielleicht nach Norden. Sie würde sich einfach neu erfinden. Die Idee mit der Witwe kam ihr in den Sinn. Sie würde behaupten, dass ihr Mann gestorben und sie nun auf der Suche nach Arbeit wäre. Immerhin könnte sie so bei

Lizzy sein, ohne den Makel ihrer unehelichen Geburt preisgeben zu müssen.

Sie hatte die Erfahrung gemacht, dass die meisten Menschen ihr eher ihre Lügen glaubten als die Wahrheit. Das einzige Mal, bei dem sie ehrlich gewesen war und von der Vergewaltigung erzählt hatte, hatte man ihr nicht geglaubt, während man die Lüge um ihre Identität ohne nachzufragen hingenommen hatte. Diese Ignoranz war ihre Chance.

Ava erinnerte sich plötzlich an einen Satz, den sie in dem Buch *Gedanken zur Erziehung von Töchtern* von der Frauenrechtlerin Mary Wollstonecraft gelesen hatte. Natürlich war das eine verbotene Lektüre im Hause ihrer Eltern gewesen und sie hatte sich das Buch heimlich besorgen müssen, denn in einem Haushalt, wo darauf geachtet wurde, dass die Töchter zur Erbauung ihrer späteren Ehemänner und der feinen Gesellschaft Klavierspielen und nichtssagende Konversation lernten, waren solch aufrührerische Texte natürlich geächtet. *Ich bin sicher, nichts ruft die Fähigkeiten so sehr hervor wie das Wesen, das gezwungen ist, mit der Welt zu kämpfen,* hatte sie dort gelesen. Und genau das würde sie tun. Nicht für sich, ihre Hoffnung auf ein wenig Glück waren mehr als einmal von Menschen zertrampelt worden, denen sie vertraut hatte. Sie würde für Lizzy kämpfen, dafür, dass sie ein sorgloses Leben führen könnte, eines, das ihr selbst versagt worden war. Und dazu würde sie London verlassen müssen!

Landgut des Earls of Banbury

Wütend sprang Nicholas von seinem Pferd. Der Ritt von Ashford Hall, dem Landsitz seiner Familie, hierher hatte ihn Kraft gekostet, aber seine Wut ließ ihn die Schmerzen vergessen, die ihn immer noch beeinträchtigten. Er hatte fast vierzehn Tage zwischen Leben und Tod im Bett gelegen, nachdem sich die Schusswunde in seiner Schulter entzündet hatte. Dazu war eine Rauchvergiftung gekommen, die ihm das Atmen erschwert hatte, aber er konnte froh sein, dass er gerettet worden war. Ganz offensichtlich war das Anwesen des Earls of Mansfield nicht so verlassen gewesen, wie es ihm zunächst erschienen war. Man hatte ihm, nachdem er vor einigen Tagen endlich den Kampf mit den Dämonen des Jenseits gewonnen hatte, erzählt, dass ein Diener des alten Earls ihn vor der verschlossenen Tür des Herrenzimmers gefunden hatte. Der Brand war allerdings so weit fortgeschritten, dass das Feuer bereits an der Tür leckte und eine Rettung des Viscounts of Turnbridge nicht mehr möglich war. Aufgrund der ungeklärten Umstände hatte man den ortsansässigen Konstabler benachrichtigt, der wiederum aufgrund der Ausmaße des Brandes seinem zuständigen Vorgesetzten in London Bericht erstattet hatte. Der alte Kammerdiener des Earls hatte ihn als Sohn des Dukes of Ashford erkannt und er war nach Ashford Hall gebracht worden. Dort hatte ein eilig aus London herbeigerufener Arzt um sein Leben gekämpft und schließlich gewonnen.

Mit zunehmender Genesung hatten sich seine

Erinnerungen geklärt und er konnte Konstabler Burns Bericht erstatten. Er hatte keinen der beiden Männer erkannt, die außer Turnbridge dort gewesen waren, obwohl der eine ihn mit Stanford angesprochen hatte. Und da auch die anwesende Dienerschaft nichts sagen konnte oder wollte, entschloss Burns sich, das Ganze für die Öffentlichkeit als einen bedauerlichen Unfall darzustellen, um nicht Anlass zu Spekulationen zu geben. Insgeheim würde er weiter ermitteln, aber da mit Turnbridge der Initiator dieser Treffen gestorben war, war erst einmal nicht davon auszugehen, dass sich diese Veranstaltungen in naher Zukunft wiederholten. Und das war ja immerhin das Ziel der Ermittlungen gewesen. Und solange man die vermissten Mädchen nicht tot fand, würde es auch in dieser Hinsicht keine weiteren Untersuchungen geben, denn Beweise dafür, dass Turnbridge damit zu tun hatte, gab es ebenfalls nicht. Da reichte auch Nicholas Aussage nicht aus.

Nicholas stiefelte wütend die Stufen zum Eingangsportal hinauf. Er betätigte den schweren Eisenring, der als Türklopfer in Löwenkopfform diente und nickte Preston einen kurzen Gruß zu.

„Ich wünsche, Lady Victoria zu sprechen. Sofort!"

Seine Stimme vibrierte vor Zorn und Preston riss die Augen auf. Offensichtlich war er ein solches Benehmen nicht gewohnt, aber Nicholas war nicht in der Stimmung für Höflichkeit.

Preston führte ihn wortlos zum Salon, wo er ihn bat, sich kurz zu gedulden, bis er Lady Victoria von seinem Erscheinen unterrichtet hätte.

Violet saß auf einem Sofa und las, runzelte aber irritiert die Augenbrauen, als sie ihn ansah.

„Nicholas! Wir wussten gar nicht, dass du schon wieder

Besuche machst. Aber es ist schön, dass es dir besser geht. Wir waren alle sehr besorgt...", begann sie, wurde aber durch die eintretende Victoria unterbrochen.

„Nicholas!" Mit ausgestreckten Armen eilte sie auf ihn zu, blieb aber kurz vor ihm abrupt stehen, als sie seinen Blick bemerkte.

„Nicholas, was ist passiert? Warum... schaust du so..." Er zog einen Stapel Briefe aus seinem Gehrock und hielt ihn ihr hin.

„Weißt du, was das ist, Victoria?"

Als sie unsicher die Schultern zuckte und den Kopf schüttelte, klärte er sie auf.

„Das sind Genesungswünsche, verbunden mit den herzlichsten Gratulationen zu *unserer Verlobung!*" Nur mühsam bekam er seinen Ärger unter Kontrolle.

„Oh, Nicholas, wir hatten noch keine Gelegenheit, darüber zu reden, aber..."

„Falls du es immer noch nicht verstanden hast: Es gibt keine Verlobung und keine Hochzeit, jedenfalls nicht zwischen uns beiden! Ich frage mich nur, wie die Leute darauf kommen, dass es so wäre." Seine Stimme vibrierte vor Zorn und Victoria zuckte tatsächlich etwas zusammen.

„Wahrscheinlich aus der Times. Dein... Vater hat dort eine Anzeige...", begann sie unsicher.

„Eine Anzeige in der Times? Die mein Vater aufgegeben hat?" Jetzt war es an Nicholas, irritiert die Stirn zu runzeln. Aber dann besann er sich. Natürlich! Sein Vater hatte sich an ihm rächen wollen, weil er ihn in dessen Augen bloß gestellt hatte.

„Dein Vater kam zu mir und hat gefragt, ob ich noch daran interessiert wäre, deine Frau zu werden,

Nicholas. Und das bin ich! Das war ich immer! Ich hoffe nur, dass du endlich einsiehst, dass wir füreinander geschaffen sind!" Sie trat mit einem verführerischen Lächeln auf ihn zu und berührte ihn am Arm. Aber Nicholas war nicht in der Stimmung für solche Spielchen.

„Ihr habt also beide meine ausdrückliche Weigerung, dich zu heiraten, ignoriert und hofft nun, mich so zwingen zu können?" Fassungslos sah er sie an.

„Ach Nicholas, sieh es doch einmal von der praktischen Seite. Du brauchst eine Frau, die einmal die Duchess an deiner Seite sein wird und den Fortbestand deines Namens sichert. Und wir kennen uns schon so lange... Was wäre denn so schlimm daran...", versuchte sie es erneut und lächelte ihn an.

„Ich habe bereits eine Frau, die die ich an meiner Seite haben will, Victoria." Kalt trat er einen Schritt zurück. „Ich denke, damit ist alles gesagt."

„Du kannst doch nicht... Nicholas, wenn du mich jetzt fallen lässt, dann bin ich ruiniert. Es wird einen fürchterlichen Skandal geben!", brauste sie auf.

„Ich denke, das hast du dir selbst zuzuschreiben. Ich biete dir an, die Schuld wegen der geplatzten Verlobung auf mich zu schieben, dann kommst du vielleicht mit Mitleid statt mit Häme davon, aber das ist auch alles, was ich dir anbieten kann." Er ging auf die Tür zu. Alles, was er jetzt wollte, war, von hier fort zu kommen. Er musste schnellstmöglich nach London um Ava zu treffen und ihr endlich zu sagen, dass er sie liebte und heiraten wollte. Er hatte die Tür noch nicht erreicht, da hielt Victorias schrille Stimme ihn zurück.

„Du meinst doch nicht etwa diese Klavierspielerin, mit der du neulich hier aufgekreuzt bist?! Diese kleine

Hure wird eine schlechte Duchess abgeben!" Ganz offensichtlich hatte sie ihre Taktik geändert und ging nun zum Angriff über.

„Ich bewundere deine Hartnäckigkeit wirklich sehr, Victoria, aber deine Anfeindungen werden meinen Entschluss, genau diese Frau zu heiraten, nicht ändern!" Er drehte sich nicht um, aber das musste er auch nicht. Er spürte auch so den abgrundtiefen Hass, der von ihr ausging und sich gegen Ava richtete.

„Aber vielleicht die Tatsache, dass sie eine Hure ist und ein uneheliches Kind hat!", schrie sie ihm hinterher. Nicholas versteifte sich.

„Was hast du da gerade gesagt?" Sein Körper spannte sich an und er drehte sich um. Victoria hatte die Arme triumphierend vor ihrem Oberkörper verschränkt und weidete sich an seiner Reaktion.

„Ach, das wusstest du nicht? Wer weiß, was sie dir noch alles verschwiegen hat!"

Unsicherheit machte sich in Nicholas breit. „Woher willst du das wissen?" Argwöhnisch sah er sie an.

„Dass sie eine Hure ist oder dass sie ein Kind hat?" Spöttisch zog sie die Augenbrauen hoch und ging auf Nicholas zu. „Ich habe da neulich so ein Gespräch mit angehört." Hocherhobenen Hauptes sah sie zu Violet hinüber, die wie erstarrt der Diskussion gefolgt war. Jetzt schluckte sie und ihr war deutlich anzusehen, dass sie etwas sagen wollte, aber sie schwieg.

„Wahrscheinlich ist sie meiner Aufforderung gefolgt und mitsamt ihrem Balg verschwunden, bevor noch bekannt wird, was sie ist! Man stelle sich mal vor, sie hat bei Lady Aylesbury, Gott hab sie selig,..." Dann unterbrach sie sich und als ihr bewusst wurde, dass sie

sich verraten hatte, sah sie erschrocken zu Nicholas hin.
„Du hast... *was*?!" Ihm waren ihre Worte nicht
entgangen, aber er fragte sich, ob sie das wirklich getan
haben könnte. „Du hast ihr gesagt, sie soll
verschwinden?" Ungläubig riss er die Augen auf.
„Herrgott, was ist denn so schlimm daran, dass ich dich
vor diesem Weib schützen wollte?!" Aufgebracht ging
sie auf und ab. Nicholas war so perplex, dass er zum
ersten Mal nicht wusste, was er sagen sollte. Ganz
langsam sickerte die Bedeutung ihrer Worte in seinen
Verstand. „Du warst bei Ava und hast ihr gesagt, sie
soll London verlassen?"
„Bist du verrückt? Ich gehe doch nicht nach
Whitechapel! Ich meine, *sie* gehört vielleicht da hin,
aber ich doch nicht! Ich habe Erkundigungen
eingezogen, wo sie sich aufhält und ihr einen Brief
geschrieben..."
„Sie gehört genauso wenig nach Whitechapel wie du,
Victoria." Violets leise Stimme ließ sie beide zu ihr
herumfahren.
„Wie meinst du das denn, Schwesterherz? Huren
gehören da hin..."
Violet stand auf und ging auf die beiden zu.
„Ich meine, dass man eine Frau, der man Gewalt
angetan hat und die dadurch schwanger geworden ist,
wohl kaum als Hure bezeichnen kann." Jetzt blitzte sie
ihre Schwester wütend an. „Und sie gehört genauso
wenig nach Whitechapel wie du, denn sie ist die
Tochter eines Viscounts!"
Jetzt war es an Nicholas und Victoria, sie fassungslos
anzusehen. Victoria fing sich zuerst.
„Was sagst du da, Violet? Hast du in deiner Zeit in
Bedlam vollkommen den Verstand verloren?"

Aber Violet zuckte nur unbeteiligt mit den Schultern. „Mich kannst du schon lange nicht mehr mit deinen Beleidigungen treffen, Victoria. Aber ich wäre eine schlechte Freundin, wenn ich die Frau, die mich aus dieser Hölle gerettet hat, nicht vor deinen Giftspritzen in Schutz nehmen würde. Ihr Name ist nicht Prescot, den hat sie sich nur zugelegt, weil ihre Eltern sie verstoßen haben, als sie nach der Vergewaltigung schwanger geworden ist." Violet hatte sich in Rage geredet. „Sie ist die Tochter des Viscounts of Hemsworth, aber wegen Leuten wie dir und ihren Eltern war sie gezwungen, ihre Herkunft zu verleugnen und als einfache Gesellschafterin Geld zu verdienen, um sich und ihre Tochter ernähren zu können!"

Nicholas war, als hätte man ihm den Boden unter den Füßen weggezogen. So viele Dinge ergaben jetzt einen Sinn. Ihre Besuche im Waisenhaus, als sie *ihre* Tochter dort besucht hatte! Ihre Angst, sich in der Gesellschaft des *Tons* zu zeigen! Und dann seine Begegnung an diesem Abend, als er in *ihre* grauen Augen gesehen hatte, die aber zu ihrer *Schwester* gehörten! Er erinnerte sich auch daran, dass Lady Hemsworth abfällig über jemanden gesprochen hatte. Jetzt wusste er, dass es Ava gewesen war, die sie gemeint hatte. Mein Gott, wie hatte Ava für etwas leiden müssen, für das sie nichts konnte! Grenzenlose Wut auf den Mann, der ihr das angetan hatte, ließ einen roten Schleier vor seinen Augen tanzen. Wut auf ihre Eltern und alle, die ihr das angetan hatten, gesellte sich dazu. Aber das Schlimmste war die Wut auf sich selber. Er verstand erst jetzt, warum sie so Angst davor gehabt hatte, schwanger zu werden. Himmel! Warum hatte er ihr nicht gleich

266

gesagt, dass er sie liebte und heiraten wollte. Er erinnerte sich an seine Worte: *Wir werden eine Lösung finden!* Das war ganz sicher nicht das, was sie in dieser Situation hatte hören wollen! Und sehr wahrscheinlich hatte sie es ganz anders aufgefasst als er es gemeint hatte.

Ohne ein weiteres Wort drehte er sich um und lief durch den Flur, raus aus diesem Haus und zu seinem Pferd. Er musste nach London, so schnell wie möglich. Er ignorierte die Möglichkeit, dass sie fort gegangen sein könnte. Nicht, weil Victoria sie quasi dazu gezwungen haben könnte, sondern weil *er* sie enttäuscht hatte. Als ihm klar wurde, dass sie nichts von seiner Verletzung wissen konnte, traf ihn diese Erkenntnis so sehr ins Mark, dass er laut aufstöhnte. Um zwei Tage hatte er sie gebeten, fast drei Wochen waren daraus geworden! Sie musste glauben, dass er sich vor der Verantwortung, vielleicht ein Kind gezeugt zu haben, drücken wollte. Weil er Victoria heiraten und einen Skandal verhindern wollte! Weil er... verdammt! Als er am späten Nachmittag in London eintraf und sich sofort zum Waisenhaus begab, wo er sie zu finden hoffte, musste er einsehen, dass sein schlimmster Albtraum wahr geworden war. Ava war fort. Sie hatte ihre wenigen Habseligkeiten gepackt, ihre Tochter auf den Arm genommen und London mit unbekanntem Ziel verlassen. Das zumindest hatte Mrs. Scott ihm gesagt. Wut und Enttäuschung, unbeschreibliche Leere und Selbstvorwürfe übermannten ihn. Wut, weil ihr das Leben einmal mehr übel mitgespielt und sie gezwungen hatte, neu anzufangen. Nein, korrigierte er sich, nicht das Leben, Victoria! Er hatte immer gewusst, dass sie oberflächlich und selbstsüchtig war, aber mit wie viel

Arroganz und Selbstverständnis sie das Leben anderer manipulierte, das war ihm erst jetzt klar geworden.

Und noch eins wusste er: Er würde Ava suchen, notfalls in ganz England! Er würde jeden Stein umdrehen und in jedem gottverdammten Dorf nach ihr fragen, und wenn es Jahre dauern würde. Er hoffte nur, dass es dann noch nicht zu spät für sie beide wäre.

Dorchester, ein Jahr später

Ava beobachtete, wie Lizzy lachend über die Wiese lief und Gänseblümchen pflückte. Die Sonne schien und Ava genoss den Nachmittag mit ihr in vollen Zügen. Sie hatte sich gut in ihrem neuen Leben eingerichtet. Nachdem sie mit Lizzy und ihrer wenigen Habe das Waisenhaus verlassen hatte, hatte sie einfach an der nächstgelegenen Postkutschenstation zwei Fahrkarten gekauft und war eingestiegen. Sie hatte kein festes Ziel und auch nicht wirklich einen Plan gehabt, was sie nun tun sollte. Das wenige Geld, das sie bis dahin gespart hatte, würde sie und Lizzy ein paar Wochen über Wasser halten, aber trotzdem würde sie so schnell wie möglich eine Anstellung finden müssen. Sie war über Maidenhead, Basinstoke und Salisbury schließlich in Dorchester gelandet, einem Dörfchen irgendwo im Nirgendwo. Weit genug weg von London. Nicht weit weg genug, um die Wunden zu heilen, die Nicholas in ihr Herz gebrannt hatte, aber auch die vernarbten langsam. Sie war nicht glücklich, aber zufrieden. Ihr innigster Wunsch, mehr Zeit für Lizzy zu haben, war in Erfüllung gegangen und dafür war sie dankbar.

Lizzy kam auf sie zugelaufen, ein paar Gänseblümchen in der Hand, die sie ihr hinstreckte.

„Für dich, Mummy!" Ava nahm sie ihr lächelnd ab. Sie hatte sich immer vorgestellt, wie es wäre, wenn sie mit ihrer Tochter über blühende Wiesen laufen und herumtollen könnte. Wenn sie da wäre, wenn Lizzy Trost bräuchte oder eine Gute-Nacht-Geschichte hören wollte, aber die Realität übertraf ihre Erwartungen noch um Längen. Und das machte sie überglücklich. Sie als Mutter. Ein anderer Teil von ihr sehnte sich nach etwas, das Nicholas in ihr geweckt hatte. Die gutmütige Mrs. Fulton, bei der sie und Ava jetzt wohnten, wurde nicht müde, sie darauf hinzuweisen, dass eine so junge Frau wie sie nicht alleine bleiben sollte. Lizzy sollte Geschwister bekommen und sie selbst einen guten, rechtschaffenen Mann heiraten, der für sie sorgen würde. Und sie wurde auch nicht müde, Ava verschiedene Männer vorzustellen, die ihrer Meinung nach geeignete Kandidaten wären. Ava arbeitete inzwischen bei einem Squire, einem Landadeligen, dessen Kinder sie unterrichtete. Im Haus gab es sogar ein Klavier und Ava genoss die Stunden, die sie dort verbrachte. Sie durfte sogar Lizzy mitbringen und schnell hatte sich das Mädchen mit den Kindern des Sqiure angefreundet. Seine Frau war bei der Geburt der jüngsten Tochter gestorben, so dass er jetzt mit einem Sohn und zwei Töchtern alleine dastand. Grund genug für Mrs. Fulton, auch in ihm einen potentiellen Heiratskandidaten zu sehen. Und wenn Ava ehrlich zu sich selbst war, hatte sie selbst schon daran gedacht, wie es wäre, wenn sie ihn heiraten würde. Er hatte bereits eindeutige Signale in diese Richtung an sie gesendet und wenn sie ihm auch nur ein kleines Entgegenkommen zeigen würde, würde er sie ganz sicher bitten, seine Frau zu werden. Thomas Crowder war ein ruhiger Mann Mitte dreißig. Er war ein hingebungsvoller Vater für seine Kinder und auch Lizzy behandelte er mit sehr viel Freundlichkeit. Er steckte den Kindern immer wieder Süßigkeiten zu, nahm sie zu Ausflügen auf seine Ländereien mit und alleine deswegen mochte sie ihn. Er war außerdem recht ansehnlich, groß, blond und seine blauen Augen sahen sie oft mit einem wehmütigen Ausdruck an. Ava versuchte sich vorzustellen, wie es wäre, mit ihm zu schlafen, was sie unweigerlich würde tun müssen, wenn sie ihn heiratete. Es würde nicht so sein wie mit Nicholas, da war sie sich sicher, aber andererseits waren die meisten Ehen nicht unbedingt Liebesbeziehungen. Freundschaft wäre schon gut, und die empfand sie wohl für Thomas. Ihr Herz flatterte nicht, wenn er sie ansah und es erregte sie auch nicht in der gleichen Weise wie bei *ihm*, wenn er sie wie zufällig berührte, aber sie fühlte auch keine Abneigung. Ja, sie kam immer mehr zu dem Schluss, dass ihn zu heiraten wohl das Vernünftigste wäre, das sie tun könnte. Sie musste auch an Lizzy denken. Eine Familie und Geschwister waren das, was sie brauchte, um unbeschwert aufwachsen zu können.

Ava stand auf und strich sich den Rock glatt.

„Komm, mein Engel, Mrs. Fulton wartet bestimmt schon auf uns. Ich glaube, sie hat heute Zitronentörtchen gebacken!"

Mit einem Juchzen warf Lizzy sich in ihre Arme. „Die ess ich am liebsten!", kreischte sie und Ava wirbelte sie durch die Luft.

Ja, Lizzy brauchte eine Konstante in ihrem Leben. Es wurde Zeit, dass Ava sich ihrer Verantwortung als Mutter stellte. Sie konnte nicht immer mit Lizzy alleine bleiben. Es würde eine Zeit kommen, da wäre es ein Makel für das Mädchen, ohne Vater aufzuwachsen. Leider waren die Moralvorstellungen der Menschen da alle gleich, ob auf dem Land oder in der Londoner Gesellschaft. Sie entschloss sich, Lady Violet einen Brief zu schreiben, indem sie ihr mitteilte dass es ihr gut ging und sie dasselbe auch für sie hoffte. Lady Violet wusste alles über sie, da war es nur folgerichtig, wenn sie sie durch ein paar Zeilen auf den neusten Stand brachte. Sie hatten zwar nur eine sehr kurze Zeit miteinander verbracht, aber diese Stunden, die sie dort unten mit dem Tod vor Augen nebeneinandergesessen und sich Trost gespendet hatten, hatte sie auf eine unsichtbare Art zusammengeschweißt. Vielleicht hätte Lady Violet eine Freundin werden können, wenn die Umstände anders gewesen wären. So aber wollte sie ihr wenigstens mitteilen, dass sie und Lizzy sich in ihrem neuen Leben gut eingerichtet hatten.

Stadthaus des Dukes of Ashford

Nicholas saß am Kamin und drehte sein Whiskyglas in der Hand. Seit einem Jahr suchte er schon nach Ava und Lizzy. Violet hatte ihm erzählt, was sie wusste und

Nicholas hatte es das Herz zerrissen. Wenn er nicht so feige und wankelmütig gewesen wäre, könnte er jetzt mit Ava hier am Feuer sitzen. Er hatte alles auf den Kopf gestellt, hatte sogar eine Spur von ihr gefunden, als sich ein Kutscher an sie und die Kleine erinnerte. Aber irgendwo verlor sich ihre Spur. Er hatte Bow Street Runner engagiert, sogar Burns hatte seine Fühler ausgestreckt, aber am Ende war und blieb sie verschwunden.

Mit seinem Vater hatte er nach der Sache mit der Verlobungsanzeige gebrochen. Victoria hatte noch ein paar Mal versucht, Kontakt zu ihm aufzunehmen, hatte versucht, ihn umzustimmen, aber er hatte ihr nie geantwortet. Es hatte den erwarteten Skandal gegeben, weil die Verlobung geplatzt war und sie hatte überall herumerzählt, dass sie diejenige gewesen war, die letztlich die Verlobung gelöst hatte, weil er ein unverbesserlicher Wüstling war und sie ihn in flagranti mit seiner Mätresse erwischt hätte. Was eine handfeste Lüge war, aber Nicholas hatte sich nicht verteidigt. Es war ihm schlichtweg egal, was die Leute von ihm dachten. Sein vordringlichstes Interesse galt der Suche nach Ava, aber so wie es aussah, musste er sich mit dem Gedanken anfreunden, dass er sie verloren hatte. Er leerte das Glas mit einem Schluck und goss sich nach. Seit Ava verschwunden war trank er zuviel. Am Anfang hatte der Alkohol seine Sinne betäubt, so dass er den Schmerz hatte ertragen können. Jetzt half nicht einmal mehr das.

„Mylord." Sein Butler stand in der Tür und verbeugte sich von ihm. Er hielt ihm ein Silbertablett hin, auf dem ein gesiegelter Brief lag.

„Danke, Godric." Er nahm den Brief ohne große Begeisterung an sich. Vielleicht eine Einladung zu einem Ball. Die Leute wurden nicht müde, ihm Einladungen zu schicken. Und das, obwohl er seit einem Jahr keine derartige Veranstaltung mehr besucht hatte. Und auch weiterhin nicht besuchen würde. Bei *White's* liefen bereits Wetten, auf welchem Ball er sich sehen lassen würde, aber ihm war nicht danach, jemandem zum Gewinner dieser absurden Wette zu machen. Seit sein Vater vor gut einem Monat gestorben und er jetzt der Duke of Ashford war, häuften sich diese lästigen Einladungen. Er war von einem *sehr* begehrten Junggesellen zu *dem* begehrtesten Junggesellen der Stadt geworden. Aber auch das war für ihn ohne Belang. Er würde nur eine Frau zu seiner Duchess machen. Er wollte den Brief gerade achtlos zu dem restlichen Stapel werfen, der sich bereits auf seinem Schreibtisch türmte, da fiel sein Blick auf das Siegel. Der Brief war von William. Oder halt, das war nicht seine Schrift. Die geschwungenen Buchstaben deuteten auf einen weiblichen Schreiber hin. Wenn er von Victoria wäre... *Nicholas, du musst dich beeilen*, stand dort in hastig hingeworfenen Worten. Keine Anrede, keine höfliche Floskel. *Ava hat sich bei mir gemeldet. Sie ist kurz davor, sich zu verloben! Wenn du sie immer noch liebst, dann verliere keine Zeit. Ihr Brief war zwei Wochen unterwegs. Keine Adresse, aber aufgegeben wurde er in Dorchester.* Unterschrieben war er mit *Violet*. Nicholas ließ das Glas fallen und die braune Flüssigkeit sickerte langsam in den hochflorigen Teppich. Er starrte einige kostbare Sekunden auf die Zeilen, die sein Herz aufgeregt pochen ließen. Dann löste sich seine Starre und er sprang auf. Der Brief war zwei Wochen unterwegs gewesen! Er durfte sie nicht noch ein zweites Mal verlieren! So grausam konnte das Schicksal doch nicht sein!

Dorchester

„Was werden Sie nun tun, Mrs. Prescot?" Neugierig sah Mrs. Fulton Ava an, Gerade war Thomas Crowder hier gewesen und hatte ihr tatsächlich einen Antrag gemacht. Und obwohl sie schon damit gerechnet hatte, pochte ihr Herz nun doch. Sie hatte nicht sofort Ja gesagt, hatte sich bis morgen Zeit erbeten, darüber nachzudenken, aber im Grunde genommen war sie sich sicher, dass sie ihn annehmen würde. Am Tag zuvor hatte er sie zum ersten Mal geküsst und sie hatte es geschehen lassen. Es war nicht so spektakulär wie mit Nicholas, aber es war angenehm gewesen. Sie würde sich auf ein ruhiges Leben an seiner Seite einstellen, das war alles, was sie von dieser Ehe und dem Leben erwarten konnte. Und das war nicht das Schlechteste. Sie war zu dem Schluss gekommen, dass eine Ehe, die auf Freundschaft gründete, womöglich die konstantere Variante war. Ja, Freundschaft und Sicherheit, das würde zu ihrem neuen Leben gehören. Leidenschaft und Liebe hatte sie mit ihrer früheren Identität hinter sich gelassen, in London, bei Nicholas. Sie hatte Thomas von Nicholas erzählt, freilich ohne ihm die wahren Umstände zu erklären und er hatte wie selbstverständlich angenommen, dass er ihr

274

verstorbener Mann und Lizzy seine Tochter war. Ava hatte ihn nicht berichtigt, wozu auch. Nicholas gehörte zu einem anderen Leben, war eine schöne Erinnerung. Und Thomas ging es ebenso. Er hatte seine erste Frau sehr geliebt und das schweißte Ava und ihn noch näher zusammen. Beide hatten einen geliebten Menschen verloren und versuchten nun, einfach weiterzuleben.

„Ich denke, ich werde Mr. Crowders Antrag annehmen, Mrs. Fulton." Ja, das würde sie und es fühlte sich gut an, eine Entscheidung getroffen zu haben.

„Gleich morgen früh werde ich nach Crowden House gehen und es ihm sagen."

„Wunderbar, meine Liebe!" Mrs. Fulton klatschte in die Hände. „Sie könnten es gar nicht besser treffen. Ich kenne Thomas... Mr. Crowden schon, seit er noch ein kleiner Junge war. Er ist so ein lieber Mensch! Sie passen sehr gut zusammen, wissen Sie?!" Aufgeregt goss sie Ava noch etwas Tee nach.

„Wissen Sie schon, wie sie heiraten werden? Ich meine..."

„Ich wünsche mir eine kleine, private Trauung. Nur Mr. äh ... Thomas, ich und die Kinder."

Mrs. Fulton sah etwas enttäuscht aus, nahm dann aber Avas Hand und tätschelte sie.

„Und werden Sie mich auch mit Lizzy besuchen, wenn Sie erst in Crowden House wohnen?"

„Natürlich, Mrs. Fulton. Wir werden Sie jeden Tag in der Hoffnung besuchen, dass Sie frische Zitronentörtchen gebacken haben!" Ava lächelte die alte Frau liebevoll an. Ja, so würde ihr neues Leben sein: Thomas, die Kinder und... Zitronentörtchen von Mrs. Fulton!

„Ich danke dir, Ava, dass du meinen Antrag angenommen hast und meine Frau werden willst." Liebvoll ergriff Thomas ihre Hand und drückte einen Kuss darauf. „Ich weiß, dass dir das nicht leicht gefallen ist, aber ich werde alles dafür tun, dass du deinen Entschluss niemals bereust."

Ava versuchte, ihre Gefühle einzuordnen. Thomas war ein Glücksfall für sie. Sie hatte ihn heute morgen aufgesucht und ihm ihre Geschichte erzählt, die ganze, auch den Teil, den sie bisher ausgelassen hatte. Es war ihr nicht leicht gefallen, aber sie fand, dass er Ehrlichkeit verdient hatte. Sie wollte ihm außerdem die Möglichkeit geben, seinen Antrag zurückzuziehen, wenn er mit ihrer Vergangenheit nicht leben konnte. *Sie* musste es, aber er sollte eine Wahl haben. Aber er war sehr verständnisvoll gewesen, hatte nur immer wieder tröstend ihr Hand gedrückt, wenn sie ins Stocken geriet und sie nicht unterbrochen. Am Ende hatte er ihr für ihre Offenheit gedankt und seinen Antrag umgehend wiederholt. Und da hatte sie Ja gesagt, weil es sich richtig anfühlte. Aber war es das? Sie hatte ihm von Nicholas erzählt, von seinem Verrat und dass sie etwas Zeit brauchen würde, um darüber hinwegzukommen. Und einem Mann wieder vollkommen zu vertrauen. Er würde ihr alle Zeit der Welt geben, hatte er darauf gesagt, und er würde warten, bis sie bereit dazu wäre, ihm ihr Vertrauen zu schenken. Seine Worte waren Balsam für ihre Seele und ihr Herz öffnete sich einen Spalt breit für ihn.

„Möchtest du mit der Hochzeit warten, oder soll ich gleich das Aufgebot bei Reverend Holden bestellen?" Seine Stimme riss sie aus ihren Gedanken.

„Wie bitte? Oh... also wenn du möchtest, können wir so schnell wie möglich heiraten." Sie lächelte ihn an.

„Mrs. Fulton kann es gar nicht erwarten, und hat angekündigt, die schönste Hochzeitstorte zu backen, die Dorchester je gesehen hat!" Sie stand auf.

„Ich muss jetzt gehen, Thomas. Ich habe Lizzy versprochen, mit ihr ein Picknick zu veranstalten, sie liebt das so sehr. Ich muss noch eine Menge vorbereiten. Vielleicht... möchtest du auch dazu kommen?", fragte sie zaghaft und Thomas nickte. „Ja, ich denke, das möchte ich." Er sah ihr in die Augen, dann küsste er sie. Nicht leidenschaftlich, eher vorsichtig, so als wolle er sie erst an sich und seine Zärtlichkeiten gewöhnen. Aber dennoch konnte sie sich ihm nicht vollständig öffnen. Noch nicht. Sie würde sich daran gewöhnen müssen, dass es nicht die gleiche Glut in ihr entfachte wie Nicholas Küsse. Die Ehe mit Thomas würde eher... ruhig werden, aber das war genau das, was sie wollte. *Weil du das andere nicht haben kannst!,* flüsterte eine Stimme in ihrem Unterbewusstsein, und sie zuckte getroffen zusammen, weil es genau das war: weil sie die Leidenschaft und Liebe nicht haben konnte, entschied sie sich für ein ruhiges Leben in Freundschaft. Vielleicht würde die Liebe irgendwann dazu kommen. Vielleicht...

Thomas hatte ihre Reaktion auf seinen Kuss sehr wohl wahrgenommen, und zum ersten Mal war er verunsichert. Er war sich darüber im Klaren, dass sie ihn nicht aus Liebe heiraten würde. Das wusste er, seit sie ihm heute morgen von ihrer Vergangenheit erzählt hatte. Er hoffte nur inständig, dass dieser Mann sie nicht so sehr verletzt hatte, dass sie sich ihm nie würde öffnen können.

„Soll ich dich zu Mrs. Fulton begleiten?" Er brachte sie zur Tür. Dort half er ihr in ihr dünnes Cape und reichte ihr ihre Haube.

„Nein, das ist nicht nötig, Thomas. Ich denke, wir sehen uns heute Nachmittag?" Sie trat in das helle Sonnenlicht hinaus und blinzelte. „So gegen vier Uhr?"

„Ja, ich denke, das kann ich einrichten!" Er küsste zum Abschied noch einmal ihre Hand, dann machte sie sich auf den Rückweg. Sie wunderte sich, warum sie nicht erleichtert war, endlich eine Entscheidung bezüglich ihrer Zukunft getroffen zu haben. Sie hatte einem wunderbaren, sensiblen und rücksichtsvollen Mann die Ehe versprochen und sie zweifelte nicht daran, dass er Lizzy ein wundervoller Vater sein würde. Warum war sie dann nicht erleichtert? Stattdessen lag ein schwerer Stein auf ihrer Brust, der ihr das Atmen schwer machte. Im Stillen verfluchte sie Nicholas, weil er offenbar nicht nur in ihrer Vergangenheit eine Rolle spielte, sondern der Gedanke an ihn immer noch gegenwärtig war und damit verhinderte, dass sie eine neue Liebe zulassen konnte.

Als sie Mrs. Fultons Cottage erreicht hatte, stieß sie die Tür auf und trat ein. Von Lizzy und Mrs. Fulton war nichts zu sehen, wahrscheinlich waren sie im Garten und pflückten Blumen oder jäteten Unkraut. Lizzy liebte es, draußen zu sein und erinnerte Ava damit an sich selbst. Sie lächelte in sich hinein. An Crowden House grenzte ein kleines Stück Land, das im Augenblick brach lag. Sie würde Thomas bitten, dort einen kleinen Garten anlegen zu dürfen. Dann könnte sie mit den Kindern... Ein Klopfen an der Eingangstür unterbrach ihre Gedanken. Sie wunderte sich, Thomas konnte es noch nicht sein und Mrs. Fulton und Lizzy waren hinten im Garten...

„Nicholas!" Sie riss ihre Augen auf und keuchte.

„Ava, ich bin so froh, dich endlich gefunden zu haben!" Nicholas trat einen Schritt auf sie zu aber Ava wich zurück.

„Was willst du hier?" Sie hoffte, dass ihre Stimme nicht preisgab, wie sehr sein Anblick sie aus dem Konzept gebracht hatte. Er war noch immer so beunruhigend maskulin, wie sie in Erinnerung hatte, vielleicht sogar noch anziehender. Seine Haare waren immer noch länger, als es die Mode vorschrieb, und hingen ihm wirr ins Gesicht. Ein Bartschatten lag auf seinem Gesicht, so als ob er sich tagelang nicht rasiert hätte, aber das, was Avas Herz zum Stolpern brachte, war der Ausdruck in seinen Augen. Erleichterung las sie darin, Hoffnung und... nein, das wollte sie nicht sehen.

„Was ich hier will?" Er klang ein wenig verunsichert, fuhr sich durch die Haare, und sah ihr in die Augen. „Wir müssen reden, Ava, ich will..." Es war wie eine Ohrfeige, genau die Worte zu hören, die er vor gut einem Jahr schon einmal zu ihr gesagt hatte.

„Du bist ein Jahr zu spät, Nicholas. Falls dich dein schlechtes Gewissen hierher gebracht hat: Ich bin nicht schwanger gewesen, und wie ich dir bereits damals sagte, habe *ich* eine Lösung gefunden. Auch ohne dich!" Sie wollte die Tür schließen, aber er hielt sie mit der Hand fest.

„Ava, ich kann mir denken, dass du wütend und enttäuscht bist, aber ich..." Wieder unterbrach Ava ihn.

„Ich möchte deine Entschuldigung nicht hören, Nicholas. Ich denke, deine Frau hat mir damals ziemlich deutlich gemacht, dass ich nur..., ach es ist auch egal. Ich werde in Kürze heiraten und bitte dich jetzt, zu gehen."

„Bitte, Ava, gib mir doch die Gelegenheit, dir alles zu erklären. Ich habe Victoria nicht geheiratet. Ich wollte das nie und..." Er wirkte so verzweifelt, dass sich fragte, was er wirklich hier wollte. Aber ganz gleich, was es auch war, es war zu spät!

„Bitte, Nicholas, lass die Vergangenheit ruhen. Es spielt keine Rolle mehr. Ich habe meinen Platz gefunden. Ich werde Thomas heiraten." Sie sah, wie er zusammenzuckte.

„Liebst du ihn?", fragte er so leise, dass sie sich anstrengen musste, um ihn zu verstehen und sie konnte deutlich den Schmerz in seiner Stimme hören. Der Ausdruck in seinen braunen Augen war so unglaublich traurig, dass sie die Augen schloss, weil sie es nicht ertrug, seinen Schmerz zu sehen..

„Ich..." Ava schluckte, weil sich Tränen in ihre Augen stahlen. „Ich habe mich für ein Leben mit Thomas entschieden. Für ein Leben mit ihm und... Zitronenküchlein!"

Fast musste sie lächeln, als sie seinen verständnislosen Blick sah. „Bitte geh jetzt."

Er stand einfach nur da und sah sie an. Scheinbar endlose Minuten vergingen, dann rieb er sich über die Augen und nickte. „Ganz wie du willst, Ava. Aber warte bitte noch einen Augenblick." Er drehte sich um, ging zu seinem Pferd, und nahm etwas aus der Satteltasche, das er ihr hinhielt.

„Das ...äh... ist eine Puppe", erklärte er
überflüssigerweise. „Ich habe keine Ahnung, womit
kleine Mädchen gerne spielen." Entschuldigend sah er
sie an. „Ich dachte aber, eine Puppe wäre passend.
Könntest... würdest du sie Lizzy bitte geben?" Schnell
drückte er ihr die Puppe in die Hand.
„Ich hätte... sie sehr gerne kennengelernt und ihr die
Puppe selber gegeben. Aber ich... muss akzeptieren,
dass du nichts mehr mit mir zu tun haben willst." Er
drehte sich abrupt um und stieg auf. Aus dem Sattel
beugte er sich noch einmal ein kleines Stück zu ihr
hinunter.
„Ich wünsche dir alles Glück dieser Erde, Ava."
Ava starrte ihn an, unfähig, sich zu bewegen oder etwas
zu sagen.
„Ich weiß, ich hätte das schon vor einem Jahr sagen
sollen, Ava. Ich liebe dich!" Dann wendete er sein
Pferd und galoppierte davon. Ava sah ihm nach. Sie
konnte die Tränen nicht zurückhalten. Erst jetzt sah sie
den Mann, der an einem Baum lehnte und sie wortlos
musterte. Thomas! Sie hatte das Picknick vergessen!
Schnell wischte sie sich die Tränen ab und straffte die
Schultern. Sie ging auf ihn zu und versuchte ein kleines
Lächeln. „Thomas, entschuldige bitte, ich habe das
Picknick vergessen. Aber wenn ich mich beeile,
schaffen wir es noch!" Sie hoffte, dass er ihr nicht
anmerkte, dass Nicholas' Geständnis sie vollkommen
aus der Fassung gebracht hatte.
„Wer war das?" Seine Stimme klang nicht ärgerlich,
nur interessiert.
„Jemand aus meiner Vergangenheit. Nicholas." Sie
konnte ein kurzes Aufflackern in seinen Augen sehen,
dann fragte er: „Was wollte er?"

Sie blickte zu Boden, weil er den Schmerz in ihren Augen nicht sehen sollte.

„Etwas, das ein ganzes Jahr zu spät kommt." Ava konnte ein Schluchzen nicht verhindern. Besorgt nahm Thomas ihr Gesicht in seine Hände und zwang sie, ihn anzusehen. Er musterte sie, schien jede Regung in ihrem Gesicht wahrzunehmen und wischte ihr dann mit dem Daumen vorsichtig die Tränen weg.

„Wärst du mir... böse, wenn wir das Picknick auf morgen verschieben würden, Thomas?" Sie zitterte ganz leicht, was ihm nicht entging. Dann straffte sie sich. „Bis morgen habe ich auch mit Mrs. Fulton das Essen besprochen, das es bei unserer Hochzeit geben soll, und als Blumenschmuck könnten wir in der Kirche vielleicht..."

„Ava!" Seine Stimme war warm und nachsichtig. „Lass uns morgen über alles reden. Nimm dir die Zeit, die du brauchst", sagte er nur. Nicht mehr und nicht weniger. Ava nahm dankbar seine Hand und drückte sie. Dann drehte sie sich um ging ohne ein weiteres Wort durch die Tür und schloss sie. Drinnen schaffte sie es gerade noch bis zu einem der Stühle, die um den Eichentisch herum standen. Dann schlug sie die Hände vor ihr Gesicht und die mühsam aufrecht erhaltene Fassung, um die sie so tapfer gekämpft hatte, fiel zusammen wie ein Kartenhaus.

Nicholas setzte sich in eine Nische des Wirtshauses und als eine dralle junge Frau ihn nach seinen Wünschen fragte, musste er fast lachen. Das, was er sich wünschte, würde sie ihm nicht geben können. Eine Flasche Whisky würde aber immerhin reichen, um seinen Schmerz im Alkohol zu ertränken. Da es bereits später Nachmittag war, als Ava ihn fort geschickt hatte, hatte er beschlossen, diese Nacht hier im Wirtshaus zu verbringen. Er wäre nicht mehr weit gekommen an diesem Tag und vielleicht wollte er auch nur den endgültigen Abschied herauszuzögern. Was albern war, denn sie hatte ihm deutlich zu verstehen gegeben, dass sie ihn nicht in ihrem Leben haben wollte. Und noch schlimmer war, dass er ihre Reaktion irgendwie nachvollziehen konnte.

Es herrschte ein stetiges Kommen und Gehen, daher wurde Nicholas erst auf den Mann aufmerksam, als ein Schatten auf ihn fiel. Als er aufsah, zog der Mann seinen Hut und verbeugte sich.

„Darf ich mich zu Ihnen setzen, Lord Stanford?"

Nicholas kannte ihn nicht, nickte aber. Dann stutze er.

„Woher kennen Sie meinen Namen? Übrigens bin ich inzwischen der Duke of Ashford.", sagte er bitter.

„Mein Vater starb vor etwas mehr als einem Monat."

„Dann möchte ich Ihnen mein Beileid aussprechen, Euer Gnaden. Und zu Ihrem Titel gratulieren." Der Mann stand immer noch, aber Nicholas bedeutete ihm, sich zu setzen.

„Ich danke Ihnen, aber weder sind Glückwünsche noch Beileidsbekundungen angebracht. Um einen Titel zu erben, muss man nichts leisten und ich leide auch nicht besonders unter dem Tod meines Vaters. Er war...", seine Stimme klang resigniert. „Egal. Woher kennen Sie mich nun?"

„Ava erzählte mir von Ihnen."

In dem Augenblick, als die Erkenntnis Nicholas überkam, rollte eine Welle der Eifersucht durch seinen Körper. Das war also der Mann, den Ava heiraten würde! Und noch etwas tat weh: *Ihm* hatte sie also von sich und ihrer Vergangenheit erzählt, während sie ihm selber kein Sterbenswörtchen verraten hatte. Das sagte viel darüber aus, wem sie vertraute, und da schien er eher nicht ganz oben auf ihrer Liste zu sein. Nicholas stürzte seinen Whisky herunter wie Wasser. Es brannte in seiner Kehle, aber das war nichts im Vergleich zu dem Brennen in seinem Herzen.

„Was wollen Sie?", fragte er feindselig und goss sich erneut ein. „Falls Sie mich auffordern wollen, dieses Kaff hier schnellstmöglich zu verlassen, seien Sie unbesorgt. Ich werde morgen bei Sonnenaufgang fort sein." Er trank auch das zweite Glas in einem Zug aus. Thomas Crowden musterte ihn mit zusammengekniffenen Augen, dann lehnte er sich in seinem Stuhl zurück.

„Ich würde Sie gerne etwas fragen, Mylord." Er schien die Ruhe selbst zu sein, während Nicholas um Fassung rang.

„Wenn Sie sich an meinem Elend weiden wollen, nur zu!", spie er aus.

„Warum waren Sie bei Ava?" Die Ruhe, die Crowden

ausstrahle, machte Nicholas wütend. Reichte es nicht, dass er den Kampf um Avas Hand gewonnen hatte? Musste er ihn auch noch demütigen?

„Weil ich es vor gut einem Jahr versäumt habe, ihr etwas zu sagen, was ich jetzt nachholen wollte. Aber wie ich sehe, komme ich damit zu spät." Er wollte wieder einen Schluck trinken, beließ es aber schließlich dabei, das Glas nur in seinen Händen zu drehen.

„Warum haben Sie es damals versäumt?"

Herrgott, das ging diesen Mann wahrlich nichts an.

„Weil mich unglückliche Umstände davon abgehalten haben, an dem vereinbarten Tag bei Ava vorzusprechen." Er hielt inne. Warum interessierte den Mann das überhaupt?

„Welche Umstände?", fragte sein Gegenüber knapp und zum ersten Mal war in seiner Stimme ein Hauch von Mitgefühl zu erkennen.

„Das geht Sie nichts an!" Nicholas versuchte, sich einen Reim darauf zu machen, was dieser Crowden von ihm wollte. Als der daraufhin leicht den Kopf neigte und die Augenbrauen hochzog, ahnte er, dass der Mann nicht locker lassen würde.

„Ich wurde angeschossen und wäre zudem beinahe verbrannt, so dass ich für fast drei Wochen das Bett hüten musste. Als ich dann endlich zu Ava konnte, war das leider zwei Wochen und fünf Tage zu spät!"

„Das ist immerhin eine plausible Erklärung für ihre Verspätung, Mylord."

„Ja, aber keine Entschuldigung. Ich hätte Ava schon viel eher meine Gefühle gestehen sollen. Und dafür, dass ich zu feige war, gibt es keine Entschuldigung!" Bitter lachte er auf. „Und es spielt ja auch gar keine Rolle mehr! Sie haben Ihre Chance anscheinend besser genutzt!"

Auch daraufhin erfolgte keine Reaktion. Nicholas hatte erwartet, dass Crowden ihm mit unverhohlener Siegesgewissheit begegnen würde, aber stattdessen saß der Mann ruhig wie ein Fels in der Brandung da und musterte ihn ein ums andere Mal neugierig.

„Wenn Sie Ava damals geheiratet hätten, hätte das einen Skandal heraufbeschworen. Noch dazu, wenn bekannt geworden wäre, dass sie ein uneheliches Kind hat!" Es schien fast so, als wolle der Crowden ihn herausfordern. „Wenn Ava Ihnen von Lizzy erzählt hätte, hätten Sie sie dann auch noch heiraten wollen?"

Nicholas knallte wütend das Whiskyglas auf den Tisch. „Meinen Sie etwa, wenn ich Angst vor einem Skandal hätte, wäre ich heute hier? Und damals war ich nur ein Maquess. Es würde einen ungleich größeren Skandal geben, wenn ein *Duke* die Mutter eines unehelichen Kindes heiratet. Noch dazu, wenn sich herausstellt, wer sie *wirklich* ist! Der Londoner *Ton* ist eine Schlangengrube, aber von mir aus sollen die Klapperschlangen darin an ihrem eigen Gift ersticken!" Er war so laut geworden, dass sich jetzt einige Gäste nach ihnen umdrehten. Nicholas fuhr sich durch sein dunkles Haar und atmete ein paar Mal durch, um sich zu beruhigen. „Aber das spielt jetzt keine Rolle mehr. *Dieser* Skandal zumindest bleibt London erspart!" Bitter nahm er nun doch noch einen Schluck und stierte wortlos vor sich hin. Eine ganze Weile sprach niemand ein Wort, dann sagte Crowden: „Lizzy ist ein bezauberndes kleines Mädchen."

Irritiert über den abrupten Themenwechsel sah Nicholas auf. „Ich hatte leider keine Gelegenheit, sie kennenzulernen, aber ich bezweifele nicht, dass sie das ist. Wenn sie Ava auch nur ein klein wenig ähnelt, dann ist sie sogar das bezauberndste kleine Mädchen in ganz England!"

Ein Muskel zuckte in Crowdens Mundwinkel.

„Wären Sie ein guter Vater?"

„Herrgott, woher soll ich das wissen? Ich habe keine Kinder. Aber ich versichere Ihnen, wenn ich immer das Gegenteil von dem mache, was mein Vater getan hat, dann bin ich zumindest kein schlechter Vater!"

Nicholas holte Luft und sah dann auf seine Finger, die das Whiskyglas so fest umschlossen hatten, dass die Knöchel weiß hervortraten.

„Ich hätte mich zumindest bemüht, Lizzy ein guter Vater zu sein und Ava etwas von der Last, die sie seit nunmehr vier Jahren alleine trägt, abzunehmen. Ich hoffe, Sie werden das ebenfalls tun. Ava hat schon viel zu lange unter etwas zu leiden, für das sie nichts kann. Es wird Zeit, dass sie endlich glücklich sein kann!"

Nicholas hatte keine Lust mehr, sich weiter mit diesem Crowden zu unterhalten. Ohnehin hatte er sich schon viel zu lange vom Trinken abhalten lassen.

„Lassen Sie mich jetzt in Ruhe, Crowden. Ich will mich betrinken. Allerdings bezweifele ich, dass es hier genug Whisky gibt."

„Mit Verlaub, Euer Gnaden, aber ich denke, es wäre besser, wenn Sie sich heute nicht betrinken. Sie werden einen klaren Kopf brauchen!" Crowden stand endlich auf und nahm seinen Hut.

„Sagen Sie mir nicht, was ich tun oder lassen soll! Wenn Sie hierher gekommen sind, um sich über einen feigen Trottel zu amüsieren, der von der Frau, die er liebt, eine Abfuhr bekommen hat - nur zu! Sie haben es besser gemacht als ich, und dazu gratuliere ich Ihnen, wenn auch nicht von Herzen, Crowden. Und jetzt verschwinden Sie endlich!" Nicholas stürzte den restlichen Whisky hinunter und griff erneut nach der Flasche, um sich nachzuschenken. Der scharfe Ton seines Gegenübers ließ ihn aber zögern.

„Sarkasmus steht Ihnen nicht, Mylord. Ava leidet mindesten ebenso wie Sie! Ich will nicht, dass Sie sie erneut enttäuschen, denn sie bedeutet mir viel. Leider erwidert sie meine Gefühle nicht so, wie ich es mir wünschen würde, das ist mir heute klar geworden. Daher wollte ich wissen, wie ernst es Ihnen mit ihr ist."

Verwirrt sah Nicholas den Mann an, der zum ersten Mal eine nennenswerte Reaktion zeigte. Er beugte sich etwas vor und sah Nicholas fest in die Augen. „Seien Sie morgen Vormittag mein Gast in Crowden House. Ich werde Ihnen Gelegenheit geben, Ava alles zu erklären!" Er wandte sich ab und ging zur Tür.

Nicholas brauchte einen Augenblick, bis er die Bedeutung der Worte erfasste. Dann sprang er auf und folgte Crowden. Am Arm hielt er ihn zurück.

„Warum tun Sie das?" Ungläubig sah er den Mann an, auf dessen Verhalten er sich keinen Reim machen konnte. Was bezweckte Crowden mit seinem Angebot?

„Weil ich Sie und Ava heute beobachtet habe." Er wischte sich Nicholas Hand von der Schulter.

„Und, Ashford: vermasseln Sie es dieses Mal nicht!" Damit drehte er sich endgültig um und verließ den Schankraum. Zurück blieb ein verwirrter Nicholas, mit heftig klopfendem Herzen und einem Fünkchen Hoffnung. Er verstand zwar nicht genau, warum Crowden ihm dabei helfen wollte, Ava zurückzugewinnen, aber er würde das auch nicht hinterfragen. Wenn es auch nur die kleinste Chance geben würde, dass er Ava zurückgewinnen könnte, dann würde er sie beim Schopfe packen!

Ava hatte in dieser Nacht kein Auge zugetan. Die Begegnung mit Nicholas hatte sie aufgewühlt und ihr einmal mehr verdeutlicht, dass er immer noch einen Platz in ihrem Herzen hatte. Trotzdem sie versucht hatte, ihn und die Geschehnisse in London hinter sich zu lassen, war er ihr nicht nur in ihrem Herzen bis hierhin gefolgt. Mit dem Ergebnis, dass er erneut aus ihrem Leben verschwunden war. Und dass *sie* ihn dieses Mal abgewiesen hatte, machte es nicht erträglicher.

Sie zog sich an, schlang ihr Haar zu einem einfachen Knoten und setzte sich ihre Haube auf. Entschlossen blinzelte sie die Tränen weg und machte sich auf den Weg zu Thomas. In ihr neues Leben.

Thomas erwartete sie schon in der Halle.

„Guten Morgen Thomas." Sie band sich die Haube ab und legte sie auf eine kleine Kommode, die zusammen mit einigen Kleiderhaken im Eingangsbereich zu finden war. „Hast du mit Reverend Holden gesprochen? Kann die Trauung am kommenden Sonntag stattfinden? Das müsste reichen, damit ich mit Mrs. Fulton eine kleine Feier vorbereiten und mir ein neues Kleid schneidern lassen kann. Ich möchte nicht..." Ava sprach schnell und mit einem aufgesetzt fröhlichen Tonfall. Sie hoffte, dass Thomas nicht merken würde, wie es in ihrem Inneren aussah. Sie mochte ihn immer noch sehr, aber sie liebte ihn nicht. Und seit gestern war ihr klar, dass sie ihn auch nie so lieben könnte, wie Nicholas. Aber das würde sie nicht daran hindern, ihm eine gute Ehefrau zu sein. Das war sie ihm schuldig. Dafür, dass er ihr und Lizzy eine Perspektive bot, dass er ihre Vergangenheit kannte und sie trotzdem heiraten wollte und dafür, dass er sie liebte, dessen war sie sich inzwischen sicher.

„Ava, psst!" Thomas unterbrach ihren Redefluss und legte ihr einen Finger auf die Lippen. „Ava, bitte, lass mich dir etwas sagen. Ich werde dich nicht heiraten." Er sagte das so ruhig, als spräche er über das Wetter. Sie brauchte einen kleinen Augenblick um zu erfassen, was seine Worte bedeuteten.

„Du willst mich nicht... mehr?", stammelte sie fassungslos. Die Gedanken wirbelten ihr durch den Kopf. Warum sagte er das? Ihre kleine heile Welt, die sie sich mühsam erarbeitet hatte, brach in Sekundenbruchteilen zusammen. Wieder stieß ein Mann sie von sich fort!

„Ava, bitte. So ist es nicht. Ich will dich immer noch. Von Anfang an habe ich mich in dich verliebt. Aber ich glaube nicht, dass du mit mir glücklich werden würdest. Ich kenne dich inzwischen zu gut, um nicht zu wissen, dass du alles dafür tun würdest, mir eine gute Frau zu sein, aber... reicht dir das? Reicht mir das?"

Ava sah ihn mit Tränen in den Augen an. Er kam der Wahrheit sehr nahe.

„Als du gestern mit dem Duke of Ashford geredet hast,

ist mir erst aufgegangen, wie sehr du ihn noch liebst!"
Ava wollte ihn unterbrechen, ihm widersprechen, aber
es kam kein Ton aus ihrem Mund. Weil er recht hatte.
Wie könnte sie ihn anlügen?
„Ihr habt euch angesehen wie Esther und ich damals.
Wir haben uns sehr geliebt. Wir hatten etwas
Wundervolles miteinander. Wir beide wissen doch, dass
du mich nicht liebst. Nicht so, wie du ihn liebst!"
Ava wollte den Kopf schütteln, wollte ihm
widersprechen, aber stattdessen liefen ihr nur Tränen
über die Wange.
„Thomas, ich...", sie schluchzte, aber es war an der
Zeit, dass sie sich dem stellte, was er gesagt hatte.
Keine Lügen mehr.
„Es stimmt. Ich liebe Nicholas. Ich habe mich dagegen
gewehrt, habe versucht, ihn dafür zu hassen, dass er
mich damals einfach nur benutzt hat, aber es gelingt
mir nicht!" Als sie ihn ansah, enthüllten seine Augen
alles, was er für sie empfand. Und sie schämte sich
plötzlich, ihm nicht die gleichen Gefühle
entgegenbringen zu können. Er hatte es so verdient,
geliebt zu werden!
„Aber ich verspreche dir, wenn du damit leben kannst,
dann werde ich..."
Abrupt drehte er sich von ihr weg. Sie sollte nicht
sehen, wie sehr ihn die nächsten Worte schmerzten.
Aber er musste sie gehen lassen, weil er sie liebte. Was
wäre diese Liebe wert, wenn er sie drängen würde, ihn
zu heiraten? Sie würde es tun, das hatte sie deutlich
gesagt, aber es wäre zu ihrer beider Nachteil. Er könnte
nicht mit dem Wissen leben, dass sie niemals etwas
anderes als Freundschaft für ihn empfinden würde und
sie würde ebenfalls daran zugrunde gehen, ihn nicht

lieben zu *können*, weil der Platz in ihrem Herzen schon besetzt war.

„Ava, geh jetzt in den Salon. Nicholas wartet dort auf dich. Gib ihm die Chance, dir alles zu erklären. Ich habe gestern mit ihm geredet und ich denke, er hat es verdient, dass du ihm verzeihst. Er hatte gute Gründe, dich damals nicht aufzusuchen." Seine Stimme war leise und klang traurig, aber er sprach auch ohne zu zögern.

Ava konnte nicht glauben, was er da gerade gesagt hatte. Nicholas war hier? Und sie sollte ihm eine Chance geben, sich ihr zu erklären? Ihr Herz schlug heftig, als sie erkannte, zu welchem Opfer Thomas sich gerade durchgerungen hatte.

„Thomas!" Sie ging auf ihn zu, aber er drehte ihr weiterhin den Rücken zu.

„Bitte, Ava, mach es mir nicht so schwer. Ich gebe dich frei. Ich wünsche dir alles Glück dieser Welt. Du hast es so sehr verdient!" Ohne sie noch einmal anzusehen verließ er die Halle und ging die breite Treppe ins Obergeschoss hinauf. Ava sah ihm nach, nicht fähig, sich zu bewegen oder irgendetwas anderes zu empfinden als dumpfen Schmerz. Einmal mehr erkannte sie, was für ein außergewöhnlicher Mann Thomas war. Und sie bedauerte es, ihm nur ihre Freundschaft entgegenbringen zu können. Wie leicht wäre es, diesen Mann zu lieben, wenn die Dinge anders lägen. Aber sie lagen bedauerlicherweise nicht anders. Ein wenig fürchtete sie sich davor, Nicholas zu begegnen, denn sie wusste nicht, wie sie nach diesem Jahr der Trennung zueinander standen. Sie liebte ihn und er hatte behauptet, sie ebenfalls zu lieben, aber manchmal reichte das nicht aus.

Ohne anzuklopfen betrat sie den Salon. Nicholas saß in einem Sessel am Fenster, ihr zugewandt. Er hatte die Ellenbogen auf den Knien abgestützt und die Hände in seinen Haaren vergraben. Als sie eintrat, sprang er auf. „Ava!" In seinen Augen spiegelten sich Angst, Hoffnung und Unsicherheit als er einen Schritt auf sie zu machte. Ava ging hinter einen kleinen Tisch, der frei im Raum stand, um Abstand zwischen sich und ihn zu bringen. Er verstand diese Geste sofort und seine Schultern sanken ein kleines Stück nach unten. Enttäuschung stand in seinem Blick, aber er beließ es dabei, vor dem Tisch stehen zu bleiben, statt näher zu kommen.

„Nicholas, was willst du hier? Du sagst, du liebst mich, aber warum bist du dann damals nicht zu mir gekommen? Warum hast du dich mit Lady Victoria verlobt?" Sie hoffte, er würde die unterschwellige Angst, seine Erklärungen würden fadenscheinig sein, nicht heraushören.

Ohne ihr sofort zu antworten, griff er in die Tasche seines Gehrocks, zog etwas heraus und legte es vorsichtig, bedacht darauf, sie nicht weiter zu verschrecken, auf den Tisch zwischen ihnen.

„Weißt du, was das ist?", fragte er leise. Sie beugte etwas den Kopf, um den kleinen Gegenstand näher zu betrachten.

„Ein Penny? Was...", begann sie, aber er unterbrach sie leise.

„Nicht irgendein Penny, Ava. Es ist genau derselbe Penny, den du Jack damals als Talismann gegeben hast. Er hat ihn mir freundlicherweise ausgeliehen, als er erfuhr, was ich vorhatte."

„Jack?" Ava sah ihn ungläubig an. „Was ist aus ihm geworden. Du...", sie zögerte, als sie auf den Penny sah, „...hast noch Kontakt zu ihm?"

„Er ist jetzt bei mir in Ashford Hall. Er konnte nicht wieder nach Whitechapel, geschweige denn ins Waisenhaus zurück, nachdem er diesen O'Sullivan so hintergangen hatte." Er sah sie an und wie damals begannen die Schmetterlinge in ihren Bauch zu flattern. „Er hadert mit seinem Schicksal, weil ich ihn auf eine Schule schicken möchte, aber ich glaube, im Grunde ist er froh, nicht mehr auf der Straße leben zu müssen. Dafür nimmt er sogar die Schule in Kauf." Nicholas versuchte ein schiefes Lächeln, wurde aber sofort wieder ernst.

„Jack gab mir den Penny, damit er mir Glück bei meinem Vorhaben bringt. Er sagte, ihm hätte er schon Glück gebracht und dass du damals recht gehabt hättest, auch wenn er erst nicht wirklich daran geglaubt hat."

Ava verschränkte die Arme vor der Brust, gerade so als ob sie sich dadurch vor den aufkommenden Emotionen schützen könnte.

„Warum bist du damals nicht gekommen?" Sie sprach so leise, dass Nicholas sie kaum verstand.

„Können wir... können wir uns setzten?" Vorsichtig deutete er auf den Sessel, in dem er zuvor gesessen hatte und einen Stuhl, den er näher heranzog. Er war darauf bedacht, ihr ihre Distanz zu lassen. Sie hatte allen Grund, wütend zu sein. So, wie sie sich auf die Kante des Sessels niederließ, erinnerte sie ihn an ein scheues Reh, vorsichtig, wachsam, immer zur Flucht bereit. Aber er würde das respektieren, so wie er auch ihre Entscheidung respektieren würde, wenn er ihr alles erzählt hatte. Er hoffte zwar, dass sie ihm verzieh, aber wenn er sie zu sehr verletzt hatte, dann würde er das hinnehmen müssen, auch wenn er daran zugrunde gehen würde. Crowden hatte recht gehabt: Es kam weder auf ihn noch auf Thomas an. Es ging hier um das Glück der Frau, die sie beide liebten. Es hatte der Selbstlosigkeit dieses Mannes bedurft, um ihm die Augen zu öffnen.

„Ich weiß nicht, wo ich beginnen soll, Ava. Ich möchte, dass du verstehst, warum ich so gehandelt habe, wie ich es tat. Für viele Dinge habe ich eine Erklärung, für andere nicht." Und dann begann er, angefangen von seiner unglücklichen Kindheit über seine Flucht nach Frankreich bis hin zu jenem Tag, an dem er es aus Feigheit versäumt hatte, ihr sofort einen Antrag zu machen. Er sah deutlich, dass sie bei der Schilderung seiner Verletzung und den folgenden Ereignissen mit ihren Gefühlen kämpfte, denn sie versuchte verzweifelt, die Tränen hinunter zu schlucken und schlug schließlich ihre Hand vor den Mund.

„Oh, Nicholas, ich wusste ja nicht... Ich habe gedacht..."

„Ich weiß, was du gedacht hast. Denken musstest, Ava. Victoria und mein Vater haben ganze Arbeit geleistet, das muss man ihnen lassen. Aber im Grunde genommen ist meine Verletzung keine Entschuldigung. Wenn ich nicht so zögerlich gewesen wäre und dir meine Liebe gestanden hätte, bevor ich aufbrach, wäre das alles nicht passiert."

Er erzählte ihr von dem Ehevertrag, den sein Vater mit dem verstorbenen Earl of Bansbury ausgehandelt hatte und dass er selbst nie daran gedacht hatte, ihn zu erfüllen.

Als er seinen Erklärungen schließlich nichts mehr hinzuzufügen hatte, herrschte für eine lange Zeit vollkommene Stille. Er sah ihr an, wie aufgewühlt sie war und ihm erging es nicht anders. Ängstlich und mit klopfendem Herzen erwartete er eine Reaktion von ihr, irgendeine, aber außer dass sich ihre Brust in schnellem Rhythmus hob und senkte, konnte er keine Regung ausmachen. Dann, nachdem er schon überlegt hatte, ob er einfach gehen sollte, weil sie offensichtlich nichts zu dem zu sagen hatte, was er ihr erzählt hatte, sah sie ihn an und in ihren Augen las er Angst, Hoffnung und...Liebe?

„Wenn... wenn wir heiraten würden... würde das einen Skandal geben." Sie sah ihn unsicher an.

„Das würde es und du solltest darauf gefasst sein, dass es *der* Skandal der Saison werden würde!" Er beugte sich ein Stück vor, um ihr näher zu sein.

„Du bist jetzt ein Duke... ich meine... du kannst dir keinen Skandal erlauben. Du brauchst eine Duchess, die..."

„Ich brauche dich, Ava. Ich könnte mir keine andere als meine Duchess vorstellen! Und als Duke kann ich tun und lassen, was ich will. Der *Ton* würde es hinnehmen müssen. Allerdings würden wir für einige Zeit wahrscheinlich zu keiner Soiree und zu keinem Ball eingeladen werden."

Ein Lächeln erschien auf ihrem Gesicht. „Ich fühle mich auf diesen Veranstaltungen sowieso nicht so wohl."

„Ich weiß, aber du solltest dich nicht länger verstecken. Ich habe mit deinem Vater gesprochen..."

296

„Du hast was?", keuchte sie.

„Ich war bei deinen Eltern. Ich wollte wissen...", er überlegte kurz, dass es wohl besser wäre, ihr nicht die ganze Wahrheit über den Besuch bei ihnen zu erzählen. Er hatte ausloten wollen, ob sie bereit wären, Ava wieder in ihre Familie aufzunehmen und damit den Skandal abzumildern, den Lizzys uneheliche Geburt und Avas Anstellung als Gesellschafterin unweigerlich hervorrufen würde, wenn sie wieder auf dem gesellschaftlichen Parkett auftauchte. Nicholas überkam immer noch ein Ekelgefühl, wenn er an das speichelleckende Verhalten dachte, dass der Viscount an den Tag gelegt hatte. Seine Tochter mit einem Duke verheiratet zu sehen, würde auch für ihn einen gesellschaftlichen Aufstieg bedeuten. Zusätzlich hatte er darauf hingewiesen, dass seine Bereitschaft, Lizzy als seine Enkelin anzuerkennen, eventuell durch die Zahlung einer gewissen Summe steigen würde.

„Ich habe ihm einen Vorschlag gemacht, wie wir aus dir wieder eine Lady machen können."

Als sie ihn mit einer Mischung aus Enttäuschung und Unglauben ansah, beeilte er sich zu erklären: „Ich möchte, dass du weißt, dass ich dich auch heiraten würde, wenn du eine Gesellschafterin wärst. Aber... es geht auch um Lizzy! Es wäre so viel besser für sie, wenn deine Eltern sich zu dir und ihrem Enkelkind bekennen würden."

Traurig sah Ava ihn an. „Das wird nicht geschehen. Niemals."

„Oh doch, sie werden es tun, wenn du möchtest." Er verschwieg ihr, dass es ihn eintausend Pfund kosten würde, das zu erreichen. Das und die Aussicht, dass Ava eine Duchess werden könnte, hatten ihre Eltern ihre Haltung Ava gegenüber überdenken lassen.

„Ava, überleg es dir. Auch wenn du am Ende zu der Überzeugung kommst, dass deine Gefühle für mich nicht für ein Leben mit mir reichen könnten, aber du musst auch an deine Tochter denken. Die Tatsache, dass Lizzy unehelich ist, können wir nicht auslöschen, aber eine uneheliche Enkelin eines Viscounts zählt immer noch mehr als die uneheliche Tochter einer… Gesellschafterin." Er wusste instinktiv, dass seine Worte sie verletzten, aber für Lizzy musste sie das aushalten.

„Wie... wie hast du sie... überzeugt?" Als Ava ihn ansah, konnte er den Schmerz in ihrem Blick ausmachen. Wie gerne hätte er sie in seine Arme geschlossen, um ihr zu zeigen, dass es für ihn keine Rolle spielte, ob sie eine Lady war oder nicht. Aber er ahnte, dass es für Ava wichtig war, dass er sie nicht bedrängte. Und daher konnte er auch nicht zugeben, dass ihre Eltern käuflich waren. Er wollte nicht, dass sie sich ihm verpflichtet fühlte. Und er würde ihr auch nicht sagen, dass tausend Pfund darüber entschieden, ob sie wieder in ihr altes Leben zurück konnte oder nicht.

„Sie wären bereit, einer Geschichte zuzustimmen, die ziemlich nah an der Wahrheit wäre." Er beobachtete ihre Reaktion, aber ihr Gesicht blieb verschlossen. Sie stand auf und sah aus dem Fenster, die Arme immer noch um ihren Oberkörper geschlungen. Er war versucht, sie auf der Stelle in den Arm zu nehmen, so verletzlich wirkte sie, aber er wollte sie zu nichts zwingen. Zu oft schon war sie in ihrem Leben zu etwas gezwungen worden, was sie nicht wollte.

„Welche Wahrheit? Ihre oder meine?", fragte sie leise und er hörte heraus, dass sie gekränkt war.

„Nun, ich dachte, wir könnten behaupten, dass du mit einem Mann durchgebrannt bist, der dich dann hat sitzen lassen. Als du bemerkt hast, dass du schwanger warst und dich an deine Eltern gewandt hast, haben sie dich abgewiesen, so dass du gezwungen warst, dir eine Anstellung zu suchen." Er räusperte sich. „Zumindest müsstest du dann nicht erwähnen, dass man dich... also dass du..."

„Dass ich vergewaltigt wurde, meinst du? Das ist aber die Wahrheit!", brauste sie auf. „Meine Eltern wollten damals nichts davon wissen, haben mir genau das unterstellt, was ich jetzt behaupten soll! Dass ich mich wie eine Hure einem Mann angeboten habe!" Sie drehte sich zu ihm um und funkelte ihn an. „Warum nicht die ganze Wahrheit, ich bin so oder so entehrt!"

„Weil...", er suchte nach den passenden Worten, „weil es möglicherweise einen Unterschied für Lizzy machen wird, wenn sie größer ist und nach ihrem Erzeuger fragt. In Liebe empfangen worden zu sein ist ein so viel besseres Gefühl als das Produkt von Gewalt und Hass zu sein." Er trat einen Schritt auf sie zu, gerade nahe genug, um ihr das Gefühl zu geben, dass er für sie da war, aber weit entfernt genug, um ihr den Abstand zu lassen, sich nicht bedrängt zu fühlen.

„Wenn du mich lässt, werde ich Lizzy immer ein Vater sein. Aber vielleicht wird sie irgendwann danach fragen, wer sie gezeugt hat. Was willst du ihr dann sagen?"

Ein erstickter Laut entrang sich ihrer Kehle und sie schlug eine Hand vor ihren Mund. Eine ganze Weile stand sie so da, einen inneren Kampf mit sich ausfechtend.

„Meine Eltern werden dieser Geschichte niemals zustimmen. Dass sie mich damals nicht unterstützt und statt dessen vor die Tür gesetzt haben, wirft ein schlechtes Licht auf sie. Das würden sie niemals riskieren!" In ihren Augen konnte er die tiefe Verletzung erkennen, die man ihr damals zugefügt hatte.

„Wenn du zustimmst, lass es meine Sorge sein, sie davon zu überzeugen, dass es besser für sie wäre, der Geschichte nicht zu widersprechen."

Wieder sagte sie eine ganze Weile nichts. Dann räusperte sie sich.

„Ich möchte sie nie wiedersehen." Sie sah zu Boden und in ihrer Stimme klang abgrundtiefe Verachtung mit. „Aber für Lizzy wäre es wichtig, dass ich zustimme, nehme ich an?"

„Nun ja, ich kann ihr meinen Namen geben, aber den Makel der Unehelichkeit werden wir dadurch nicht beseitigen können. Wenn dein Vater sie allerdings als sein rechtmäßiges Enkelkind anerkennen würde..."

„Das würde er niemlas!"

„Lizzy ist nur ein Mädchen, hat keinerlei Ansprüche hinsichtlich seines Titels oder Vermögens, das wird es ihm erleichtern." Und die 1000 Pfund, die er gefordert hatte. Ava schwieg einen Augenblick und Nicholas sah, wie sie mit sich rang. Sie konnte nicht wissen, dass alleine das Geld ausschlaggebend war, dass ihr Vater zustimmen würde. Sie musste denken, dass er es aus einem Schuldbewusstsein heraus tat und vielleicht Dankbarkeit von ihr einfordern würde. Und das wäre das letzte, was sie an Gefühlen ihm gegenüber hegen

wollte! Nach einer Weile straffte sie die Schultern.
„Du hast recht. Wenigstens das sind meine Eltern mir schuldig!" Sie stand auf und trat einen Schritt auf ihn zu.

„Danke." Verlegen rang sie ihre Hände und Nicholas sah ihr an, dass sie etwas zurückhielt.

„Ava, erinnerst du dich, dass ich einmal zu dir sagte, dass du die mutigste Frau bist, die ich kenne? Ich hatte das damals auf dein Handeln bezüglich Violets Rettung bezogen. Aber weißt du was? Du bist noch viel mutiger als ich damals geahnt habe. Du hast Lizzy behalten, gegen alle Regeln der Gesellschaft und dich als Miss Prescot quasi neu erfunden. Du bist... eine starke Frau und ich... Bist du mutig genug, mir zu verzeihen und... meine Frau zu werden?" Vielleicht hatte er wieder alles verdorben, hatte sie zu sehr bedrängt, aber er konnte sie keine Sekunde länger ansehen, ihr keine Sekunde länger so nah sein, ohne ihr diese Frage zu stellen.

Sie sah ihn an und endlich ließ sie ihre Gefühle für ihn zu. Sie trat einen Schritt auf ihn zu und stand so nah vor ihm, dass er deutlich den schwachen Duft nach Rosen riechen konnte, der sie umgab. Sie sah zum ihm auf und er näherte sich ihr langsam. Er wollte ihr Gelegenheit geben, seinem Kuss auszuweichen, aber stattdessen stellte sie sich auf die Zehenspitzen und kam ihm entgegen. Vorsichtig, als sei sie eine Erscheinung, die sich jederzeit als eine Einbildung entpuppen könnte, streichelte er ihre Lippen mit seinen. Zu seiner Freude erwiderte sie den Kuss, zuerst zärtlich, vorsichtig, als hätte sie Angst vor ihrer eigenen Courage. Er wagte es nicht, den Kuss zu intensivieren, aber nach einer ganzen Weile des zurückhaltenden

Knabberns an ihrer Unterlippe, des Streichelns ihrer Lippen mit seiner Zunge, war sie bereit zu mehr.

Er verschloss ihren Mund mit seinem, forderte und gab, verschlang und ließ sich verschlingen. Schließlich löste sie sich von ihm, indem sie ihre Hände gegen seine Brust stemmte. Er konnte, wollte nicht zurück in die Wirklichkeit, aber ihre Stimme durchbrach die innige Vertrautheit, die der Kuss erschaffen hatte.

„Ich glaube, es wird Zeit, dass du Lizzy kennenlernst. Wenn du möchtest", fügte sie schüchtern hinzu.

„Ich würde mich sehr freuen, ihre Bekanntschaft zu machen. Und wenn du erlaubst, würde ich ihr auch gerne ein Vater sein." Immer noch etwas unsicher sah er sie an.

„Dann sollten wir jetzt gehen."

London, einen Monat später

„Ich habe Angst, Nicholas." Verunsichert sah Ava ihren Ehemann an. Ihre Trauung war erst ein paar Tage her und nun wartete der erste Ball als Duke und Duchess of Ashford auf sie. Entgegen aller Prognosen hatten sie doch einige Einladungen bekommen. Der *Ton* war begierig darauf, die neue Duchess zu begutachten und mitzuerleben, wie sie sich nach dem Skandal, den die Geschichte um ihr Verschwinden und Lizzys Geburt ausgelöst hatte, verhalten würde. Aber nachdem Avas Eltern sich tatsächlich an die Geschichte hielten, die

Nicholas sich ausgedacht hatte, hatten auch die größten Lästermäuler keine allzu große Angriffsfläche mehr. Allerdings neideten nicht wenige ihr ihre Stellung als Duchess. Und deswegen fürchtete Ava sich davor, sich den Menschen zu stellen, von denen die meisten sie als Gesellschafterin von Lady Aylesburys Soiree her kannten. Sie wusste, dass man förmlich darauf wartete, dass sie ins Fettnäpfchen trat.

Aufmunternd drückte Nicholas ihren Arm.

„Ich habe dir nie versprochen, dass es einfach wird, das gesellschaftliche Parkett zu betreten. Aber du schaffst das schon. Du hast schon viel Schlimmeres gemeistert!" Er lächelte sie an und sie verliebte sich auf der Stelle erneut in ihren Ehemann.

„Wer wird heute zugegen sein?" Sie straffte ihre Schultern und wappnete sich.

„Ich will dich ja nicht unnötig beunruhigen, aber: alles, was Rang und Namen hat?" Er grinste sie an. „Unsere Hochzeit hat hohe Wellen geschlagen. Die Romantiker sind auf unserer Seite, die Lästermäuler müssen wir erst noch überzeugen!" Leider hatte Ava in dieser Situation keinen Sinn für seinen Humor. Sie knuffte ihn entrüstet in die Seite.

„Wie kannst du nur so entspannt sein?"

„Wie könnte ich nicht?! Ich habe die wundervollste, schönste und faszinierendste Frau an meiner Seite und kann es gar nicht erwarten, diese Frau gleich entgegen aller Sitten des Anstands vor allen Gästen besinnungslos zu küssen!" Ava wusste, dass er jedes Wort so meinte, wie er es sagte.

„Untersteh dich! Man redet sowieso schon über uns!" Nicholas sah sie mit diesem gewissen Schalk in den Augen an, den sie so sehr liebte. Wie eigentlich alles an ihm. Und sie ahnte, dass ihn die Meinung des *Tons* nicht im Geringsten kümmerte. Und auch dafür liebte sie ihn. Aber sie hatte gelernt, dass es besser war, ihn nicht herauszufordern. Er würde sie tatsächlich vor allen anderen Gästen küssen. Und auch, wenn sie nicht genug von seinen Küssen und Zärtlichkeiten bekommen konnte, war es ihr doch lieber, dass sie das in ihren Schlafzimmer taten. Sie war es immer noch nicht gewohnt, dass sie jetzt im Mittelpunkt des Interesses stand.

„Liebes, hast du immer noch nicht erkannt, dass wir tun und lassen können, was wir wollen? Wir werden immer für die einen alles richtig und für die anderen alles falsch machen." Er sah sie an und zum ersten Mal an diesem Abend war er ernst. „Ich liebe dich und egal, was die Leute denken: Du bist die Duchess of Ashford! Vergiss das nie!"

Ava konnte immer noch nicht fassen, dass das Schicksal in Gestalt von Thomas Crowden ihrer Liebe eine zweite Chance gegeben hatte. Er hatte sich entschuldigen lassen, als Ava und Nicholas sich verabschieden wollten, was sie natürlich respektiert hatten. Ava hatte ihm daraufhin einen langen Brief geschrieben, in dem sie ihm für seine selbstlose Einmischung dankte und ihm dasselbe Glück wünschte, das sie gefunden hatte. Mit einer Frau, die in der Lage wäre, seine Liebe so zu erwidern, wie er es verdiente. Entschlossen nickte sie Nicholas kurz zu, dann legte sie ihre Hand auf seinen Arm

Voller Liebe sah sie ihren Ehemann an und entspannte sich. Solange er an ihrer Seite war, konnte ihr nichts passieren, das wusste sie.

„Dann lass uns gehen, Nicholas."

Liebe Leserinnen, lieber Leser!

Den im Buch erwähnten Hellfire Club hat es tatsächlich gegeben. Gegründet wurde er 1719 in London von hochrangigen Mitgliedern der Peerage in England. Allerdings sprachen die Mitglieder selbst nie vom Hellfire Club sondern nannten ihre Vereingung Knights of St. Francis, oder eben auch Brotherhood of St. Francis of Wycombe. Tatsächlich fanden unregelmäßig ausschweifende Feiern statt und die Mitglieder bezeichneten sich auch als „Brüder" oder „Schwestern", ihren Anführer als „Abt". Allerdings bezogen sich die Ausschweifungen mehr auf sexuelle Freizügigkeit und den Konsum von Alkohol. Erst später kamen pseudosatanische Riten hinzu. Dass Mädchen geopfert wurden, ist meiner Phantasie zu verdanken und hat so nie stattgefunden! West Wycombe Park gab - und gibt es - wirklich, im Keller des Anwesens soll der Besitzer, ein Sir Francis Dashwood, einen Tempel erbaut haben. Das habe ich als Grundlage für meine Geschichte benutzt. 1762 wurde der Club unter anderem auf Druck der Kirche aufgelöst, in diesem Roman bestand er allerdings bis ins Jahr 1811 fort! Wer mehr darüber erfahren möchte, kann sich bei Wikipedia einen Überblick verschaffen, die weiterführenden Links sind ebenfalls sehr interessant.
Die Geschichte um König Salomo, insbesondere um die vor ihm geflohene Jungfrau, für deren Ergreifung er eine Belohnung ausgesetzt haben soll, ist geschichtlich nicht belegbar, wird aber in einigen Abhandlungen

erwähnt, so dass ich sie hier mit in die Handlung habe einfließen lassen.

Ich hoffe, Sie hatten genauso viel Freude beim Lesen wie ich beim Schreiben. Mit jedem Wort wachsen mir die Hauptfiguren meiner Romane mehr ans Herz und ich hoffe, Sie mögen sie ebenso. Und natürlich gibt es auch welche, die ich nicht mag, aber die gehören schließlich dazu, wie im wahren Leben :-)

Wenn Sie mehr über mich oder meine Motivation zu schreiben erfahren möchten, dann besuchen Sie meine Website www.moira-macarran.de. Das ist das Pseudonym unter dem ich Romane schreibe, die das mittelalterliche Schottland zum Schauplatz haben.

Und wenn Sie wissen möchten, wie es mit Violet weitergeht, die sich, traumatisiert durch ihre Erlebnisse in Bedlam, auf dem Landgut ihres Bruders zurückzieht, dann warten Sie auf den zweiten Roman aus der Serie *Ladys mit Vergangenheit,* an dem ich momentan schreibe.